文春文庫

ブルーネス

伊与原　新

文藝春秋

ブルーネス

Blueness

contents

目次

ブルーネス

第一章　水の青さ

1

よく誤解されていることだが、水は無色透明ではない。

水が隠し持っている生来の色は、青だ。これは、水分子の振動が赤い光を吸収し、透過光に青色が残ることによる。

確かに、コップの水に青さを見いだすことはできない。だが、それが深いプールほどの分量になると、水はその色をはっきり示し始める。そして、深さを増せば増すほど、青を濃くしていく。

だから、海の正しい色は、深い青なのだ。いつもそう見えるとは限らないのは、海面が空の色を反射しているからに過ぎない。

色一つをとっても明らかなように、海の本性は常にその深部に潜んでいる。表面だけを見てすべてを理解したような気になってはいけない。そんな言い古された教訓さえ、自分はまるでわかっていなかったのだ。

そう、三年前の三月十一日まで――。

行田準平(こうだじゅんぺい)は、岸壁のへりにあぐらをかいて、ぼんやりとそんなことを考えていた。

今日の横須賀の海は、鉛色の空を映している。

ここ海洋地球総合研究所――MEI(メイ)の敷地は横須賀港に面していて、目の前に調査船が係留できるようになっている。

MEIと言えば、水深六千五百メートルまで潜航可能な潜水艇や、世界最高の海底掘削能力を誇る大型探査船が有名だが、他にも多くの調査船を保有している。

だが今はどの船の姿もなく、対岸にある米軍の施設までよく見通せた。

生暖かい南風が海から吹きつけてくる。日本海を低気圧が東に進んでいるのだ。今夜には関東でも雨が降り出し、春の嵐になるらしい。

準平はずっと一枚の名刺を手の中でもてあそんでいる。ときおり思い出したようにそれに目を落とし、その度に小さくため息をついていた。

バネのようにたわませた名刺が、ふとした拍子に手から弾け飛んだ。斜め上に飛んだ紙片は強い海風に押し戻され、あごにあたって膝の上に落ちる。

無精ひげが目立つあごをさすり、今度はわざと海に向けて弾いてみた。やはり名刺は胸もとに戻ってくる。準平は手遊びのようにそれを繰り返し始めた。

準平は、賭けをすることにした。あと三回、名刺を弾く。もし名刺が海に落ちたら、面接をすっぽかして帰る。三回とも落ちずに戻ってくれれば、話だけは聞いてみる。

どのみち、ここへ来るかどうかも自宅を出る直前まで迷っていたほどなのだ。ジーンズ姿のまま、とりあえず電車に乗った。車内で心を決めようと思っているうちに、横須賀に着いてしまった。もうどうなってもいいと思っているわりに、優柔不断な性格だけは直らない。

先方が今さら自分に何を期待しているのか知らないが、やる気のかけらもないこの姿を見れば、それが大きな勘違いだということに気づくだろう。

それまでより強くたわませた名刺が、手の中から勢いよく飛び出す。すると同時に海面から吹き上げるような突風が吹いて、白い紙片を高く舞い上がらせた。それは頭上を越えて、はるか後方に飛び去ってしまった。

準平は立ち上がるどころか、名刺の行方を確かめようともしなかった。背中を丸めたまま、焦点の合わない目を虚空に向ける。賭けの結果をどう解釈すべきか考えるのも面倒だった。

「ポイ捨ては感心しないねえ」

背後でいきなり男の声がした。驚いて振り返る。

数メートル後ろに、背の高い男がいた。指でつまんだ名刺をひらひら振りながら、ゆっくり近づいてくる。もう片方の手は古びたミリタリージャケットのポケットに突っ込んだままだ。

髪を無造作に伸ばし、肌がよく日に焼けている。見かけは自分より若々しいほどだが、おそらく四十歳近いだろう。ここの技術者か、調査船の乗組員かもしれない。

「〈独立行政法人　海洋地球総合研究所　地球深部ダイナミクス研究プログラム　プログラムディレクター　上席研究員　博士（理学）　武智要介〉――」男は名刺の文字を読み上げると、準平に目を向けた。「立派だねえ。肩書きがてんこ盛りだ」

「それは僕じゃありませんよ」準平は腰を上げ、ジーンズの尻をはたく。「僕がプログラムディレクターに見えますか」

「見えない。だからなおさら感心しないわけよ。こんなところに他人の名刺を捨てるなんて、デリカシーに欠けるぜ」

男は真顔で名刺を突き返してくるが、目の奥は笑っている気がした。

「あとで拾うつもりだったんです」ぶっきらぼうに応じながら、荒っぽくそれをつかみ取る。初対面の人間にそんな態度をとっていることに、自分でも驚いていた。

「おたく、ここの研究者？」男が訊いてきた。

「違います」名刺をジーンズのポケットにねじ込みながら答える。

「でも、研究者には違いないだろ？　そんな匂いがする」男はおどけて鼻をひくつかせる。

「いい加減だな」あきれ顔で言う。

「とんでもない」男は大きく眉を動かした。「嗅覚は研究者にとって大事な資質の一つだ」

　ということは、この男も研究者なのか――。意外な思いを隠しつつ、素っ気なく告げる。

「残念ながら、はずれです。僕はただのプー太郎ですよ」

「そうかなあ」男が顔を無遠慮にのぞき込んでくる。「おたく、どっかで見たと思うんだけど。この顔の画像ファイルは、確かに研究関連のフォルダに入ってる」

「嗅覚でも何でもないじゃないですか」準平は顔を背けた。「研究と呼べるようなことをしていたのは、もう何年も前のことですよ」

「専門は？　海洋？」

「もう関係ないと言ってるじゃないですか」準平はいら立ちを隠さずに言った。「だからといって、僕はここに不法侵入してるわけじゃありませんから、どうぞご心配なく」

「ご心配なんてしないよ。俺、ここの職員じゃないし」男はこともなげに言う。

「違うんですか？」

「うん。今はある大学でポスドクをやってる」

「ポスドク？」思わず、その歳でですか、と続けそうになった。

　ポスドク――博士研究員とは、博士号を取ったばかりの若手研究者を対象とした任期付きの職だ。大学院を修了すると数年間ポスドクとして経験と業績を積み、大学の助教や常勤研究員といったポストを狙う――それが今の理系研究者の典型的な渡世の仕方と言える。

その性質上、三十五歳を過ぎるとポスドクの口はほとんどなくなる。この男の年齢でまだそこから抜け出せていないということは、研究者としてのキャリアが閉ざされかけているのとほぼ同義だった。

「それは大変ですね。ま、頑張ってください」

準平は冷たく言い捨てると、建物に向かって歩き始めた。これ以上付き合う義理はない。

「今はポスドクだけどさ」男が圧の強い声を背中にぶつけてきた。「今度、ベンチャーを立ち上げようと思ってるんだ。そこで一緒にやってくれる人材を探してる。若くて優秀で——そう、何と言っても腰の軽いやつがいいな。ほら、ウミツバメみたいに軽やかなやつ」

振り返ると、男が鳥のように両手を羽ばたかせていた。ポスドクの分際で何を夢みたいなことを——そう思いながら、皮肉を込めて言う。

「社長さん自らリクルートに来たわけですか」

「いい若手が仕事にあぶれていないかと思って、ここでチームリーダーをしてる古い知り合いを訪ねてみたんだけどさ」男は肩をすくめて見せた。「場違いだと言われたよ」

「何をやる会社なんです？」

「ざっくり言えば、海洋での観測全般、かな」

「だったらＭＥＩの得意分野じゃないですか。別に場違いじゃない」

「いや、そういうことじゃない。あの野郎、こっちがベンチャーだと言った途端、露骨に態度を変えやがった。まっとうな研究は公的な機関でしかできないと固く信じているらしい」

「まあ、地球科学の分野だと、ベンチャー企業自体がまだ少ないですからね」

「まったく、この国には権威をありがたがる連中が多すぎる。いやしくも科学の徒なら、まず権威から疑ってかかるべきだろ？　研究者がこの調子じゃあ、お先真っ暗だぜ」

「はあ」聞き流しながら相づちを打った。

「あんたの世代はそこまで石頭じゃないと信じたい。誰かベンチャーに興味がありそうなやつ、知らない？」

「さあ」

「結構金になるんじゃないかと踏んでるんだけど。もちろんあんたでもいいよ」

「海洋の研究者をお探しなら、僕に声をかけるのはお門違いですよ。僕の専門は、地震です」

口にした直後、しまった、と思った。案の定、男が「地震？」と目を見開く。

「思い出した！　あんた確か、東都大の地震研究所にいたろ？」

面倒なことになったと思いながら、準平は渋い顔で「まあ」と認めた。

「どこかで見たと思ったら、テレビか。震災のあと、ニュース番組に出ているあんたを何度か見たんだ。今無職ってことは——地震研での任期が切れたの？」

　準平はかぶりを振る。「もう足を洗ったんですよ」

「辞めちゃったの？　なんで？」

　準平は男に冷たい一瞥を投げた。答える代わりに、聞こえよがしに息をつく。

「意外だね」男にそれを気にかける様子はない。

「意外って、僕のことなんか何も知らないでしょう」

「うん、知らない。でも、テレビで地震について解説しているあんたの姿は、ちょっと印象的だったから」男は準平から目を離さない。「何ていうのかなあ、自分の頭の中身を何とかそのまま伝えようと必死で、やたらもどかしそうで——」

「慣れないことで、顔が引きつってただけですよ」

「確かに、あんたがどんなことを言っていたかまでは覚えてないけどね」

「覚えていてもらえるような特別なことは、何一つ言えてませんよ、僕は」投げやりに言った。

　男はしばらく不思議そうに準平を見つめていたが、やがて海のほうに向き直った。

「あのときは、どの地震学者も似たようなことばかり言ってたさ。〝想定外、想定外〟と、バカの一つ覚えみたいに」

　顔が瞬時に熱を帯びる。何か言い返そうと口を開きかけたとき、男が先に言葉を発した。

「当時のことで、一つ忘れられない言葉があるとすれば――〝地震学の敗北〟だな」

「え――」虚をつかれて、思わず訊ねる。「あなたもあの場にいたんですか？」

「まさか」男はかぶりを振った。「俺、地震学者じゃないもん。報道を通じて知っただけ」

男が言っているのは、東日本大震災の発生から七ヶ月後――二〇一一年十月に開催された日本地震学会での出来事だ。

震災後初めて国内の地震研究者が一堂に会したこの全国大会で、東北地方太平洋沖地震の特別シンポジウムが開かれた。その冒頭で、「東北におけるM9地震の発生可能性を想定できなかったのは、地震学の大きな敗北である」という、異例の〝敗北宣言〟がなされたのだ。

準平を含め、ほとんどの出席者は、沈痛な面持ちでその宣言を受け入れた。誰もがまだショック状態から脱けきっておらず、苦悩と迷いにのたうち回っていた。地震学関係者の責任を問う世論を前に、ただ黙って頭を垂れているしかない時期だったのだ。

「俺は感心したね」男が言う。「潔く負けを認めるってのは、簡単にできることじゃない」

「嫌味ですか、それ」

「率直な感想だよ」男は肩をすくめた。「無謬であることが前提の政治家や官僚なら、絶対に敗北宣言なんて出さない。そんな連中に比べれば、地震学者たちのなんとイノセントなことよ」

「イノセント?」準平は顔をゆがめた。「うちの業界は、そんなかわいいもんじゃない」

「あんたは負けを認めていないのか?」

「そういうわけじゃありません。ただ、あなたの口ぶりは、いちいち癇に障る」

男はまるで動じない。「負けを認めるのは別に悪いことじゃない。むしろ問題は、そのあとの態度だ。もちろん、自分より強い相手にはもう戦いを挑まないってのも、一つの選択さ」

「何が言いたいんです?」男の横顔をにらみつけた。「あちこちで『地震予知』という看板が下ろされたことですか。それとも、僕が辞めたことを言ってるんですか」

「つっかかるなよ」男が目を細めて見つめ返してくる。「俺はあんたが学者を廃業した事情なんて知らない」

先に目を逸らしたのは、準平だった。顔を伏せたまま、声を絞り出す。

「あなたに何がわかるんです。あなたのような手合いは、科学に疎い一般人より質が悪い。観客席から見ているだけのくせに、周りの無知な客をばかにしながら、偉そうに評論だけぶつ」

「手厳しいねえ」男が眉尻を下げる。

にやける男を見て、言葉が止まらなくなった。「どうせ、あなたみたいな人間に限って、被災地に足を運んだこともない。傷ついた人々の声を直に聞いたこともない。町が津波にのまれるということがどういうことか、自分の目で確かめたこともないんだ」

「そうだな」男が真顔に戻った。「見てみたかったよ」

「今からでも遅くはありませんよ」必死で声を落ち着かせる。「被災地はまだひどい有り様です」

「そうじゃない。俺がこの目で見たかったのは、あの津波だ」

「な――」あとの言葉が出てこなかった。

「あんただってそう思わないわけじゃないだろ？」

「それは……」

「不謹慎もクソもない。地球を相手にしている研究者なら、そう思わなきゃ嘘だ」

「あなたは、津波の研究者なんですか」やっとそれだけ言った。

「だから、違うって。でも、あれを見たいと思わなかったら、研究なんてことをやるのに他にどんな動機がある？」

「そんなことを大っぴらに口にしたら、地震学者は人の不幸を飯の種にしている、なんてことを言われるんです」準平はため息まじりに言った。「自然災害を防ぐことだって、立派な動機でしょう」

「俺に言わせれば、不純な動機だね」

「なんて言うか――」準平は蔑(さげす)みを込めて男の横顔を見た。「単純な人ですね、あなた」

「最高の褒め言葉だぜ」男は心底嬉しそうに口角を上げた。「人間も科学理論も、単純であればあるほどいい」

　準平は黙り込んだ。体を海のほうに向け、潮の香りを深く吸い込む。これ以上この男と議論を交わす気はなかった。

　南の低い空に、いつの間にか黒い雲がたれこめていた。空と海がグラデーションのある鉛色に溶け合って、境界がわからなくなっている。

　男も準平と同じように、目を細めて水平線を見つめていた。

「――あの黒い雲みたいに見えたらしいな」

　しばらく口を閉じていた男が、ぽつりと言った。言葉から軽薄さが消えている。

「何がです？」準平は疲れた声で応じた。

「津波だよ」

「ああ」

「海の青さも、濃くなれば黒に近づいていく」

「え――」さっき自分が考えていたことの続きにも似た台詞だったので、驚いた。

「だが、その黒とはまた違ったんだろうな。津波の黒さは」

「さあ。僕だって映像でしか見ていませんから。ただ――」

　準平はそこで唾を飲んだ。「あの日、母親に手を引かれて高台へ避難しようとしていた小さな女の子が、後ろを振り返って、『お空汚いけど、あれなに？』と母親に訊いたそうです。母親も初めは黒い雲かと思ったらしい。でもそれがまさに、迫りくる津波だった」

「その母子は助かったのか？」

「助かってくれたから、僕らがそんな話を聞けるんです」

「そうか」男がつぶやいた。「――怖かっただろうな」

二人とも、また黙り込んだ。

海には白波が目立ち始めた。海風に運ばれてきた大きな雨粒が、準平の額を打つ。手の甲で雫を拭い、ついでに手首の時計に目をやった。約束の時間まであと十分だ。

「そろそろ僕は」

短く告げて建物のほうへ歩き出した準平を、男が「ちょっと待ってくれ」と呼び止めた。ジャケットのポケットを探り、小さな手帳とボールペンを取り出す。適当なページを開いて何か書きつけると、それをちぎって寄越した。名前と連絡先が書いてある。

「まだ名刺がなくてさ」男の声に軽さが戻っていた。「俺もさっきの名刺みたく、かっこいい肩書きを考えなきゃな。代表取締役ＣＥＯとか」

「なんでこんなもの僕に――」準平は眉をひそめる。

「リクルートだよ。暇を持て余すようなら、連絡してくれ」

2

本部棟の受付で名前を告げると、五階の会議室へ行くように言われた。

ここには知り合いや昔の同僚が何人もいる。彼らと鉢合わせしたくなかったので、エレベーターではなく階段を使った。

会議室には誰の姿もなく、明かりさえついていなかった。手近な椅子に座って五分ほど待っていると、ノックもなしに扉が開いた。およそ二年ぶりに見る顔がのぞく。武智要介だ。

「ご無沙汰しています」準平は頭を下げた。

「なんだ、ひどい顔だな」武智が渋い顔で言う。

「え?」

「ひげだよ」武智が口もとだけ器用に緩める。彼がよく見せる表情だ。

「ああ……すみません」準平はあごを撫でた。

「あまり外に出ないのか?　そういえば、少し太ったな」

武智にうながされ、白いテーブルをはさんで向かい合わせに座る。面接だというのに、武智は書類一枚持参していない。白いワイシャツの袖をまくり、両手をテーブルの上で組んだ。

年齢は準平と十も違わない。業界では〝プリンス〟と呼ばれているだけあって、見た目も色白で線が細い。にもかかわらず、武智の前に出るといつも不思議な風圧を感じる。高圧的というわけではない。自らのポジションに対する自信と気負いが、定常的な風となって体から吹き出しているのだろう。

武智も地球物理学の研究者だが、専門は地震学ではない。武智の研究対象は、地殻よりもまだ深い場所――マントルやコアという領域だ。海洋底にさまざまな観測機器を展開し、地震波や電磁気を使って地球深部の構造と活動を探るという研究に長年取り組んでいる。たとえるなら、レントゲンやエコー検査で体の中を調べるようなものだ。

準平の知る武智は、「地球深部ダイナミクス研究プログラム」の責任者――ＭＥＩの最年少プログラムディレクターだ――として、三十人あまりの研究員からなる三つの研究チームを束ねているはずだった。

武智が見透かすような視線を向けてくる。

「すっぽかされるかもしれないと思っていた」

準平はぎこちなく微笑み、はぐらかす。「面接を受けるのは僕だけですか？」

「とりあえずはそうだ。メールにも書いたように、公募はせず、個別に声をかけている。研究支援員の採用だけは私の裁量でできるらしい。君に断られたら、他を当たる」

「断るも何も、わからないことばかりなので」

武智からメールを受け取ったのは、一週間前のことだ。新しいプロジェクトで研究支援員を一人採用することになったのだが、興味はないか——という内容だった。研究支援員の仕事は研究ではなく、あくまでそのサポートだ。業務内容は機関や研究室によって異なるが、多くの場合、雑用係に近い。

武智はかつて東都大学理学部の准教授だった。当然その頃からの知り合いではあったが、一緒に仕事をしたことはおろか、議論を交わしたことさえなかった。そんな武智が、今の自分の境遇を案じてくれるはずもない。それだけに、武智からの誘いはあまりにも唐突に思えた。

準平は不審を隠さず訊いた。

「そもそも、どうして僕なんですか？　今日はそれだけうかがいに来たんです」

「君を第一候補にした理由は三つある」武智はいつもこういう端的なもの言いをする。

「一つは、君の師匠に頼まれたからだ」

「小森(こもり)先生に？」

「小森さんは、退官した今も、君のことをたいへん心配している」

「意外です。武智さんが小森先生と親しかったなんて」

「あの人には昔、世話になった」

武智はそれ以上言わなかった。しばらく虚空を見つめたあとで、続ける。

「二つ目は、この職を引き受けてくれそうな人間が身近にいないからだ」

「いないって……研究支援員なら、修士を出たぐらいの人でも十分つとまると思いますけど」

「それでは不十分だ。専門的な知識と経験が欲しい。データの整理や書類作りをやってもらいたいわけではない」

「じゃあ、いったい何を――」

「それはあとで説明する」

武智は鋭くさえぎると、口を半開きにしたままの準平を見てわずかに口もとを緩めた。

「そして、三つ目はもちろん、君の資質に期待しているからだ」

「からかわないでくださいよ」準平は顔を強張らせる。

「だったらもう少し具体的に言おう。私は、君の話し方が好きなんだ」

「は？」思わず声が裏返る。さっき妙なポスドクに似たようなことを言われたのを思い出した。

「地震研で助教にまでなった君に研究支援員をやらせるというのは、常識的にはあり得ない。だが、君は研究者としてのキャリアに穴をあけてしまっているし、私には正規の研究員を雇う権限がない。君にプロジェクトに参加してもらうためには、これしか方法がないんだ」

「やっぱり全然わかりません」準平は上目づかいで武智を見た。「そもそも、新しいプロジェクトって、どういうものなんですか？　何か訳ありとしか思えません」

「ずいぶん警戒してるんだな」

「メールをいただいたあと、久しぶりにＭＥＩのサイトをのぞいてみたんです。でも、そのプロジェクトの名前どころか、武智さんの今の所属さえわかりませんでした」

武智が率いていた研究プログラムのページに責任者として顔写真入りで紹介されていたのは、準平の知らない人物だった。どういうわけか、武智要介の名前はメンバーの一覧表にすら載っていなかったのだ。

「武智さん、プログラムディレクターを降ろされたんですか？　あのプログラムは、武智さんが立ち上げたようなものじゃないですか。そのために東都大からここに移ったんでしょう？」

「降ろされたわけじゃない。降りたんだ」武智は平然と言い放った。

「どうしてです？」

「他にやるべきことがあるからだ」

武智は静かに立ち上がった。窓際に歩み寄り、窓の外の横須賀港に目をやる。

「人間というのはもともと、逃げるのが不得意な動物なんだそうだ」

「逃げるって……何からですか？」まるで話が見えない。

「私たちの心には、異常事態に直面したとき、それを無視しようとするメカニズムがあるらしい。ストレスを減らすために、危険な状況を危険だと感じさせない仕組みが備わっている。根拠もなく大丈夫だと思いたがる人間の性が、あのとき避難を難しくした一因だった」

「ああ……」ようやく理解した。「津波の話、ですか」

「地震の発生は、十四時四十六分。そのわずか三分後には、気象庁が大津波警報を発令した。その高さは、宮城県沿岸で六メートル。岩手と福島では三メートルだった」武智がそこで振り返る。「今さらこんなこと、君には釈迦に説法だろうが」

「いえ」武智の口から津波の話を聞くのは、どこか新鮮だった。

武智はまた海を見下ろし、淡々と続ける。「地震発生から二十八分後の十五時十四分。気象庁は津波の予想を、宮城で十メートル以上、岩手と福島で六メートルに切り替える。さらに、地震から四十四分後の十五時三十分。岩手から房総半島までの全域で、十メートル以上に引き上げた」

「ええ。でも、そのときにはすでに十メートル以上の津波があちこちに到達していた」

準平は乾いた唇をなめた。こういう話題を口にすると、今でも鼓動が速くなる。

「それだけじゃない」武智が言った。「津波の本体が到達する前に、『数十センチの第一波が観測された』という情報が繰り返し伝えられた。結果的にはこれも人々に間違ったメッセージを送ってしまった可能性が高い。やっぱり今回もそんなものか、と」

「――そうですね」声がかすれた。「無理もありませんよ。過去に出された津波警報は、過大なものが多かったですから」

「こういう散発的で不正確な情報に接した場合、人はどう動くか」武智は腰の後ろで手を組んだ。「断片的な情報をもとに、より楽観的な方向に解釈してしまう。数十センチならいつものことだ、避難しなくていいだろう。せいぜい三メートルだと言うなら、二階にいればいいだろう――」

落ち着き払った武智の声に、被災地で聞いた震えるような台詞がいくつも重なってくる。

ここまで津波が来るわけないっちゃ――。

せいぜい一階が水浸しになるぐらいだろうと――。

第一波五十センチとかって聞いた気がするんだよね――。

ここもダメだって大声で言ったんだけど、誰も動こうとしなくて――。

大丈夫、あとで追いかけるから、先に行って――。

準平は知らぬ間に拳を握りしめていた。背中にべたついた汗がにじんでいる。

「もちろん、逃げなかったのではなく、いろんな理由で逃げられなかったという人々もたくさんいただろう。だが、そうやってあれだけの人々が命を落とした」

準平は喉のつまりを覚えながら、声を絞り出す。「オオカミ少年が、珍しく本当のオオカミの襲来を村人に告げた。でも、少年が一匹だと思っていたオオカミは、実はとてつもない大群だった。最悪ですよ」

「なぜそんなことになったのか？」武智が振り返る。「答えは簡単だ。村人たちが真面目にオオカミを見張っていなかったからだ。この国では、誰も津波をきちんと見張っていない」

「そうですよ」何を今さら――と思った。

「私はずっと、津波のことなど考えずに研究生活を送ってきた。いざとなれば日本の津波監視システムはそれなりに機能するはずだと無邪気に考えていた。きっと誰かがちゃんとやってくれているのだろうとのん気に思っていた」

「武智さんでさえそうなんです。国民はもっと素直に信頼していたと思いますよ」

「震災後、私は津波について考えるようになった」武智が部屋の中を歩き始める。「地震予知は、すぐにどうにかなる話ではない。起きてしまった地震に対してできることも、ほとんどない。だが、津波は違う。地震が発生してから津波が襲ってくるまで、逃げる時間が十分ある。まずきちんと見張るべきなのは、津波だ」

武智は壁の前で立ち止まり、振り返った。

「我々科学研究者が問うべきは、人々がなぜ逃げなかったか、ではない。なぜあの津波の姿を正しくつかめなかったのか、ということだ。科学の領分はまさにそこにあるし、私は科学の世界の人間だ」

武智はテーブルに戻り、席についた。

「考えているうちに、思いついてしまった」

「何をですか」

「新しい津波監視システムの可能性だ」武智は準平の目を見据えて言った。「海底電位磁力計と微差圧計とを組み合わせて、津波観測装置として使う」

武智はその原理を簡潔に説明した。「海底電位磁力計」というのは、以前から地球物理学の分野で活躍してきた装置だ。海底での電流や磁場を観測することで、地球内部の構造を調べるという目的でおもに使われている。武智の研究を支え続けてきた重要な観測機器の一つであり、彼は当然そのすべてを知りつくしている。

海水は電気を通す導体だ。地磁気のもとで海水が動くと、電磁誘導によって新たに磁場が生じる。つまり、津波が起きるとその海底の磁場がわずかに変化するのだ。それを海底電位磁力計でとらえようというのが、武智のアイデアの肝だった。

津波の観測には従来、二つの方法が用いられてきた。一つは、海上に浮かべた波浪計で海面の上下動を測るという方法。もう一つは、海底に置いた水圧計で津波による水圧の変化をとらえるという方法だ。これらの方法では海面がどれだけ盛り上がったかしかわからないのに対し、海底電位磁力計を使えば海水の動きまで詳しく知ることができる。

「――確かに、おもしろいアイデアだと思います」準平は素直に認めた。「そんなの、たぶんまだ誰も真面目に試したことがない」

「この装置を使えば、津波の規模だけでなく、伝播速度と方向が精密に観測できる。沿岸での津波予測の精度は飛躍的にアップするはずだ。最大の課題は、どうやって観測データをリアルタイムにモニタリングするかだが――」

「ちょ、ちょっと待ってください」両手を上げて話を止めた。「それが素晴らしいアイデアだというのは、よくわかります。でも、津波観測には当然プロパーの人たちがいるわけですから。震災後、大きな予算がついて、大がかりな観測網を──」

「そんなことは知っている」今度は武智にさえぎられた。「防災科学技術研究所の計画だろう？　日本海溝に沿って数千キロの海底ケーブルを敷き、地震計と水圧計を並べるという」

「ええ。最終的には全部で百五十の観測点をつくるそうです」

「完成までまだ何年もかかる」

「それに、まさにここＭＥＩでも、紀伊半島沖で海底ケーブルを使った地震・津波観測網の運用を始めてるじゃないですか」

「だが、西南日本の他の地域は、まだほとんど手つかずだ」

日本列島の太平洋側は、巨大地震を引き起こす二つの沈み込み帯で縁どられている。東北地方太平洋沖地震を起こした日本海溝と、西南日本に沿って横たわる南海トラフだ。南海トラフでは、東海地震、東南海地震、南海地震という巨大地震が周期的に発生しており、それらが連動してＭ９クラスの超巨大地震を引き起こす可能性まで指摘されている。

「だからって……あ、そういうことか」準平は一人うなずいた。「その新しい津波観測装置のアイデアを、彼らに提供するということですね？」

「違う」武智はきっぱりと言った。「そんな悠長なことをしている場合じゃない。南海トラフはいつ動いてもおかしくないんだ。政府主導の大規模プロジェクトは、動きが遅すぎる」

「それはそうかもしれませんが……」

「大事なのはスピードと機動性だ。設置においても運用においても。私はそういう監視システムをつくりたい」

「つくりたいって――武智さん一人でそんなこと、現実的じゃない」

「MEI上層部も同じことを言った。だが、世の中にあるたいていのものは、誰かが一人で始めたことだ。必要に応じて、仲間を集めていけばいい。その第一号に、君を選んだ」

「そんなこと言われても……」

「これでわかっただろう?」武智が微笑んだ。「引き受けてくれそうな人間が身近にいないと言った意味が」

「ええ、まあ」準平は曖昧にうなずいた。「MEIとしては、紀伊半島沖に展開しているような観測網をさらに拡張していくというのが本筋でしょうからね」

「そう。私は異端だ。異端になった」

武智が見透かすような目で見つめてくる。君と同じだ――そう言われている気がした。

「でも、僕が仲間に加わったりしたら、ますます色眼鏡で見られるかもしれませんよ?」

「陰口をたたくような暇があるのは、震災後ただうつむいているだけの連中だ。そんなやつらにどう思われようと構わない」武智はさして感情も込めずに言った。

「武智さんは、それをやるためにプログラムディレクターを降りたんですか」

「片手間にできる仕事ではないからな。マントルやコアは待ってくれるが、地震は待ってくれない。優先順位は明らかだ。津波監視システムが完成したら、もとの研究に戻る」

「でも、やっぱりわかりません。なんで武智さん自らそれをやらなきゃならないんです？」

「さっきも言っただろう。思いついたからだ」

「いや、だからって……」

「思いついたからには、それをやるべきだ。やるべきだと思った人間が、腰を上げるべきだ」

理解はできるが、納得ができない。武智の強い思いは、真っすぐなものにも、意固地なものにも思える。

準平の戸惑いを見越したかのように、武智がうなずく。

「もうやめたんだよ。人任せにしておくのは」

準平は、武智の白い端正な顔を見つめた。

もしかしたら、武智もまた、三年前の三月十一日に、海の深みをのぞいたのだろうか。

あの日以来、人生が大きく狂ってしまった自分と同じように——。

視線をからませたまま、武智が言った。

「で、君はどうする?」

3

「やばいよ、それは」

谷が、ガラス容器のらっきょうを自分の皿に取りながら言った。

「まあ、そうかもしれませんけど」準平はルーとライスをかき混ぜながら曖昧に返す。

「いや、やばいよ。それはやばい」

谷は四月から地震研究所の准教授に昇格するそうだが、口ぐせは相変わらずだ。準平は、この先輩に付き合ってここへ来たことを後悔しつつ、カレーを口に運ぶ。東都大学の正門近くにあるこの小さな喫茶店は、隠れたカレーの名店なのだ。

文京区にある東都大学の構内に足を踏み入れたのは、一年半ぶりのことだった。大学院時代に親しくしていた同期を、理学部の校舎に訪ねるためだ。今は地球惑星科学専攻で助教をしているその男に、武智のプロジェクトに誘われたことを相談しようと思ったのだ。キャンパスの外れにある地震研究所へは、まだ近づく気になれない。

今日はずっと大学にいると聞いていたが、彼のオフィスまで行ってみると、ドアプレートの表示が〈会議〉になっていた。先に昼食を済ませておこうといったん正門を出たところで、谷に出くわした。「久しぶりなんだから、メシぐらい」という谷の強引な誘いを、断りきることができなかった。

谷は三つ上の先輩にあたる。準平が大学院生として地震研究所に配属されたときからの付き合いだ。研究室こそ違ったが、同じ院生部屋で机を並べていた。谷は、地震波動論とその数値シミュレーションが専門の〝理論屋〟で、学界では優秀な若手と目されている。

ふた言目には「やばいやばい」と繰り返すこの先輩を、準平は好きになれなかった。準平が博士論文のタイトルに「地震予知」という言葉を入れたときも、ポスドク時代に研究費申請のための研究計画を立てたときも、地震研究所「広報アウトリーチ室」の助教に応募すると決めたときも、谷はすべてを否定するように「やばいよ、それは」と言った。

ただし、何がどう「やばい」のか、谷の口から納得できる説明を聞いたことはない。不安に陥った準平に、建設的な助言をしてくれたこともない。

そんな谷に今回のことを話すつもりは毛頭なかったのに、話題に困って最近の武智の様子を訊ねたのがまずかった。逆に根掘り葉掘り問い質され、つい口をすべらせてしまったのだ。

谷はらっきょうを嚙みながら、口の端をゆがめる。

「プリンス武智のご乱心は、地震研でも話題だよ」

「ご乱心って、そんな」追従笑いをする気にもなれなかった。

「あの人は致命的なミスを二つ重ねてる。一つは、他人の領域に挨拶もなく手を出したこと。口には出さなくても、縄張りを荒らされたと感じてる地震屋や津波屋は多いと思うよ。おまけに武智さん、今進行中の海底ケーブル地震・津波観測網について否定的なことまで言ってるらしいじゃん。ＭＥＩにいる俺の同期なんか、めっちゃ怒ってたよ」

「まあ、それはわかりますけど」

「もう一つは、ＭＥＩのプログラムディレクターを降りたこと。どうしても津波がやりたいなら、副業でやらなきゃ。本業を手放してどうすんのよ。またもとのポジションに戻れると思っているとしたら、虫がよすぎる」

「プログラムディレクターに戻りたいとは、言ってなかったですけどね」

「俺の聞いたところによると」谷は相変わらず人の話を聞こうとしない。「今のところ、ＭＥＩの連中は武智さんの動きを静観してるみたいだね。あえて無視していると言ったほうがいいかもしれない。地震研や防災科研の関係者たちも似たようなもんだ」

「武智さん本人も、津波プロパーの人たちから協力を得られるとは思っていないようでした。だから僕に声をかけたって」

「相手にされないだけならいいけど、今後の武智さんの態度によっちゃあ、既存の観測網に携わるすべての人間を敵に回しかねないよ」谷がスプーンの先を向けてくる。「お前も知ってるだろ？　観測屋さんたちの結束、すごく固いからさ」

地震学とひと口にいっても、研究手法はさまざまだ。それをあえて分類すれば、次の三つに大別できる。コンピューターと数値モデルを駆使した理論的研究、室内で岩石の物性などを調べる実験的研究、そして実際に地震・津波データを収集して解析する観測的研究だ。当然、地震学コミュニティにおいては、観測的研究を中心におこなう〝観測屋〟の勢力が強い。

「とにかくやばいよ、武智さんは」谷は皿に残ったルーをスプーンでこそぎながら言った。「あんなに羽振りがよかったのに、今や研究費もなければ人もいない。研究設備どころか、部屋もあてがわれてないんだろ？」

「今のところ、自分のオフィスだけみたいですね」

「王子が乞食になったって、みんな言ってるよ。そんなのと心中するようなまねは、止めとけ」

「心中って。僕ならもうとっくに死んでますよ」

準平は自嘲しつつ、あんただってそう思ってるくせに——と胸の内で毒づいた。準平が退職を決めたとき、谷は「やばいよ」のひと言さえかけてこなかったのだ。

「そうだ」この話を終わりにしたくて、無理に声のトーンを上げた。「谷さんにお訊きしたいことがあるんです。瀬島(せじま)って人、ご存じですか？」

「瀬島？」谷が首をかしげる。

図太い性格の谷には驚くほど知り合いが多く、学界の事情にも精通している。準平は財布に突っ込んであった紙切れを取り出した。面接の前に遭遇した男に渡された、連絡先のメモだ。

「瀬島和人。ＭＥＩの横須賀本部で出会ったんです。専門はよくわかりませんけど、ポスドクだって言ってました。歳はたぶん谷さんの三つ、四つ上かな」

「その歳でポスドク？」谷は大げさに眉を上げた。「知らないけど、その人がどうしたの？」

「なんか、ベンチャーを立ち上げるらしくて、リクルートに来たって」

「出た、ベンチャー」谷が吐き捨てる。「研究職に就くのが無理そうだから、起業するってか。まさかお前、誘われたの？　やばいよ、それ」

「誘われたっていうか、手当たり次第に声かけてるって感じでしたけど。いや、もちろん僕はそんな気ないですよ」顔の前で手を振った。「ただ、その瀬島さん、相当変わった人だったんで、もしかしたらご存じかなと」

「お前さあ」谷は呆れ顔で言った。「さっきから、武智さんとかベンチャーとか、やばい話ばっかりじゃん。ちゃんとした就職活動はしてんのか？　公募に応募したりさ」

大学などの研究職の採用は——たとえそれが出来レースであろうと——ほとんどが公募という形でおこなわれる。若手向けポストの場合、競争率が数十倍になることも多い。

「いえ、もうそういうのは」準平はしらけた気持ちで答えた。谷にしても、一度研究の世界から離れた人間がカムバックするのがいかに難しいか知った上で、こんなことを訊いているのだ。

「じゃあ、毎日何して暮らしてんのよ」

「バイトです。塾の講師を」目を伏せたまま、わずかに残ったライスをすくった。「食っていかなきゃなんないんで」

「塾の講師ねえ」谷はため息をついてみせた。心配そうな顔はしているが、研究所に戻ればこの話を広めるに決まっている。

「いいんですよ、もう。だいたい、広報なんて――」と言いかけて、とっさに続きを言い換える。「僕には向いてなかった」

広報なんて、やりたい仕事じゃなかった――口をつきそうになったのは、本当はこの台詞(せりふ)だ。

「だからあのとき、やばいって言ったろ？」

心のこもらない谷の言葉に相づちも打たず、膝の上で両の拳を握る。恩師である小森教授の柔和な顔が浮かぶ。小森に対する申し訳なさと自己嫌悪で、拳に力がこもった。

東都大学生え抜きの武智や谷と違って、準平はエリートではない。履歴書に書き出せばそれなりに立派な経歴かもしれないが、自分の凡庸さは自分が一番よくわかっているし、それを思い知らされる場面も数え切れないほど経験してきた。国内外のトップ研究者たちと交わり、ときに一緒に仕事をするというのは、そういうことだ。

準平は、山口県美祢(みね)市で生まれ育った。石灰石の産地として知られる、山に囲まれた地方都市だ。市の東部には、石灰岩が浸食を受けて独特な地形をなした秋吉台や秋芳洞がある。

地元の国立大学を卒業したあと、地震予知につながるような研究を夢見て、東都大学大学院に進学した。意気揚々と上京した準平を待ち受けていたのは、挫折の日々だった。のんびりした雰囲気の研究室でレポートに毛が生えたような卒業論文を書いただけの学生が、いきなり地震研究所という科学の最前線に放り込まれたのだから、無理もない。

講義の内容も、セミナーでの先輩たちの研究発表も、まるで理解できない。能力も意識も高い同期たちに囲まれ、なんと場違いなところに来てしまったのかと激しく後悔した。

進んで面倒を見てくれるような先輩もいなければ、気兼ねなく愚痴をこぼせる友人もできない。それでもドロップアウトせずにすんだのは、指導教員の小森のおかげだった。東都大学の教授というのはとにかく多忙で、手取り足取りの指導など望むべくもない。準平も、師匠に何を教わったかと問われれば、答えにつまる。

だが小森は、折りにふれて準平のいる院生部屋をのぞきにきた。そして決まって、「そう言えば、あれ、どうなった？」と声をかけてくるのだ。初めのうちは、進捗状況のチェックだろうか、データの催促だろうかと、その度に緊張していた。しかし、それはまったくの勘違いだった。シャイで言葉足らずなところのある小森は、言外に「何か困ったことはないか？」と訊いていたのだ。実際、問題が起きたときは、必ず手を差し伸べてくれた。

準平が選んだ研究は、「岩石すべり実験」と呼ばれる室内実験だ。二つの岩石試料を接触させ、圧縮試験機を用いて両側から強い圧力をかける。要は、試料の接触面を「断層」に見立てるわけだ。こうした実験によって、断層面で「すべり」――つまり地震が発生する過程を明らかにすることができる。

大学院時代を通じて取り組んだテーマは、大地震の「前兆すべり」を検出する新たな方法を探る、というものだった。前兆すべりとは、大きな地震が発生する前に、固着した震源断層の一部がはがれ、ゆっくりすべり始めるとされる現象だ。

半地下の部屋で、日夜実験に没頭した。歩みは遅々として進まず、画期的な発見にも恵まれない。それでも倦まずにこつこつデータを積み上げた。博士課程に進むころには、行田準平という人間が何者であるか、研究所の誰もが知るようになっていた。同期たちより一年余分にかかったが、六年がかりで得た成果を論文にまとめ、なんとか博士号取得にこぎつけた。

大学院は修了したものの、研究者としての将来には暗雲がたちこめていた。スマートな数値シミュレーションが隆盛を極める中、地味でつぶしのきかない〝実験屋〟の準平が応募できるポストはほとんどない。その年はつくばの研究機関にポスドクとして拾ってもらえたが、その契約も二年で途切れた。

次のポスドクの口はどこにも見つからず、三十にして無職かと途方に暮れた。山口に帰ることまで考え始めたとき、小森に呼び出された。聞けば、地震研究所に広報アウトリーチ室が設けられることになり、専任の助教を公募するという。興味があれば応募してみないかとのことだった。

助教とはいえ、主たる職務は研究所の宣伝とアウトリーチ——研究成果を地域や市民に普及する活動——だ。研究も許されてはいるが、費やせる時間は限られる。ずいぶん悩んだが、背に腹はかえられない。いずれまともな研究職に戻るチャンスもあるはずだと自分に言い聞かせて、応募した。準平が採用されたのは、その年度末に定年退官を控えていた小森の熱心な推薦があったからに違いない。準平は小森の最後の弟子だった。

東日本大震災が起きたのは、就任した翌年のことだ。結局、研究職に戻るどころか、震災の一年半後には地震研究所を辞し、アカデミズムの世界に背を向けてしまった。いや——背を向けたというより、逃げ出したと言ったほうが真実に近い。

耳の奥にへばりついた電話越しの怒鳴り声が、また再生される。

何が学者だ、いい加減なことばっかり言いやがって——。

今まで何やってたんだ、この税金泥棒が——。

首都直下地震がいつ起きるか、言ってみろ——。

額に脂汗がにじみ始めたとき、谷の声で現実に引き戻された。

「——3・11のときも、やばいなって思ってたんだよね。まあ、お前も気の毒だったけど。巡り合わせが悪いっていうかさ」

渇いた口をコップの水で潤し、小さく唇を動かす。「——そう、すかね」

窓の外に目をやった。通りをはさんで柵越しにキャンパスの様子が見える。今は閑散としているが、来月になれば新入生の姿で華やぐはずだ。あの震災がなければ、今ごろ自分は広報アウトリーチ室で、新年度に向けたウェブサイトの更新を始めているだろう——。

喫茶店を出て谷と別れ、理学部の校舎に戻ったが、友人はまだ会議中だった。準平は〈今日は帰ります〉と書いたメモをドアの隙間にはさみ、大学をあとにした。誰かに話を聞いてもらいたいという気持ちは、すっかりすり減っていた。

4

「これが二十六号棟だから——確かこの奥だったはずだ」

古びた集合住宅の棟番号を指差して、武智が言った。雨染みのすじが目立つ灰色の外壁を見上げながら、準平は首をかしげる。

「ほんとにこんなところにあるんですか？　信じられないな」

「団地の一階に店舗を入れるのは、よくあることだ。さっきの棟にも薬局やパン屋があったじゃないか」

「だいぶさびれた感じでしたけど」

「小さな工場があってもおかしくはない。とにかく賃料が安いからと言っていた」

「武智さんは、来たことあるんですよね？」

「五、六年前に一度だけ。そのときも迷ったよ。似たような建物がランダムに建ってい て、ちょっとした迷路みたいだろう？」

ここは新宿区にある都営団地だ。高度成長期に建てられたと思しき集合住宅が、緑の中に林立している。多くは五階建てのコンクリート造りだ。

少し敷地に入っただけで、そこが驚くほど広いことがわかる。全部で何棟あるのか知らないが、目の前の建物の号数が「二十六」というのも不思議ではない。

鬱陶しい曇天の下、通りに木々が覆いかぶさっていて、辺りはうす暗い。歩いているのは老人とのら猫だけで、ペンキの剝げた遊具が並ぶ児童公園にも子供の姿はない。この団地も例にもれず、住人の高齢化が進んでいるらしい。

津波観測装置の試作機ができたので、見に行かないか――武智からそんな電話があったのは、昨日のことだ。場所は横須賀のＭＥＩではなく、かつて東都大学理学部で技官をしていた人物の工場だという。

準平は戸惑った。研究支援員を引き受けるかどうか、まだ返事をしていなかったからだ。それをそのまま伝えると、武智は気安く、「実際の装置を見れば、プロジェクトのイメージもわきやすいだろう」と言った。

工場は新宿だというし、塾講師のアルバイトは夜からだった。武智の意図に疑問は残ったものの、とくに断る理由も思いつかないまま、承諾してしまった。

二十七号棟は団地の端にあって、通りに面していた。一階はすべて店舗になっているが、その半分は看板も出ておらず、錆びたシャッターが下りている。クリーニング店と空調設備の会社は営業しているらしい。つぶれたようにも見える印刷工房の隣に、その工場はあった。

アルミ製のドアの小窓から、明かりがもれている。武智が扉を叩いたが、返事はない。

「おかしいな」武智は首をかしげ、腕時計に目を落とす。「二時に来ると言っておいたんだが」

社名がわかるようなものは何も出ていない。かなりひっそりと営業しているようだ。

しばらくすると、左のほうから車輪がきしる音が聞こえてきた。自転車かと思って見れば、違った。緩やかな下り坂を、作業着姿の男がキックボードに乗って下ってくる。驚いたのは男の年齢だ。おそらくもう七十歳に近い。

武智が男に向かって右手を上げた。

「照井(てるい)さんだ」

「え?」準平は思わず声をもらす。「もしかして、あの人ですか?」

男は慣れた手つきでハンドルを傾け、見事なカーブを描きながら二人の手前で止まった。真っ白な髪を短く刈り込み、眼鏡をひもで首からかけている。

「団地の中を移動するのに、こいつがめっぽういい塩梅(あんばい)なのよ」照井はキックボードのハンドルを軽く叩いた。

「わざわざ買ったんですか？」武智が訊く。

「いや、ゴミ置き場にあった。ちょっと部品を交換してやったら、このとおり快調よ」

準平が「あの……」と名乗ろうとすると、照井は面倒くさそうに手を振った。

「知ってるよ。テレビを通じてだけどな」

「照井さんは十年ほど前まで、理学部で技官をされていた」武智が横から言う。「地球物理観測機器のエキスパートだ。海底電位磁力計や海底地震計の開発や改良は、照井さんの技術なしには成し遂げられなかった」

「あ――」それを聞いて思い出した。「もしかして、あの、ゴ、ッ、ド、ハ、ン、ド？」

そう、〝ゴッドハンド〟照井だ。噂によれば、原因不明の不調に陥った機器を照井のもとに持ち込むと、カバーを開けてひと撫でするだけでたちどころに故障箇所を見つけ出すのだという。準平がまだ修士課程のころだったと思うが、「頼みの綱のゴッドハンドも、ついに定年だ」と先輩たちが途方に暮れていた。

「気に入らねえな」照井が顔をしかめた。「〝神の手〟なんて持ち上げられるやつは、どいつもこいつも胡散くせえ」

「すみません……」準平は首を縮こまらせる。

「年季が明けたら遊んで暮らそうと思ってたのによ」一転、照井が相好を崩した。「いざそうなってみると、退屈でしょうがねえのよ。結局ここに工場を借りて、昔のつてでメンテや修繕をやらせてもらってる。ま、ぼけ防止程度にだけどよ」

照井にうながされて、工場に入った。

中は思ったより奥行きがある。左の壁際には旋盤やフライス盤など工作機械が並び、右手には部品棚がある。地震研究所の工作室を小規模にしたような雰囲気だ。整理整頓が行き届いていて、削りかす一つ落ちていない。べらんめえ口調に似合わず、照井は几帳面な性格らしい。

武智は一人奥へと進んでいく。そちらに目をやれば、床の上に直径五、六十センチの黄色い球体が見えた。海底電位磁力計だ。

黄色い樹脂製の半球を上下につなぎ合わせた格好をしているが、それはただのカバーだ。重要なのはその内側の耐圧ガラス球で、中に複数の機器が収められている。外見は海底地震計とそっくりだ。地震研究所の倉庫にもたくさん保管されている。

これを海底に沈めて観測をおこなうわけだが、海に投入する際には、球体の下にシンカーと呼ばれる錘（おもり）と、十字に張り出した長さ二メートルの腕——電極アームが取り付けられる。

照井は装置の前にしゃがみ込み、上側のカバーを外した。透明のガラス球が露わになる。中にアルミの筐体（きょうたい）やケーブルが詰め込まれているのが透けて見えた。

「一つ玉でも、一応こんな具合に収まった」照井が言った。

「いいですね」武智が満足げにうなずく。

「一つ玉？」準平は訊き返した。聞き慣れない言葉だ。

「従来の海底電位磁力計は二つ玉だ」武智が言う。「二つの容器をフレームに並べて使う」

「ですよね。僕はそのタイプしか知りません」

「最近はいろんなものがかわいらしくなってよ。こんな風に一つ玉に全部入っちまう」

照井はそう言ってガラス球をひと撫ですると、指を折りながら中身を挙げ始める。

「フラックスゲート型三成分磁力計、二成分電位差計、傾斜計、温度計、内蔵メモリ、それにリチウム電池だ」

武智が準平に言う。「前にも説明したように、これに水圧を測る微差圧計を取り付ければ、津波観測装置になる」

「なるほど。かなりコンパクトですね」

「ということは、照井さん」武智が照井に向き直った。「ガラス容器のサイズは、十七インチで大丈夫ですね？」

「今のところ、これでぎりぎりだ。ぎりぎりってことはよ――」

「念のため、十八インチにしますか」

「いや」照井は不敵な笑みを浮かべた。「もう一インチ、小さくできる」

「なるほど」武智はじっと照井を見つめ返し、口もとだけ器用に緩めるあの表情を浮かべた。

準平はただ唖然として、視線を交わす二人の横顔を見比べた。知らぬ間に肌が粟立っている。照井の〝神の手〟をこの世で一番信頼しているのは、武智なのだ——そんな気がした。

「けどよ、武智」照井が表情を引き締めた。「お前さんが望む仕様にするには、まだまだ改良しなきゃならんぜ。電位差計の感度も足りねえし、バッテリーの容量も足りねえ」

「わかっています」

「でも金も足りねえんだろ」

「いろいろ策を講じてます。費用の目処がつき次第、あらためてお願いに上がるつもりです」

「試作機一台ですってんてんじゃあ、先が思いやられるな」

「お金のことはともかく、照井さんが引き受けてくださったんです。装置については心配していませんよ」武智はそこで真顔になった。「問題は、リアルタイム観測をどう実現するかです」

「そこだわな」照井も渋い声を出す。

「ずっと考えているのですが、いいアイデアが浮かびません」

「それはつまり——」準平が口をはさむ。まだよく理解できていない部分だった。「海底で計測中のデータを、どうやって研究室でモニタリングするかってことですか？」

海底観測機器は、装置本体の内蔵メモリやメモリーカードに観測データを記録していることが多い。その場合、データの回収は装置を引き揚げてからということになる。海の中は電波が伝わらないので、データを電波に乗せて陸上へ送るということができないからだ。

「電波はダメ、海底ケーブルも使いたくねえとなると、超音波を使った音響通信しかない」照井が準平に向かって言った。確かに、超音波なら水中を遠くまで伝わり、ある程度の量のデータを乗せることもできる。

「実際、調査船と海底電位磁力計との間で信号をやり取りするときは、音響通信を使うんだ」武智が付け加えた。「ただし、通信できるエリアはかなり限られている。船は装置のほぼ真上にいなければならない」

「だからといって、そこにずっと船を浮かべておくわけにもいかねえだろ?」照井がぎょろりと目を向けてくる。「そういうこった」

「なるほど」ようやく合点がいった。「つまり、船に代わる何かが要るってことですね」

「ま、それはおいおい考えるとしてよ」照井が装置を指差し、武智に言う。「先に、こいつにもうちょっとましな名前をつけてやってくれ。ただの海底電位磁力計じゃねえし、津波観測装置ってのはどうもいただけねえ。呼びにくくってしょうがねえんだ」

「確かに」武智は腕組みをした。

「どうだい、若いの」照井が準平を見る。「こういうときこそ、若いもんの出番だろ?」

「そんな、いきなり言われても……」二人に見つめられて、何も答えないわけにはいかなくなった。「電磁気津波計、とか……？」

「なんだ、普通じゃねえか」

「普通ですね」

照井と武智が冷たく言った。

「じゃ、じゃあ」冷や汗を浮かべながら絞り出す。「ダイナモ津波計、というのは？

つまり、海洋ダイナモ効果を利用しているという意味で――」

ダイナモとは、発電機を意味する。地磁気のもとで海水が動くことによって生じる電磁誘導――それが海洋ダイナモ効果だ――を測る津波計ということで、とっさに頭に浮かんだ。

「まああだな」

「まああですね」

「さっきのよりはましってとこだ」

「とりあえずは、というところでしょうね」

照井と武智がまた交互に言った。

からかわれているのだろうか。準平は、納得できない気持ちを抑えて、小さく「……すみません」と言った。

それから一時間ほどで工場をあとにした。照井に駅までの近道を教えてもらったので、行きとは違うルートで団地の中を歩く。

波板の屋根がついた自転車置き場の脇を通りながら、武智が言った。

「照井さんは、プロジェクトの二人目のメンバーなんだ」

準平は言葉の真意をはかりかね、確かめる。「それはつまり、ただの装置の外注先ではないってことですか?」

「あの津波観測装置にしても、私が照井さんに支払っているのは、部品代と材料費の実費だけだ。試作を依頼したときから、面白そうじゃねえかと言って報酬を固辞されている」

「プロジェクトの意義に賛同されたわけですね」

「いや」武智はかぶりを振った。「照井さんとそんな話をしたことはない。純粋に技術的な議論だけだ。震災のことすら話題に出ない。だが、プロジェクトが本格的に動き出せば、彼は手弁当で参加してくれるだろう。あの人は、そういう人だ」

武智は前を向いたまま言った。「で、君はどうだ?」とまた訊かれているような気がした。

午後四時をまわり、辺りはますます暗くなっている。敷地に生い繁る木々に巣でもあるのか、カラスの鳴き声が騒がしい。

三棟並んだ一画を越え、角を曲がると、前方に巨大な白い塔が現れた。高さ三十メートルはあるだろう。塔は根元から上に向かってだんだん細くなり、最上部で円盤状に大きく広がっている。キノコ状の巨大な構造物が団地の真ん中にそびえるさまは、かなり異様だ。

目を奪われている準平の横で、武智が立ち止まった。じっと塔を見つめ、つぶやく。

「懐かしいな」

「あれ、何なんです？」

「給水塔だよ。昔の団地には、よくあった」

「へえ、あんなの初めて見ました。いきなり現れたら、ぎょっとしますよね」

「私が子供のころ住んでいた団地にも、そっくりなのがあったよ」

「え――」意外な言葉に、思わず息をのんだ。

「どこかのボンボンだと思っていたか？」

「いや……」うろたえて口ごもる。

「ここと似たような、板橋の都営団地で育ったんだ。母親と妹と三人暮らしでね。母は大きな病院で看護師をしていて、毎日帰りが遅かった。夜勤もあるしね。家に帰っても誰もいない。妹と二人、暗くなるまで団地で遊んだよ」

「そう――でしたか」

武智の横顔をそっと盗み見た。相変わらず白く端正で、どこかまぶしそうに目を細めている。考えてみれば、武智のプライベートについては、ほとんど何も知らなかった。

今は横浜市内のマンションで妻と二人暮らし。それがすべてだ。

武智は給水塔を見上げて続ける。「団地の中で一番好きだったのが、給水塔だ。塔の根元に立って見上げると、とてつもなく大きく見えた。自分が住んでいる五階建ての何倍も高く」

「子供のころに見たものの記憶って、実際よりもずいぶん大きいですよね」

「そう、UFOだ――」武智は塔の先端を見つめている。

「UFO?」

武智がうなずく。「塔のてっぺんが、円盤状に広くなっているだろう? あそこにUFOが着陸するんじゃないかと思っていたんだ。当時はあれが給水塔だとは知らない。あれだけ高い塔で、てっぺんに広いスペースがある。使い道はUFOの発着場しかない、とね」

「なるほど。僕も大好きでしたよ、UFO」

「妄想がちな子供だった。科学っぽくて、かつ不思議なものが大好きでね。ネッシーとかピラミッドとか」武智は幼いころのことを次々に思い出しているようだった。「想像は際限なくふくらんだ。あそこに着陸できるとしたら、UFOの大きさはどれくらいだろう。こういう推進メカニズムを備えているはずだ。塔の内部はどんな構造になっているんだろう――」

「それは確かに科学的だ」

「思えば、私のサイエンスの原点は、給水塔に着陸するＵＦＯかもしれない」武智はまた歩き始めた。「あのころの気持ちのまま研究者として生きられたら、どんなにいいだろうな」

「意外です」準平はその横に並びながら言う。「武智さんがそんなことをおっしゃるなんて」

武智は反応を示さず、代わりに問い返してきた。

「君はどうだ。どうして地震学を志した？」

「どうですかね」ふっと息をもらす。「子供のころから、不思議な地形とか景色が好きで。山口だったので、秋吉台とか秋芳洞とか」

「いいところだ」

「よく知りもしないで、漠然と地質学とか地理学に憧れてたんです。地震学を意識するようになったのは――やっぱり阪神・淡路大震災が起きてからですかね」

「君たちの世代には、あの震災がきっかけだったという人が多いな」

「ええ。僕の場合、ちょうど高校に入学する年でしたから。結局、地元の国立大の理学部に進んだんですが、そこには地球物理の研究室がなくて。構造地質学の研究室が活断層を扱っていたので、そこに入りました。で、大学院から地震研に」

武智が前を向いたまま、唐突に言う。「『弾性波モニタリングによる断層のすべり過程の研究：前兆すべりの検出法と地震予知への応用可能性』――」

「え、何ですか急に」あまりのことに声がうわずった。

「自分のD論のタイトルを忘れたのか?」D論とは、博士論文のことだ。

「そんなのを一字一句覚えていただいてるなんて、光栄というより、ちょっと怖くなります」

「『地震予知』という言葉がタイトルに入っているのが、印象的だった」

「それについては、賛否ありました」ため息まじりに言った。「あのころは、自分は地震予知を真面目に目指してるんだって、ちょっと意地になってた部分もありますけど……まあ、今となっては——」

「前兆すべりをテーマにしたことを、後悔しているのか?」

「いや、そういうわけじゃ」視線を地面に向ける。

東北地方太平洋沖地震の直前、GPSやひずみ計による地殻変動データには、前兆すべりと解釈できるような変化は見られなかった。この事実は、前兆すべりを検出することで巨大地震の予知につなげようとしてきた地震学関係者に大きな衝撃を与えた。準平も、言葉にできないほどのショックを受けた一人だ。

「ただ——」準平は続ける。「広報アウトリーチ室にいたときも、自分の公式プロフィールみたいに繰り返していたんです。『阪神・淡路大震災をきっかけに、地震予知を志した』って。小学校や中学校に出前授業に行ったときも、かっこつけて子供たちにそんなことを言ったりして。でもそれ、本当かなって」

「どういうことだ?」

「もちろん、研究費をもらうために予知、予知と叫ぶようなまねはしていないつもりです。実際、ほとんどもらっていませんでしたし。でもいつの間にか、『地震予知』がただのお題目になっていた気がするんです。やりたいこと、やれること、やれと言われたこと——この三つのバランスをとって、妥協して研究の中身を決めていた」

「なるほど」武智が静かにうなずいた。

こんなことを誰かに語ったのは初めてだった。その相手がどうして武智なのかはわからない。ただ、準平にとって、武智はもはやよその国のプリンスなどではなかった。

言葉はまだあふれ出る。「僕は、ただ学問の世界に居場所を得るためだけに、研究を続けていたんです。僕の目が向いていたのは、地震じゃない。自分の将来と、ポストを争う周りの研究者たちだった。そんなことをしているうちに、あの震災が——」

「思ったとおりだな」武智がまた口角だけを上げる。「君は正直者だ」

「だとしたら、ばかを見るタイプのやつですよ」

「職業研究者というのは、多かれ少なかれそういうものだ。やりたいことだけをやって給料をもらっているという世間の認識は、必ずしも正しくない」

「税金使って好きなことをやって、この役立たずが——と言われましたけどね。震災直後、電話で何度も」

「そのとおりだ」

「え？」

「役に立つか立たないかは、我々が決めることじゃない。国民がそう言うのなら、今の我々は役立たずなんだ。ただし――」武智がつっとあごを上げた。「役立たずでも、やるべきことがわかったのなら、それをやるべきだ。そうでないと、我々は前に進めない。反省してうつむいているだけでは、役立たずにさえなれない」

準平は武智の横顔を見つめた。武智は自分に言い聞かせるように続ける。

「科学は、私の住む世界だ。私をここまで引き上げてくれた、大切な世界だ。私はそれを守らなければならない。そのために、やるべきことをやる」

最寄りのＪＲの駅で、武智と別れた。

山手線に揺られながら、吊り革につかまってぼんやり外の景色を眺めている。池袋駅で目の前のシートの客がほとんど降りた。準平はそれにも気づかず、つっ立ったままだ。乗り込んできた人々が、瞬く間に座席を埋めていく。

準平は窓に映る自分の顔と向き合った。生気はないが、疲れがにじんでいるわけでもない。ただ醜くあごがたるみ始めているだけだ。

印象が変わったとはいえ、やはり武智は強い人間だ。向かい風が吹きつけていても、砂ぼこりに目を閉じることもなく、黙って一歩ずつ進んでいく人間だ。そばにいるだけで、自分の弱さを思い知らされる気がする。

それでもふと、「ダイナモ津波計」というネーミングは、やはりそれほど悪くないんじゃないか、と思った。名付け親がプロジェクトに参加しないというのも、おかしな話だ——そう自分に言い聞かせる。

駒込駅を過ぎたあたりで、研究支援員を引き受けようと決めた。

5

勤務は四月一日から始まった。

契約期間は一年間。更新も可能と書類には記されていたが、先のことは何も聞いていない。アルバイト先の学習塾は、無理を言って三月いっぱいで辞めさせてもらった。

事務方の職員とは違って、研究支援員はスーツを着る必要がない。研究者時代のように、気楽な格好で出勤している。もちろんひげは毎朝剃ってきているし、初出勤の前日には床屋へも行った。

武智のオフィスに机を借りて窮屈に過ごすことも覚悟していたが、それはどうにか回避できた。今年度から武智に小さなスペースが与えられたのだ。ただしそこは、とても研究室とは呼べないような空間だった。生物学系の実験フロアに新しくクリーンルームをつくった際にできた、奥行き十メートルほどの細長いデッドスペースなのだ。

あるのはドアだけで、他には何の設備もない。壁は冷たいコンクリートがむき出しになっている。準平の最初の仕事は、ホームセンターで買ってきた照明器具を天井に取り付けることだった。廃棄される寸前のスチール机を運び込んで、やっと仕事ができるようになった。

仕事といっても、今は勉強しかすることがない。机には、とりあえず読んでおけと武智に渡された文献が山と積まれている。津波の物理学、海底電磁気観測、海底電位磁力計などに関するものだ。どれも専門外なので、かなり手強い。

ここへ通い始めて四日になるが、武智とは初出勤の朝に会ったきり、一度も顔を合わせていない。いつオフィスを訪ねても不在なので、研究所に出てきていない可能性もある。研究費を工面するために、関係各所を回っているのかもしれない。

ここは生物学系のフロアなので、かつての同僚や知り合いに出くわす機会は少ない。準平が武智のもとで働き始めたことは彼らにも知れ渡りつつあるようだが、この部屋まで準平の顔を見に来る者はいなかった。

準平は論文をめくる手を止めて、目頭をつまんだ。ノートパソコンを開くと、武智からメールが届いていた。本部棟の裏にある倉庫でいくつか部品を探し、照井の工場に送れ、とある。勉強には飽き飽きしていたのでちょうどいい。メールをプリントしてすぐに研究室を出た。

倉庫へ行くと、両開きの扉が片方だけ開いていた。中には作り付けの頑丈な棚が何列も並んでいて、木箱やコンテナが詰め込まれている。

若い男が一人、奥で木箱をあさっていた。おそらく研究員だ。準平の姿に気づき、不審者でも見るような目を向けてくる。準平は「どうも」とひと声かけ、目的のものを探し始めた。

武智が指定した青いプラスチックコンテナはすぐに見つかった。床に下ろして中からラジオビーコンを取り出す。ラジオビーコンとは、観測を終えた海底電位磁力計が海面に浮上したとき、電波を発してその位置を調査船に知らせる発信器だ。

次の部品を探し始めたとき、「ちょっと」と声をかけられた。奥にいたはずの若い研究員が、いつの間にかすぐ後ろに立っている。

「そのビーコン、うちのなんですけど」研究員は険のある声で言った。まだ二十代に見える。

「え、そうなんですか？」うろたえながらも、コンテナ側面に書かれた名前を示す。「いや、そんなはずないと思うんですが。ほら、ここに〈武智〉って」

「あなた、どちら様？」

「あ、すみません。行田と言います」頭を下げて言った。「武智さんの研究支援員です」

「ああ」研究員は鼻息を漏らした。「あなたが」

「武智さんから、部品を探してくるように言われまして」

そう言ってプリントアウトを見せると、研究員はそれを乱暴にもぎ取った。

「海底観測機器の管理責任者は、もう武智さんじゃない」メールに目を通しながら、なじるように言う。「うちのディレクターには、ちゃんと許可とったんですか？」

「いえ、このコンテナの中身だけは、武智さんが自由に使っていいものだからって」

「部外者に勝手なことをされたら困るんですよ。備品の持ち出しにもちゃんとルールが――」

そのとき、出入り口で鉄の扉がけたたましく叩かれた。

「すいまっせーん！」と、おどけた大声が倉庫に響く。

準平は目を疑った。あの奇妙なポスドク――瀬島和人がそこにいる。

「あれえ？」準平に気づいた瀬島が、にやにやしながら近づいてくる。「なーんだ、おたくだったのか。奇遇だねえ。何してんの？」

「何って、ちょっと探しものですよ」能天気な瀬島にいら立って、早口になる。

「お、そりゃまた奇遇だねえ。実は俺も」瀬島は準平と研究員の顔を見比べた。「そっちはもう終わった？」

「いや、ていうか――」

「じゃあ、俺はこれね」瀬島がメモ用紙を研究員の手に握らせる。

「は？」研究員は目を丸くした。「何のことですか？」

「何って、ブイだよ、小型波浪計測ブイ。そこに書いてあるじゃん」瀬島はメモ用紙を指でつつき、軽薄な態度で敬礼する。「よろしくお願いしやーす」

「そんなこと、僕に言われても困ります」研究員は声をとがらせた。

「困りますって、こっちが困るよ。それがおたくの仕事だろ？」

「仕事？」

「うん。倉庫番、的な？」

「はあ⁉」研究員は声を高くしていきり立ち、突き飛ばさんばかりの勢いでメモ用紙を瀬島に突き返した。


今日は岸壁に調査船「なつかぜ」が停泊していた。午後の暖かな日差しが船体を白く輝かせている。晴れわたった空を映した真っ青な海とのコントラストも美しい。

岸壁を並んで歩きながら、瀬島に言った。

「さっきの、わざとでしょ」

「何が？」やはり目の奥が笑っている。

「あの若い研究員を怒らせるために、わざとあんなこと言ったんですよね？」

「いやいや、勘違いしちゃったよ」瀬島はミリタリージャケットのポケットを探り、小さな菓子の袋を取り出した。「あの若者、許可がどうの、持ち出しのルールがどうのってわめいてたからさ。てっきりそういう係かと」

「別にいいですけどね。ちょっとスッとしたんで。礼は言わないですけど」

瀬島は菓子の袋を差し出すと、「ん」と言って準平に右手を開かせた。手のひらの上で袋を振り、カラフルなチョコレートの粒をぱらぱらと落とす。

「ありがとうございます。あ――」思わず礼を言ってしまったことに気がついた。

「どういたしまして」瀬島は自分の手にもチョコレートを出し、まとめて口に放り込む。「許可とかルールとか、体質的に合わないんだよね」

「でしょうね」

「それよりさ」チョコレートを嚙みながら言った。「ここに就職するつもりだったなら、そう言ってくれればいいじゃん。こっちも連絡待ってたんだぜ？」

「またいい加減なことを」

「嘘じゃないって。おたくのことだってちょっと調べたんだ。行田準平、三十四歳。山口県出身。元地震研究所広報アウトリーチ室助教」

「調べたって、とくにこれといったことは出てこなかったでしょ」

「うん。普通だった」

「なんか腹立つな」準平は瀬島をにらんだ。「だったら僕なんか惜しくないでしょうが」

「いや、おたくのことは、マジでちょっといいと思ったんだ」

瀬島はふと立ち止まった。「なつかぜ」の白い船体に目を向けて、続ける。

「前にここで出会ったときさ、おたく、すさんでただろう？　すさんでるやつは、調子がいいだけのやつより、信用できるような気がしたわけよ」

「なんでですか」

「すさんでるってことは、何かにひどく裏切られたってことだ。ひどく裏切られたってことは、ひどく何かを信じていたってことだ。たぶん」

準平はしばらく黙り込んだあとで、「買いかぶりすぎですよ」とだけ言った。

「瀬島さんは、なんでまだここをうろついているんです?」気を取り直して訊ねる。

「またリクルートですか?」

「さっき言ったじゃん。小型波浪計測ブイをもらいに来たんだよ。ここの知り合いに、もう使わない壊れかけのがあるって聞いてさ。あとでまた倉庫に探しに行かなきゃな」

「壊れかけの観測器で、どんな事業を始めるんです?」皮肉をこめて言う。

「それは企業秘密」

「いいじゃないですか。ちょっとぐらい教えてくださいよ」

「だっておたく、うちの社員になる気はないんだろ?」

「ないですけど」

「じゃあダメー。絶対ダメー」瀬島は両手でバツ印をつくった。

「だったら質問を変えます。小型波浪計測ブイって、どういうものなんですか?」

「どういうものって、まんまだよ。海に浮かべて、波の高さと向きと周期を測る。大きさは——」瀬島は両手で輪っかを作ってみせた。「直径八十センチぐらいかな」

「わりと大きいですね。持って帰るつもりですか?」

「うん。車で来たから、積んでくよ」

「近所なんですか?」

「鎌倉」

「へえ、いいな」

「おたくは?」

「町屋です。荒川区の」

「荒川区⁉」瀬島が大げさにのけぞった。「そんなところから通ってんの?」

「近いうちに引っ越そうとは思ってますけど。どの辺りがいいか、考えてるんですよ」

「――行田君」瀬島がわざとらしいほど真剣な表情になった。「あなたに、とっておきの不動産情報があります。鎌倉駅近くの1DK。人気の材木座海岸のすぐそば」

「はあ?」

「二階の角部屋。湘南の海を一望できる最高のロケーション。どんな女の子もバルコニーで一緒に夕日を眺めればイチコロ。この贅沢な物件がなんと!」瀬島は手のひらを目いっぱい広げた。「家賃たったの五万円。今すぐご契約なら敷金、礼金ゼロ。さらに特典として――」

「もういいですって」あきれ顔で止めた。「どこまで本当なんですか?」

「全部さ。知り合いが持ってる物件なんだ」瀬島は肩をすくめた。「そうだ、車で連れてってやるから、今から見に行こうぜ。何時にあがれるんだ?」

瀬島の車は古いトヨタ・ハイラックスだった。開放式の荷台がついた、いわゆるピックアップトラックだ。無事引き取ることができた小型波浪計測ブイを積んで、午後四時半にMEIを出た。

「鎌倉は憧れますけど、ちょっと遠くないかな」準平は助手席で言った。

「遠くないさ。MEIまで電車でも車でも三十分——か、もうちょっとだ」瀬島は曖昧にごまかして、ハンドルをぽんと叩いた。「乗り換えが若干面倒だから、おすすめは車だな」

「車なんか持ってませんよ」

「なら、単車はどうだ。乗ってない原付が一台あるから、貸してやってもいい」

「どうしたんですか。至れり尽くせりじゃないすか」

準平は調子よく話を合わせていたが、瀬島の言うことはほとんど信じていなかった。横浜市内に小ぎれいなアパートでも探すつもりなので、物件にもさほど興味はない。ただ今日は天気もいいし、鎌倉までドライブするのも悪くないと思っただけだ。

三浦半島の付け根を横断して逗子海岸まで出た。そこから国道134号を北へと走る。湘南の海岸線に沿って続くこの国道は、渋滞さえなければ気持ちのいいドライブコースだ。

短いトンネルを抜けると、目の前に海岸線が広がった。

「材木座海岸だ」瀬島が言った。

「広いですね」海岸は緩やかに左に湾曲しながら、北西方向に続いている。

「この先の由比ケ浜も合わせれば、一キロ以上ある」

言いながら瀬島はハンドルを右に切った。海から離れて山手に向かう道に入る。坂を上り切り、つきあたりを左折した。細い道の左側はすぐ崖で、深く落ち込んでいる。崖側の視界が開け、また海まで見渡せるようになる。そのまま少し進んだところで、車を停めた。

「ここだ」と瀬島が指差したのは、けして新しいとは言えない二階建てだった。外壁は白いのだろうが、今は西日に染まってオレンジ色に見える。

瀬島にうながされて車を降り、その箱型の建物を見上げた。二階には部屋が三つ並んでいる。ここから見えるのは南に向いたベランダ側だ。左端の部屋にはサーファーでも住んでいるのか、ウェットスーツが干してあった。

一階は二つに区切られている。右側のスペースは大きな車庫だ。ハイラックスはここに入れるのだろう。左側は店舗に見えるが、シャッターが下りている。

シャッターの上に、木の看板がかかっていることに気づいた。店名が彫り込まれている。

〈海燕(うみつばめ)〉——着色は褪(あ)せていたが、はっきり読み取れた。

「ここ、何の店ですか？」看板を指差して訊いた。「〈海燕〉って」

「サーフショップだよ」瀬島はそこに鍵を差し込み、慣れた手つきでシャッターを上げる。「十年前に閉店したけど」

「なんで鍵なんか持ってるんです？」

ガラス扉の向こうは荒れていた。壁紙は剝がされ、モルタルの床がむき出しになっている。真ん中にサーフボードのメンテナンス用とおぼしきスタンドがあり、壁の木製ラックにはサーフボードがずらりと立てかけられている。二十枚はあるだろう。部屋の奥に、スチール机や段ボール箱が雑然と放り込まれているのが見えた。

「死んだ親父の店だったんだ。こんな崖の上のサーフショップ、客なんて来なかったけどさ」

「じゃあ、このサーフボードは瀬島さんの？」

「そうだよ」

平然と答える瀬島の日焼けした肌と、無造作にのばした髪が、サーファーのそれに見えた。

「もしかして、この建物も――」

「俺のだよ。相続した」瀬島が両手を広げた。「で、この『サーフショップ海燕』は、『株式会社海燕』に生まれ変わる」

「てことは、二階の左端の部屋には――」

「俺が住んでる」

「ひっでえ」準平は苦笑しながら乱暴に言った。「何が知り合いの物件すか」

「あとの二部屋、どっちの店子(たなこ)も三月に出て行っちゃってさ。でも、六万八千円で貸してたんだぜ？　五万てのは、お友だち価格」

「借り手がつかなくて困ってただけでしょ」

「まあ、とにかく中に入ってみろよ」

瀬島に背中を押されて、建物脇の外階段から二階に上がる。準平に貸そうとしているのは、道路から見て右端の部屋らしい。表札には〈二〇一号室〉とある。

玄関を入るとすぐ右手がユニットバスで、その先にキッチンとダイニングがある。引き戸の向こうがリビングだ。

「広いですね。つくりは古いけど」リビングを見回して言った。たぶん八畳以上ある。

「築三十年だからな。これでも親父が一度リフォームしたんだぜ。家賃をディスカウントするかわり、壁紙の張り替えや細かな修繕は、一切なしだ。金がない」

「それは構いませんけど」と言いながら、南の掃き出し窓を全開にした。サーファーのニーズに応えるためか、ベランダがやけに広い。

ベランダに踏み出した瞬間、息をのんだ。

それまで見たこともないような美しい夕日が、今まさに水平線に沈もうとしていた。低い西の雲は朱に染まり、オレンジ色の光のすじが、平らかに凪いだ海面を真っすぐこちらに向かってのびている。

「いいだろ」隣で瀬島が言う。

自分がこういうところで暮らすということが、うまく想像できない。それなのに、準平はそこから一歩も動けなくなった。

第二章　残響

1

コーヒーだけ胃袋に流し込み、部屋を出た。外階段を下りると、海風が崖を上って吹きつけてきた。

よく晴れているが、空気はまだ冷たい。目覚めたばかりの頭がしゃんとする。

ここ「瀬島ハイツ」に引っ越してきて、二週間。潮の匂いに慣れるにつれ、朝早く目が覚めるようになった。太陽と月の運行に忠実な海のそばで暮らしていると、人間の体もそのリズムにシンクロしていくのかもしれない。

一階のガレージは今朝もがらんとして、油と古タイヤの匂いだけが満ちていた。奥に据え付けられた棚には、工具やエンジンオイルの缶が無秩序に置かれている。

ハイラックスがないのはいつものことだ。準平の知る限り、瀬島は毎朝必ず海へ行く。もちろんサーフィンをするためだ。日の出とともにここを出て、九時前まで帰ってこない。四月の海水温を想像すると、準平には苦行にしか思えない。

ガレージの隅の原付バイクを押して道路まで出す。瀬島が貸してくれたのはスクーターではなく、ホンダ・ダックスという旧型のバイクだった。犬のダックスフントをイメージしたというフォルムには確かに愛嬌があるが、古くささは否めない。ただ、エンジンだけは二十年前のものとは思えないほど快調に回る。

ヘルメットのベルトを締めながら、隣の閉店したサーフショップ「海燕」に目をやる。シャッターは半分上がったままだ。瀬島は毎日のようにここへ出入りしているが、看板に〈株式会社〉の文字を書き加える様子はない。

先月末でポスドクの任期が切れた瀬島は、あっさりその大学を離れた。今はここを作業場にして、ＭＥＩでもらってきた小型波浪計測ブイの修理をしているという。だが、準平がのぞいたときはたいていサーフボードのメンテナンスをしているし、波がいい日は昼間も海に入っているらしい。起業に向けて真面目に取り組んでいるようには見えない。

ここへ越してきた夜、瀬島の部屋で出前のそばをご馳走になった。以来、二度夕食をともにしている。近所の居酒屋に誘われたのが一回、「海燕」で缶ビール片手に宅配ピザを食べていた瀬島に付き合わされたのが一回だ。彼は酔いに任せて自らの半生を語るようなタイプではない。それでも、水を向けているうちにいくつかの断片は漏らした。

研究者の職を失い、家賃収入もわずかという状況で遊び暮らしている瀬島のことが、初めは不思議でならなかった。だが、彼の出自を知るにつれ、疑問は解けていった。瀬島家は、鎌倉に代々続く大地主なのだ。瀬島には兄が一人いて、父親から受け継いだ不動産を管理しながら、事業をいくつも手がけているという。このサーフショップは、やはりサーフィン好きだった父親が道楽で始めたもので、実際の経営は人に任せていたらしい。

生家の豪邸が今も北鎌倉にあるというのに、瀬島は寄りつかないようだ。兄の事業を手伝うわけでもなく、この「瀬島ハイツ」だけを譲り受けて気ままに生きているところを見ると、一族の中での彼の立ち位置がなんとなく想像できる。「金がない」と言っていたので、実家から経済的な援助を受けているわけではないだろう。それでも瀬島が常にまとっている根拠のない余裕は、その生い立ちからきているのだ。

ダックスのエンジンをかけ、ゆっくりスロットルを回す。山口で大学に通っていた頃は小型二輪に乗っていたので、運転に不安はなかった。真後ろから太陽が照らす湘南の海を正面に見ながら、坂道を下っていく。

家並みが途切れ、材木座海岸から稲村ケ崎まで広く見渡せるポイントにさしかかる。海上できらきらと光を反射する小さな相似形の群れは、ウィンドサーフィンのセイルだ。白い波頭が目立つので、いい波が来ているのだろう。坂を下りきり、海岸線を走る国道134号に入る。今朝はサーファーの姿が多い気がする。瀬島もあの中にいるはずだ。

あのつかみどころのない男の内面を理解したいとは思わなかったが、研究者としての学歴とキャリアには興味があった。学歴コンプレックスを抱えた準平は、履歴書的な事がらをとくに強く意識してしまう。

結論から言うと、瀬島は極めつけのエリートだった。ただし、日本の大学は出ていない。高校卒業と同時に渡米し、カリフォルニア大学バークレー校という全米屈指の名門で海洋物理学と海洋生物学を修めた。二つの異なる分野を専攻する、ダブルメジャーというやつだ。この一事だけでも、瀬島が人並みはずれて優秀な男だということがよくわかる。

大学院は同じくカリフォルニアのスクリプス海洋研究所に進んだ。サンディエゴ近郊にある世界的な研究所だ。途中で研究の軸足を海洋物理学から海洋観測機器の開発へとシフトしたらしく、海洋工学の分野でＰｈＤ――博士号を授与されている。

大学院を出たあとは、どこにも就職することなく、ポスドクとして世界各地の大学を渡り歩いてきたという。インターネットで検索をかけてみると、瀬島はさまざまな研究機関の研究者たちとともに、三十数編に及ぶ論文を書いている。内容はよく理解できなかったが、掲載されているのが一流の国際学術誌ばかりだということはわかった。凡庸な自分とのあまりの違いに、嫉妬心すらわかなかった。

日本に帰ってきたのは、ちょうど三年前――大震災の一ヶ月後のことだそうだ。帰国を決めた理由はわからないが、こちらのポスドクの口がそこまで魅力的だったとは思えない。そもそも、瀬島ほどの能力と業績がありながら、四十歳近くまでポスドクでいること自体が不思議だ。有力大学で准教授クラスのポストを得るチャンスが、日米問わずいくらでもあったはずだ。

今までどんな研究に携わってきたかという話も、瀬島は好まなかった。質問が研究のことに及ぶと、「知りたければ論文でも読めよ」と面倒くさそうに顔をしかめるのだ。学会の懇親会で交わされるような会話——スノッブで薄っぺらな、という意味らしい——は聞いているだけで虫唾が走る、と本人は言っていた。

二つ目のトンネルを抜けると、国道は再び海岸に近づいていく。はるか前方に葉山マリーナが見える。いい季節にバイク通勤を始めたおかげか、横須賀のＭＥＩまで三十五分という道のりもさほど苦にならない。

非力なバイクでも、風を切り裂く感触は味わえる。ナイロンの上着をはためかせるその衝撃で、体と心にたまった澱が少しずつ吹き飛ばされていく気さえする。

もっと、もっとだ——思い切り前傾姿勢をとった。自分は武智とも瀬島とも違うのだ。そんな当たり前のことをきちんと認めるために、余計なものをすべて振り落としてしまいたい。

叫び出したいようなまどろっこしさを感じて、準平はぐっとスロットルを開けた。

「どうだ、鎌倉暮らしは」

武智が運転席で訊いた。トラックの運転には慣れているらしく、取り回しに余裕がある。

「いいですよ。とくに体調が」助手席で地図を開いていた準平は、顔を上げて答えた。

「不健康な昼夜逆転生活をやめたからかもしれませんけど」

「海が近いと言ってたな。毎朝浜辺の散歩でもしてるのか」

「いえ、そこまでは」苦笑いを浮かべた。「でも、うちの大家なんか、散歩どころか毎朝サーフィンですよ。まだ四月だってのに」

「大家というと、例のカリフォルニア帰りのポスドクか」

「ええ。正確には元ポスドクですけど」瀬島のことは、鎌倉に転居したと伝えたときに話したことがあった。「サーフィンてのは、よっぽど中毒性が高いんですかね」

レンタルした二トントラックは、首都高速湾岸線を東京港へ向けて走っている。ベイブリッジが見えてきた。ここから晴海埠頭まで三十分もあれば着くだろう。荷台には、照井が作ったダイナモ津波計の試作機を積んでいる。

「そういえば、天気予報を見たか」武智が言った。「サーファーの大家は喜ぶかもしれないが、我々には辛い航海になりそうだ」

「ちょうど明日から天気が崩れるみたいですね」

「この先十日間、次々と低気圧がやってくると言っていた。荒れるぞ」

そう言いつつも、武智の表情は明るかった。二人は明日から一週間、宮城、福島沖まで航海に出ることになっている。ダイナモ津波計の試作機を実際に海底に沈めて、初の試験観測をおこなうのだ。

乗るのは東都大学海洋研究所の「明青丸」。別の研究グループの調査に相乗りする形になる。そのグループは、福島の原発事故で海に拡散した放射性物質の調査のために、海底の堆積物やプランクトンを採取するそうだ。今日は、船が停泊している晴海埠頭で、機材の積み込みをすることになっている。

大学など公的機関の調査船を使うためには、前年度のうちに利用公募に計画を申請し、採択される必要がある。武智は当然、身内であるMEIの船にも申請を出していたのだが、そちらは通らなかった。嫌がらせに等しい仕打ちとしか準平には思えない。それでも当の武智は恨みごと一つ言わず、黙々と試験観測の準備を進めてきた。

孤独だろうな——武智の横顔をそっとうかがい見る。だが、研究とは本来、孤独な営みだ。誰も答えを知らない問いに、たった一人で挑んでいくものなのだ。孤独を怖れず、地図も持たずに進んでいく勇気と信念——それは、名をなした研究者たちが例外なく持っていて、自分に欠けているものだった。

準平は視線を窓の外にやり、小さく息をついた。その音に気づいたのか、武智が訊いてくる。

「どうした、不安か?」

「いえ……実は僕、船酔いする質なんですよね」話を合わせて答えた。「酔い止めを買っていかないと」

「薬か」武智が正面を向いたまま微笑む。「要らないと思うぞ」

「え、なんでですか？」

「明青丸は六百トンの小さな船だ。時化たら酔い止めなんて効かない」

「ああ……」うめきながら胃の辺りを押さえる。「なんか、ほんとに憂鬱になってきました」

晴海埠頭に着くと、すでに作業が始まっていた。

調査船が岸壁に係留されている。明青丸だ。調査船としては確かに小さい部類に入るが、全長は五十メートル近くあるだろう。

岸壁に並ぶ大小のコンテナを作業員がクレーンで吊り上げ、船の後部甲板に載せていく。二台いるトラックの荷台から、研究者と学生たちが荷物を降ろしていた。

その近くで照井が待ち構えている。彼は津波計に搭載する電位差計の感度を上げるための改良をぎりぎりまで続けていて、それを新宿の工場からここへ持ってくることになっていた。

準平たちがトラックを降りると、照井は挨拶も抜きに小さな段ボール箱を差し出した。

「だいぶましにはなったが、もうちょいだな」

照井が告げた数値を聞いて、武智があごに手をやる。「仕方ありませんね。今回は試験観測ですから、これでいきましょう」

「他に打てる手があるとすりゃあ、サンプリング間隔を短くしてデータをスタックすることだな。いくらか精度は上がるはずだ」

「なるほど」武智が眉を動かし、目だけで照井にうなずき返す。

「おう」照井はいきなり準平の肩を叩き、トラックの荷台に向けてあごをしゃくった。

「そうと決まれば、さっさと荷物を船に載せちまえ」

「え、何が決まったんですか？」

「のんびりはしてられねえだろうがよ」

「まさか、今からその調整をするんですか？　船の中で？」

「たりめえだろう。出港は明日だろうが。まだ丸一日ある」

　ダイナモ津波計の重さは全体で七十キログラムほどになるが、分解すれば男二人で簡単に運ぶことができる。タラップを何往復かして、すべてを船内の研究室に運び入れた。

　そこは天井の低い二十平米ほどのスペースで、中央に大きな作業台が据えられている。磁力計などがおさめられた耐圧ガラス球の下半分を抱え、支持台の上にそっと置いた。武智は持ち込んだノートパソコンを立ち上げ、電位差計につなぐ。照井も自分の車から大きな工具箱を持ってきて、作業を始める。この手の観測機器をいじったことがない準平には、手伝えることがほとんどない。二人の手もとを見ながら、必要な部品や材料を手渡すぐらいだ。

　すべての調整が終われば、ガラス球の封入をおこなうことになる。上下の半球を合わせて閉じるのだ。閉じるといっても、ガラスを溶かしてつないだり、接着剤を使ったりするわけではない。接合面をクリーニングしてから慎重にすり合わせ、真空ポンプで中の空気を抜いて負圧にするだけだ。あとは継ぎ目にしっかりゴムテープを巻けば、何千トンという水圧にも耐える水密容器となる。

午後一時を回ったころ、ノートパソコンをにらんでいた武智がふと顔を上げた。

「もう昼か」準平の顔を見て続ける。「悪いが、コンビニかどこかで昼食を調達してきてくれないか。それから、ドラッグストアを探して寄ってほしい。買い忘れたものがあるんだ」

「何を買うんですか？」

「紙おむつだ」

「はい？」聞き間違いかと思った。「おむつって言いました？」

「お前さん用じゃねえから安心しろ」照井が笑いながらガラス球を指差す。「緩衝材としてこの中に詰めるんだよ。万が一水が漏れ入っちまったときに、回路が濡れるのを防げる」

「ああ、なるほど」

「どうしても酔い止めが欲しいなら、ついでに買ってきたほうがいい」武智が言った。

「今日は何時に帰れるかわからない」

「酔い止めだあ？」照井がぎょろりと目をむいた。

「彼は調査船に乗るのが初めてなんですよ」武智は含み笑いを浮かべている。

「ふん」照井はにやりと歯を見せた。「心配すんな。古今東西、船酔いで死んだやつはいねえ」

「わかってますよ、そんなこと」準平は口をとがらせる。

「船が初めてなら、もっと大事なことを教えといてやる。そっちは命にかかわることだ」

「何ですか、大げさだな」憮然として言った。

「いいか」照井が人差し指を立てて言う。「船員とは仲良くしとけ」

「船員さん、ですか?」意味がわからず眉根を寄せる。

「昔、調査航海中に、船からこつ然と姿を消した研究者がいたんだそうだ。目撃者はいなかったが、結局、甲板作業中に誤って海に落ちたんだろうってことで片付いた。ただそいつは、船員たちからひどく嫌われてたってことだ」

「まさか、誰かに突き落とされたって言うんじゃ……」

「さあな。だが、広い海の上じゃあ、船の中が世界のすべてだ。誤って落ちたとみんなが言えば、それが真実になるんだよ」

「そんなの——」都市伝説でしょ、と言いかけたが、照井は真面目くさった顔でかぶりを振っている。その隣に目をやると、武智が笑いをこらえていた。

武智の言ったとおりだった。

便器の前にかがみ込み、うめき声をもらす。胃の中はとっくに空っぽで、胃液すら出てこない。苦しさのあまり、目に涙がにじむ。

うねりのように襲ってくる吐き気のせいで、二時間に一度はこうしてトイレにこもっている。出港してから丸二日間、ほとんど何も食べていない。酔い止めの薬など、気休めにもならなかった。

トイレを出て、せまい通路をよろよろと研究室まで戻ろうとしていると、ごま塩頭の船員が通りかかった。手すりにしがみついて進む準平を見て、気の毒そうに顔をゆがめる。

「つれえよなあ」思いのほか優しい声音だった。「だからって、下りられねえしなあ」

「ええ……まったく……」

照井の話を思い出し、無理やり口角を上げる。少しでも会話を続けようとするが、声がかすれて出てこない。

一昨日の朝、明青丸は霧雨に煙る晴海埠頭を予定どおりに出港した。船が激しく揺れ始めたのは、東京湾を出た直後のことだ。すぐに吐き気で全身がしびれ出し、立っているのがやっとという状態に陥った。

苦しいからといって、ずっとベッドで横になっているわけにもいかない。武智が船内の研究室で津波計の動作確認と組み立てを続けていたからだ。準平も昼間はそれに付き合って研究室で過ごした。とは言っても、死んだように作業台に突っ伏していただけで、何の役にも立っていない。そんな準平の体たらくを見ても、武智は何も言わなかった。武智も海洋底観測を始めたばかりのころは、ひどい船酔いに悩まされたらしい。

　昨日の午後には宮城沖まで到達したものの、甲板にかぶるほどの高波を受け、いったん塩釜港に退避した。低気圧が抜けるのを待ち、未明に再び出港した。今ようやく仙台の東百九十キロの海域に近づきつつある。ダイナモ津波計の投入地点だ。

　研究室に戻ると、武智の姿がなかった。もう投入の準備を始めているのかもしれない。部屋に備え付けのヘルメットをかぶり、後部甲板に出た。

　雲が低く垂れ込め、強風に吹き散らされたしぶきが辺りを濡らしている。甲板では、武智が津波計に電極アームを取り付けていた。本体の組み立ては昨日のうちに終わっていて、これが最後の工程だ。同船しているグループの学生たちも手を貸してくれている。準平はふらつく足に力を入れ直し、そこへ駆け寄った。

「すみません、遅くなって」

「無理して海に落ちるなよ」武智が床にひざをついたまま、準平を見上げる。「ずっと何も食べてないんだろう?」

「気をつけます」とうなずいて、海のほうに目をやった。黒く艶のある海面が、まるで得体の知れない生き物のように、長い波長で不気味にうねっている。

「まだ結構うねりがきついですけど、投入できそうですか?」しゃがみこんで訊いた。

「なんとかいけるだろう。早くうちのを済ませないと、あとのスケジュールが厳しくなる」

「予定はすでに半日遅れてますし、この先も荒天待機がありそうですからね」学生の一人がベテランのような口ぶりで言った。まだ大学院生だろうが、海洋調査の経験は豊富なのだろう。

武智の指示にしたがって、四本の電極アームを順に固定していく。準平も時おり深呼吸をしながら作業に加わる。手を動かしているうちに、少し吐き気がおさまってきた。

取り付けが進むにつれ、ダイナモ津波計の全体像が見えてくる。まず、本体は直径六十センチの黄色い球だ。計測機器が入ったガラス球が、黄色の樹脂製カバーに覆われている。本体をはめ込むフレームには、微差圧計や音響トランスデューサー、ラジオビーコンなどがセットされている。微差圧計は、津波による水圧の変化を読み取るための装置だ。

フレームの下から四本の電極アームが十字に伸びている。これらの腕は電位差を測るセンサーの役目を果たす。見ようによっては、黄色い頭に足が四本生えた異形のタコのようにも見える。フレームの底には板状の錘(おもり)——シンカーが付いている。この重みによって津波計は海底に沈んでいられるわけだ。

津波計が計測しているデータをリアルタイムに研究室で見る方法は——先日武智が言っていたように——まだ確立できてない。データは津波計の内蔵メモリに保存されるので、試験が終われば装置自体を回収する必要がある。

手順はこうだ。まず、津波計の真上に浮かべた船から、海中に超音波信号を出す。津波計の音響トランスデューサーがその信号を受け取ると、シンカーが切り離されるようになっている。錘を失った本体は、自身の浮力で海面まで浮き上がってくる。そこで活躍するのがラジオビーコンとフラッシャーだ。ラジオビーコンは電波を、フラッシャーは光を発して、海上を漂う津波計の位置を船に知らせてくれる。

武智が最後の仕上げに電極アームのコネクタを本体に接続した。シンカーの位置を調節し、ラジオビーコンの電源を入れる。武智が小さく「よし」と言った。準備完了だ。

いつの間にか船は止まっていた。目標地点に到着したらしい。海底地形の観測データを見て、真下の地面に大きなでこぼこがないことを確認する。船員が無線で艦橋と連絡を取り合い、投入作業が始まった。ここから先は船員の仕事だ。

津波計がクレーンでゆっくりと吊り上げられる。強風にあおられないように、船員たちが四方からロープで引っ張っている。甲板の数メートル上空で、右舷から船の外に出される。準平は少し離れたところで舷側の柵に張りついた。

船から十分離れると、今度はゆっくり海面へと下ろされていく。十字の電極アームが海面に触れた瞬間、ワイヤーの先のフックが開き、津波計が放たれる。黄色い球体まで一気に沈む。その頭が白波にあらわれたかと思うと、もうすべてが海中に消えていた。

準平は吐き気も忘れ、その光景に目を奪われていた。

「やれやれだな」気づけば隣に武智がいる。

「海底に着くまでに、どのくらいかかるんですか？」

「沈むスピードはだいたい毎分五十メートルだ。ここは水深が三千五百メートルあるから、一時間ちょっとだな」

「見えなくなると不安になりますね。ちゃんと戻ってきてくれるのか」

「虎の子の一台だ。戻ってきてもらわないと困る」

だが準平は、どす黒い海が体内深くに津波計を飲み込んで、二度と返してくれないような気がしてならなかった。実際、自己浮上型の海底電位磁力計や海底地震計が不具合のために浮いてこないというのは、よくあることらしい。

試験観測の期間は三十日間だ。準平たちは津波計をここに置いたまま、いったん東京に戻る。一ヶ月後、別の調査航海で再びここへ立ち寄り、津波計を回収することになっている。

準平は、光も届かぬ深海を想像した。一時間後、ダイナモ津波計は静かに海底に着地する。巻き上げられた砂塵が落ち着くころ、津波計は頭上の海水の動きに耳を澄ませ始める。闇と静寂と高圧の世界で、じっと息を潜めて待つのだ。

ちょうどこの地下二十四キロメートル付近を中心に、東北地方太平洋沖地震の震源域が広がっている。一気に五十メートルもずれ動いたプレートは、今も落ち着かずにぎしぎしと音を立てているはずだ。その不穏なきしみが、津波計には聴こえるのだろうか――。

武智がその場を離れたあとも、準平は舷側から暗色の海を見つめていた。

三年前のあの日――。

海はまさにここで盛り上がり始めたのだ。盛り上がった高さだけを見れば、目の前のうねりと大差ないものだったかもしれない。だがその膨らみは、深部に膨大な水塊とエネルギーをともなっていた。

沿岸部に近づくにつれ、海面の隆起は高さを増していく。津波には、水深が浅くなるほど波高を増すという性質があるからだ。そしてついには、高さ十メートルという巨大津波となって陸地に押し寄せ、町と人々を襲った。

あのとき、この海で何が始まっていたか、見ていた者はいない。誰かが見てさえいれば、多くの命が失われずにすんだはずなのだ。

いや、「多くの」などという短い言葉では何も言い表せられない、一つ一つの交換不可能な命が――。

急に足もとがぐらりと揺れた気がした。冷や汗が噴き出し、船酔いの症状が戻ってくる。

準平は柵を強く握りしめ、吐き気に耐えた。

2

航海から戻っても、二、三日は地面が揺れているような感覚が続いた。「陸揺れ」というそうだ。帰航したのはゴールデンウィークのまっただ中だったので、ゆっくり体を休めることができた。

連休明け最初の出勤は、ＭＥＩではなく、東都大学になった。理学部でおこなわれる研究会に出てみないかと、武智に誘われたのだ。

通称「横断会」。大震災を受け、東都大学の准教授らが旗振り役になって始めたオープンな研究会で、月に一度開かれている。準平もその存在は知っていたが、参加したことはない。

地球物理学だけでなく、地質学、自然地理学、防災工学、果ては考古学や歴史学といった分野の研究者にも声をかけ、分野横断的に地震について学び直そうというのが会の趣旨だ。これは、東日本大震災のような〝想定外〟が起きたのは、地球物理データばかりを偏重し、周辺分野の知見に目を向けてこなかったからだという反省に立っている。早急に横断の橋をかける必要があるのは、地球物理学と地質学という二大分野だろう。はたからは近しい分野に見えるだろうが、実は両者の溝は深い。

地球物理学――「地物」と呼ばれる――が数学、物理、機器観測を武器とするのに対し、地質学の要は野外調査だ。一日中コンピューターに向かっている地球物理学者と、山に分け入ってハンマーで岩石を叩いている地質学者とでは、わかりあえないところも多い。「地物」と「地質」では、根本的な好みが違うのだ。

理学部の校舎の前で、武智と一緒になった。挨拶の声が暗かったのか、武智が準平の顔を見返して言う。

「やっぱり、気が重いか」

「緊張は、しますよ」準平は声をはげました。「でも、『横断会』ならいろんな人がいるはずですから。地震研の研究会に出ろと言われたら、さすがに無理かもしれませんけど」

「地震研の人間も何人かは来てると思うぞ」

「ええ、それは覚悟してます」

武智にとってここは古巣だ。案内図で会場の講義室を確認することもなく、まっすぐエレベーターホールに向かう。

「武智さんはずっと出てたんですか？　この研究会」

「いや、半年ぶりだ」

「じゃあ今日はなんでまた——」

そう訊きかけて、思わず息をのんだ。角を曲がったところに、あの男がいたからだ。グレーのスーツに無地のネクタイというお決まりのスタイルで、エレベーターを待っている。

天木恒彦。東都大学地震研究所の副所長だ。専門は観測地震学で、地震予知研究推進部門の部門長も兼任している。数年のうちに所長になるのは間違いない。

天木がこちらに顔を向けた。驚いたのか、たるんだ下まぶたがぴくりと動く。額に垂れた白い前髪を煩わしそうに横に撫でつけながら、にこりともせずに言う。

「噂のコンビのお出ましか」

「ご無沙汰しております」武智が穏やかに応じる。

準平もなんとか頭だけは下げたが、天木は目礼すら返そうとしなかった。どうしても体が前に進まない。つい武智の後ろに隠れるような格好になった。

「期待していたんだがな、君には」天木はそう言ってエレベーターのほうに向き直る。もちろん準平に言ったのではない。武智に向けてだ。武智は何も答えず、口もとだけ緩めたいつもの表情を浮かべている。

到着したエレベーターに三人で乗り込んだ。扉が閉まるなり、天木の声が響く。

「プリンスは、キングにならなければならない。選ばれた者の義務だ。そうは思わないか？」

武智は答える代わりに「何階ですか？」と訊いた。天木が指示したのは、準平たちの行き先と同じ、八階だった。エレベーターが上昇を始める。

「君は、この東都大でキングになるという道を自らはずれ、今やＭＥＩでもはぐれ者だ。うちの連中は君が乱心したなどと言っているが、私はそうは思わん。君ほどの男が、あとでどんなつけが回ってくるかもわからずに動いているはずがない。当然すべて覚悟の上だろう」

「ご期待に添えず、申し訳ありません」武智は頭を下げずに言った。「ですが、私はプリンスなんかじゃありませんよ」

天木が鼻息をもらす。「まあいい。何をやろうと君の自由だ。学問の自由というのは、何よりも大事だからな」

「おっしゃるとおりです」

「だがその自由も――」天木が初めて武智の顔をまっすぐに見た。「コミュニティの和を乱さないことが大前提だ。和を乱すような自由は、自由ではない。勝手というのだ」

コミュニティの和――準平の胸に鋭い痛みが走る。どっと汗が噴き出した。あのころの出来事がフラッシュバックしそうになるのを、武智の落ち着いた声が引き戻す。

「コミュニティというのは、地球科学界全体のことでしょうか？」武智も目をそらさない。「それとも、地震研究予算を分け合っている地震学者たちのことですか？」

「まるで部外者のような言い方だな」天木が顔を斜め上に向ける。「うちで長年やっている海洋底観測プロジェクトの共同研究者の中に、ずっと君の名前があったと記憶しているが――勘違いだったか」

二人の視線が再び交わったとき、エレベーターの扉が開いた。天木は真っ先に外に出ると、振り向きもせず廊下を進んでいく。入っていったのは、「横断会」がおこなわれる講義室だ。

「すまなかったな」武智がその姿を見て言った。「天木さんが来ていると知っていたら、無理に君を誘わなかった」

確かに、準平が一番会いたくない人物だった。

「こんな集まりにあの人が顔を出すなんて、普通は思いませんよ」汗ばんだ額を手の甲でぬぐう。「それに、僕は無視されただけですから」

五十人は入る講義室に、まだ十数人しか集まっていなかった。天木は最前列の窓際に陣取っている。教授クラスの参加者は彼だけだ。

後ろの席に武智と並んで座ると、世話役の准教授がレジュメを手にやってきた。

「去年よりずいぶん人が減ったな」武智が世話役に言った。

「そうなんだよ。みんな忙しいのはわかるけどさ」世話役は口をへの字にする。「顔つなぎのつもりでいいから、もうちょっと出てきてくれないとねえ」

「私も人のことは言えない」武智が苦笑いを浮かべる。

「地質とか地理の人たちはまだ真面目で、出席率がいいんだ。でも地物は全然だめ。集まりがよかったのは二年目ぐらいまででね。今日はとくにひどいよ。地震研からは誰も来てない」

「でも、あそこに――」準平は視線を前方に向ける。

「ああ、天木さん」世話役はその後ろ姿を見て、なぜか顔を曇らせた。「お忙しいだろうに、最近よくいらしてるよ。あの人、宮城出身なんだ」

「仙台だね」武智が言う。

「最初は、そういうこともあってかなと思ったけど……真意はよくわからない」世話役は含みをもたせてかぶりを振った。

世話役が置いていったレジュメに目を通す。今日は二人の研究者が発表するらしい。一人目は都市防災、二人目は古地震の研究者だ。

おかしなことに、二人目のレジュメはほぼ白紙だった。発表者は〈二宮汐理（にのみやしおり）〉。講演タイトルはなく、〈たぶん貞観（じょうがん）地震の話をします〉とだけ書かれている。所属機関は聞き慣れない女子短期大学だ。

「なんでしょうね、このやる気のないレジュメ」

「面白そうだな」武智も同じものを見ていたらしく、目を細めている。

「古地震学」というのは、読んで字のごとく、遠い過去の地震について調べる学問分野だ。地層や地形に残された地震や津波の痕跡を探し出し、その年代や規模を推定する。手法からもわかるように、地球物理学ではなく地質学の領分だが、専門とする研究者はごく限られている。

大震災をきっかけに、このマイナーな学問の成果が広く世間に知られるようになった。それが「貞観地震」だ。貞観十一年――西暦八六九年、宮城や福島が大津波に襲われたことが、古地震の研究グループによって震災前に明らかにされていたのだ。証拠となったのは、太平洋沿岸の地層に残る、津波で内陸まで運ばれた砂礫――「津波堆積物」の存在である。

この大津波を引き起こしたのは、東北地方太平洋沖地震と同じく、日本海溝のプレート境界を震源とするM8・4以上の巨大地震であると推定された。さらに、それが五百年から千年という間隔で繰り返し発生していたこともわかりつつあった。この結果は震災の前年までに文部科学省に報告されていたというが、結局、深刻に受け止められることのないまま、3・11に至ったことになる。

講義室の聴衆は最終的に二十人余りになった。

一人目の発表は、統計データの紹介が続く退屈なものだった。準平は途中何度も睡魔に襲われた。質問もほとんど出ず、沈滞した空気のまま次の発表に移った。

世話役が発表者の名前を告げると、チェックのシャツを着た若い女が立ち上がった。両手をジーンズの尻ポケットに差し込んだまま、足早に登壇する。顔立ちはきれいなのだが、華奢で髪が短いので、どこか少年ぽくもある。

女はプレゼンのスライドを映そうともせず、険のある目つきで一同を見回した。

「最初に言うときます。わたしは別に、地物の人と仲良くしたいとは思てません。だいたい、知り合いに頼まれへんかったら、こんなとこ来ません。それから、3・11の地震は〝想定外〟ではありません」

語気の強い関西弁に、眠気が吹き飛ぶ。部屋の空気も一瞬で変わっていた。

「最近は地物の地震屋さんも、自分たちの手柄みたいに貞観地震、貞観地震と言うてはりますね。以前から警鐘を鳴らしてたかのように言う人までいてるみたいですけど、はっきり言ってむかつきます。貞観地震について明らかにしたのも、ずっと警告を発してきたのも、わたしたち古地震の研究者です。それを黙殺してきたのが、地物の人たちです」

　思わず武智と顔を見合わせる。武智は可笑（おか）しそうに、「なかなかの先制パンチだな」とささやいた。

「今日はそれだけ言いにきました。あとは余談なんで、聞きたければ聞いてください」

　女は投げやりに言うと、スクリーンに写真を映した。刈り取り後の田んぼに、三人掛かりで金属のパイプを差し込んでいる光景だ。

「わたしたちの研究は、半分以上が穴掘り仕事です」

　発表は調査方法の説明から始まった。金属のパイプはハンドコアラーというもので、これを人力で地面に押し込み、地下一、二メートルまでの地層を採取するという。この作業を場所を変えながら数百ヶ所で繰り返し、地層にはさまれた津波堆積物を探す。それがどの程度内陸まで分布しているか把握できれば、津波による浸水域——ひいては津波と地震の規模を推定することができる。

　気が遠くなるほど地道な作業だ。なるほど彼女はよく日に焼けている。膨大な労力をかけて得られたデータの迫力に、準平は圧倒された。他の聴衆も身じろぎもせず聞き入っている。

　結論として示された仙台平野の地図を見て、あらためて驚いた。貞観地震と東北地方太平洋沖地震の津波浸水域が、ほぼぴったり一致していたのだ。

「わたしたちの仲間は、二〇一一年四月——つまり震災の翌月に、この結果を公表して、地元の人たちに『津波浸水履歴地図』を配る予定やったんです。だから、宮城沖で大地震が起きたと知ったときは、嘘やろって叫びました。貞観地震のほんまの怖さを知ってたのは、あの時点ではわたしたちだけやった。せやのに、みんな早く逃げてって伝えることもできへんかった。あと一ヶ月、ほんの一ヶ月だけでも、あの地震が待ってくれてたら——」

女はそこで唇を噛んだ。瞳が小刻みに揺れているのは、たぶん涙をこらえているからでも、悔しさに耐えているからでもない。怒りにうち震えているように見えた。

束の間の沈黙のあと、「最後に、これからの話を」と言って、北海道の地図を映した。

「今は猫も杓子も南海トラフの話ばっかりですが、わたしたちは北海道に注目しています」

地図中には、北海道東部の太平洋側、十勝沖から千島列島にかけて、大地震の震源域がいくつも並んでいる様子が描かれている。

「最近、古地震の研究から、この千島海溝でも、複数の震源が同時に動く、連動型巨大地震が起きていたことがわかってきました。推定される規模はM8・5以上。北海道東部の沿岸に、高さ十メートルもの大津波が押し寄せたと考えられています。巨大地震の周期はおよそ四百年で、直近では十七世紀に起きている。つまり、もう満期です」

津波堆積物や地殻変動のデータを紹介したあとで、こうまとめた。

「――そんなわけで、古地震の立場からは、南海トラフだけやなく、千島海溝の巨大地震にも注意をうながしたい。〝想定外〟なんて、もう誰にも言わせたくない」

女は「以上です」と短く言って、演壇を下りようとした。かと思うと、何か思い出したように動きを止め、声を張り上げる。

「あと、わたしは今、短大で非常勤講師をしてます。研究はできてません。学位を取っても、古地震はポストがないんです。この中に誰か偉い人がいたら、地震研究予算をもっと地質系にまわしてポストも作るよう掛け合ってください。予知、予知と、できもせんこと言うてアホみたいにお金を使う地物の地震学者より、よっぽど役に立つ仕事をしてみせます」

聴衆があっけにとられている中、弱り顔の世話役が質問を受け付けた。最前列の天木が、指される前に立ち上がる。

「地震研究所、地震予知研究推進部門の天木だ」

天木が所属部署まで告げたことの意味を皆が察して、会場の空気が張りつめる。

「一つ教えてもらいたい。君は、千島海溝で十七世紀に連動型巨大地震が起きたと言った。もしそれが本当なら、東北や関東にも津波が押し寄せたはずだ。そういう記録は残っているのかね？」

「それは……不思議ですけど、まだ見つかってません」女は唇をきつく結んだ。

「十七世紀と言えば、江戸時代だろう？　その津波のことに触れた古文書が一つも見つからないという事実は、どう考えればいい？」

準平にはわかっていた。これは質問などではない。天木はすべてを知った上で、彼女をなぶっているのだ。

「それについては――」女はどこか苦しそうに息をつぐ。「一六一一年の慶長三陸地震が、実は千島海溝の地震だったという解釈もできますし、あるいは、東北や関東に津波が来ないような震源モデルも設定が可能で――」

「つまりは」天木が厳しくさえぎった。「古地震の立場からは、いろんな解釈ができるということだな？　いろんな解釈が可能なデータからなら、いろんなことが〝想定〟できるだろう」

「何が言いたいんですか」女が天木をにらみつける。「わたしたちのデータがいい加減やって言いたいんですか」

「サイエンスとしての質の違いを指摘しているだけだ」天木はまるで動じない。「さっき君が悪しざまに言った、予知を目指した我々の地震研究は、大規模な地球物理観測網に裏打ちされた精密科学なのだよ」

「地質より地物のほうが優れてると言いたいわけね」

「優劣の問題ではないと言っているだろう」天木は平然と言い募る。「確かに、我々の想定は――予測と言い換えてもいいが――ある意味、限定的だ。だがそれは、我々の地震学が精密科学だという証拠でもある。このまま予測の精度を上げていけば、いずれ実用的な防災につながるはずだ。一方、君たちは地面を掘るたびに〝証拠〟とやらを見つけ、あらゆる〝想定〟を作り出そうとしている」

「してへんわ、そんないい加減なこと」

「そんなことを続けていれば、〝想定外〟など生じないのも当然だ。五百年に一度、千年に一度と、人々が具体的な行動に結びつけられないことばかり言い立てて、本当に社会の役に立つのかね？　結局のところ、まともな予測可能性というのは精密科学にしか――」

「もうええっちゅうねん！」女が演台を両手で叩いた。「あんた、けんか売ってんの？　精密、精密って、時計屋か！　今から被災地行って、そのご託並べてみい！」

世話役が慌てて駆け寄るが、女は叫ぶのを止めない。

「北海道の人に、同じこと言うてみい！」

世話役は女の腕をとり、なだめながら出入り口のほうに引っ張っていく。聴衆は皆唖然として、声も上げられない。

天木は呆れたようにかぶりを振りながら、静かに席に着く。女は部屋から出されるまでの間、天木をにらみ続けていた。

3

武智はこれから大手町の気象庁を訪ねるというので、地下鉄の駅まで一緒に行くことにした。気象庁が新たに導入した津波計の話を聞きにいくらしい。

新緑のまぶしいキャンパスを抜け、正門を出る。すれ違う外国人留学生はもうTシャツ一枚だ。確かに、少し歩いただけで汗ばんでくる。

「まったく、すごい女性でしたね。関西弁のパワーと相まって、超戦闘的」

「噂以上だったな」

「あれ？　彼女のこと、誰かに聞いてたんですか？」

「彼女の大学院時代の指導教員と知り合いなんだ。さっきはポストがないようなことを言っていたが、彼女にも問題はある。面接までこぎつけても、毎回大げんかして帰ってくるらしい」

「あー……」その光景は容易に想像できた。「もしかして武智さん、今日は彼女の発表を聞くために来たんですか？」

武智はうなずいた。「津波研究者の話は片っ端から聞いておいて損はない」

「それにしても」また天木の顔がちらつく。「天木さん、他分野の人にああやっていちゃもんをつけるためだけに『横断会』に出てるんですね。世話役の人も若干迷惑そうにしてましたし」

「天木さんはそこまで暇じゃないと思うが」

「いや、よそ者が村に立ち入ろうとするのが気に入らないんですよ。『地震村』を守ることがあの人の生きがいですから」

「地震村？」

「どこかのジャーナリストがそんな言い方をしてたんです。『原子力村』があるように、『地震村』もある。さっき武智さんも言ってた、『地震研究予算を分け合っている地震学者たち』ってやつですよ。地震学コミュニティとその既得権益。組織とかポストとか研究費とか」

地震学者には財布が二つある――とよく言われる。一つは、文部科学省が交付する競争的資金――科学研究費補助金だ。研究者個人、あるいはグループで研究計画を申請し、採択されれば予算がつく。専門家がおこなう審査はそれなりに厳しい。

もう一つが、政府の地震調査研究関係予算。「地震村」を潤わせている財源だ。概ね年間百億円以上、震災後の二年間に限れば四百億円を超える予算がついている。政府の「地震及び火山噴火予知のための観測研究計画」にもとづいて拠出されているのだ。

したがって、本来この分厚い財布は「予知研究」のために使うべきなのだが、実情は違う。地震学者たちは「どんな地震研究も、突きつめれば予知につながる」と考えて、普通の研究に使っている。もちろん、その考え方が間違いとは言い切れない。事実、この予算によって日本は世界でも類を見ない緻密な観測網を築き上げ、地震に対する理解は格段に進んだ。

その観測網は日本の地球物理学界全体のインフラとなり、武智のような周辺分野の研究者にも恩恵が及ぶ。予算を直接受け取っていないにしても、共同研究者として部分的に携わったり、データを利用したりするからだ。エレベーターの中で天木が武智に皮肉を込めて言っていたのは、そういうことだ。

これだけの予算を数十年にわたってつぎ込んでいるにもかかわらず、予知に成功した事例は一つもない。兵庫県南部地震（阪神・淡路大震災）も、新潟県中越地震も、岩手・宮城内陸地震も、すべて不意打ちだった。その上、3・11のような超巨大地震の前兆すらとらえられなかったのだから、非難を受けるのも当然だろう。

武智が歩みを緩めずに言う。

「確かに、震災から一年ほどの間は、『地震村』も存亡の危機を感じていたかもしれない。みんな感情的になっていて、総懺悔という状態だったからな。だが、三年も経てば頭も冷えてくる。自分たちを全否定するような地震学者は減った。以前と変わらないスタンスで研究を再開した者も多い」

「もう『横断会』なんかに興味はないってわけですか」

「看板から『予知』という言葉を消した組織はあるが、中身に大なたが振るわれたわけではない」武智は淡々と続ける。「予算にしてもそうだ。今年度から政府の地震研究計画がリニューアルされたのを知っているか？」

「いえ、もうすっかり疎くて」

「『災害の軽減に貢献するための地震火山観測研究計画』というのが五ヶ年で始まるん

だ。予算は従来どおり年間百億円規模。以前の計画は名前に『予知』の二文字が入っていたが、今回から消えた。裏を返せば、ことさら『予知』と謳わなくても予算をつけますよ、ということだ」

「相変わらず、大甘ですね」

「『地震村』は安泰だ。天木さんが必死になって守るまでもない」

「そう、なんですかね――」

準平はどこか納得できないものを抱えたまま、かつて自分が裏切った「地震村」のことを考え続けた。


鎌倉駅からバスに乗り、「材木座」の停留所で降りた。

自宅の最寄りは二つ先のバス停なのだが、海岸を散歩していくつもりだった。まだ午後四時を少し回ったところだし、湘南の空気は初夏の匂いをはらんでいる。このまま帰るのがもったいない気がしたのだ。

国道わきの階段を降り、砂浜に出る。平日の材木座海岸は、そぞろ歩く人もまばらだ。風はほとんどなく、ささやかな波が同じリズムで優しく砂浜を撫でている。当然、辺りにサーファーらしき人影は見えない。

晴れてはいるが、くっきり澄んではいない。霞がかかったように空全体が白けている。それを映した海も、青緑に白をたらしたようなやわらかな色合いを見せていた。

由比ケ浜のほうに向かってしばらく歩いていると、少し先の砂浜にサーフボードが寝かせてあるのが見えた。デザインに見覚えがある。たぶん瀬島のボードだ。きょろきょろ辺りを見回していると、背後の高いところで「よう！」と声がした。振り返れば、コンビニの袋を提げた瀬島が国道からこっちを見下ろしている。

瀬島に誘われるまま、砂浜に並んで座った。瀬島はウェットスーツを上半分だけ脱ぎ、長袖のTシャツを着ている。

「今日あっちいからさ、我慢できなくなった」瀬島はポリ袋から缶ビールを二本取り出して、一本を準平に差し出す。「もう海にも入んないし」

「でも、車でしょ？」

「歩いて帰ればいいじゃん」瀬島は音を立ててプルタブを開け、一気にあおる。大きなげっぷを一つして、訊いた。「今日はどうしたの？　早いじゃん」

「東都大に行ってたんです。研究会があって」

準平は「横断会」のあらましを説明し、最後にあの女性古地震研究者のことを話した。空き缶をもてあそびながら聞いていた瀬島は、話が終わるなり「いいねえ」と言った。

「そんなに元気のいい子なら、うちにリクルートしたいよ」

「だったら声かけてみたらどうですか。きっとえらい目にあいますよ」

「だけど、その子もさあ」瀬島は鼻にしわを寄せた。「ポストを作ってくれ、なんて情けないこと言ってないで、自分で何か始めればいいじゃん」

「六本木の若手起業家みたいなこと言わないでくださいよ。古地震の調査会社でも始めろっていうんですか？　ビジネスになりませんよ」

「どうしても古地震じゃないとだめなのか？」

「当たり前でしょ」

「面倒くせえやつだなあ。そんなことだからポスドクの口もないんだよ。研究して金がもらえるなら、テーマなんか何だっていいじゃん」

「どこまで本気で言ってるんですか？」あらためて瀬島の顔を見た。学問の世界にいた人間とは思えない発言だが、瀬島が言うとそこまで異常には感じない。

「どんな研究だって、やってみれば面白いもんだぜ？」瀬島は真っすぐ見つめ返してくる。「そりゃあ、まったく興味がなきゃ辛いさ。俺は海が好きだから、海のことなら何でも知りたいわけ。海を相手にできるなら、テーマなんか何だっていい」

「みんながそうじゃありませんよ」

「例えば」瀬島は手で砂浜を掻いた。「ずっとスナホリガニの生態を研究してる生物学者がいるとするだろ？　そいつは、スナホリガニが好きだから学者になったわけじゃない。たぶん、甲殻類が好きだからでもない。生き物が好きだからだ。お前だって同じだろ？」

「そりゃまあ、そうですけど――」

確かに、準平の研究テーマは妥協の産物だった。手の届く範囲に並んでいるものの中から、手に負えそうな一つを選んだにすぎない。だが、いったんそれが自分の〝専門〟だと思い込むと、その小さな枠の中からなかなか足を踏み出さなくなるものなのだ。

「どうってことないきっかけで始めた研究なのに、いつの間にか、自分でそのテーマを見いだしたような気になっているのさ。人間てのは、自分のやってることに特別な意味を持たせたがるものだからな」

「だからって、スナホリガニの研究者に明日から分子生物学をやれと言うのは無茶でしょうが」準平はため息をついた。「瀬島さんは何でもできるからそんなことが言えるんですよ。みんながみんな、瀬島さんみたいに優秀なわけじゃないんです」

「けっ」瀬島がつまらなそうに吐き捨てる。「ま、俺が優秀だというのは否定しないが」

「それに、前も言いましたけど、ちゃんとした志があってその研究に取り組んでる人だっているでしょ？　あの古地震の女性だってきっとそうですよ」

「何だよ、俺は志が低いってのかよ」

「そこまでは言ってませんけど」

「よく聞け、準平ちゃん」瀬島が芝居がかった真顔で見つめてくる。「俺は、志が低いんじゃない。誠実なんだ」

「何に誠実なんですか？」

「自分にも、サイエンスにもだよ。わかるか？　俺は、オネスト・サイエンティストなんだ」

「はあ。ちょっとよくわかんないす」

瀬島は悲しげに首を振ると、サーフボードを枕にして砂浜に寝転んだ。準平はビールの残りを流し込み、缶を握ってへこませる。静かに吹いていた風がぴたりと止んでいる。夕凪というやつだろう。

「瀬島さんは、そうやって誘われるままに、あちこちの大学でポスドクをやってきたんですよね？」

「ああ。無節操にあちこちでいろんなことをな」瀬島はふてくされたように言った。

「いや、嫌味で言ってるんじゃなくて」準平は笑った。「今までいた中で、どの大学が一番よかったですか？」

「うーん、難しい質問だな」

瀬島は体を起こした。膝を抱え、遠くを見るような目をして続ける。

「やっぱり、ハワイ大学は最高だったな。波がでかいのは確かにノースショアだけど、俺が気に入ったのはウェストサイドだ。ヨークスの分厚い波にいきなりボードを折られたときは、さすがの俺もびびったぜ」

「波、ですか？」

「オーストラリアのクイーンズランド大学もよかった。ゴールドコーストまで車で一時間。一度海に入ると大学に行く気も時間もなくなるってのが難点だ。あと、ポルトガルも思ったよりよかったな。大西洋の波もなかなか侮れない。カナリア諸島まで遠征したんだぜ」

「カナリア諸島——」

「そのあと、シカゴ大に声をかけられたんだが、断った。海がないからな。結局、スクリプス時代のラ・ホヤの波が恋しくなって、カリフォルニア大学サンディエゴ校に移った。あそこはとにかく——」

「ちょっと待ってください」まさかと思いながら確かめる。「もしかして、サーフィンを基準に大学を選んでるんですか？」

「え？　そうだけど？」瀬島は不思議そうに首をかしげる。

「じゃあ、高校を出てアメリカに渡ったのも——」

「やっぱ本場はカリフォルニアだろうと思ってさ。とくに、スクリプス海洋研究所は最高のロケーションだったぜ。すぐ裏が抜群のスポットでさ。ちょっと息抜きにって海に入れる。研究所の中をいつもボード抱えて歩いてたよ」

「てことは、大学に教員として就職しようとしないのも——」

「んなことしたら、好きなときにサーフィンできなくなるじゃんか。会議とか授業とか雑用とか、研究と関係のない仕事に縛られるのはごめんだ」

「なんていうか——」自然と肩が震え出す。もう笑うしかなかった。「瀬島さんの言う〝誠実〟が、半分だけわかりました」

「半分かよ」

「自分に誠実だってところです。うらやましいぐらいですよ、潔くて」

「シンプルだろ？」瀬島はにやりと歯を見せた。

準平は不意に不思議な衝動に駆られ、靴と靴下を脱ぎ捨てた。足の裏で砂の感触を味わいながら立ち上がり、潮の香りを胸いっぱいに吸い込む。

「この季節の海は、いいねえ」隣で瀬島が言った。「今日みたいに、天気がいいのにぼんやり霞んでるところとか。全体的に景色が黄色っぽいっていうの？　カリフォルニアのパキッと真っ青な空と海もいいけど、日本のこういう感じも、好きなんだよね」

「僕も嫌いじゃないです。なんでかわかんないですけど、子供のころを思い出します」

「記憶の中の景色って、退色しちゃってるんだよ。こんな風に。だからさ」

日が傾いてきているせいか、稲村ケ崎がよりセピア色に近づいて見える。それを眺めながら訊いた。

「でも、カリフォルニアとかハワイの海と比べちゃうと、ここじゃ物足りないでしょ」

「サーフィンのことだけ考えればね。でも、波の質がすべてじゃない。どの海にもそこにしかない良さがある。それに、ここはやっぱり特別だ。この街で育って、この海でサーフィンを覚えたからな。俺にとっては――irreplaceable だよ」

「irreplaceable――」つぶやくように繰り返した。

「なんだっけ、まだ日本語がすっと出てこないことがあるんだよ」瀬島は肩をすくめる。

「思い出した、『かけがえのない』だ」

そして、もっとかたい言葉で言えば、「交換不可能な」――。

準平は、明青丸の上でその言葉について考えたことを思い出した。津波で失われた交換不可能な命と、交換不可能な故郷のことを――。

南海トラフで巨大地震が起きれば、ここも大津波に襲われる可能性が高い。

津波によって、もし鎌倉の街が失われてしまったら、もし瀬島の愛する人が命を奪われるようなことがあれば――それでも瀬島は、海を愛し続けることができるのだろうか――。

今はただひたすら穏やかな目の前の海を見ていると、またその本性がわからなくなってくる。にじんで不確かな水平線を見つめたまま、つぶやいた。

「水、冷たいですかね」

「確かめるために脱いだんだろ？」瀬島は準平の足もとを見る。

パンツの裾をまくり、波打ち際のほうへ歩き出そうとすると、瀬島が言った。

「今度、サーフィン教えてやろうか」

「でも、泳ぎがあんまり得意じゃないんですよね。山育ちなもんで」

「せっかく海のそばに住んでるんだから、何かやれよ。もうすぐ夏だし」

「じゃあ、ダイビングでも始めようかな。あ、だめだ。僕、船酔いがひどいんですよ」

明青丸での悪夢のような一週間が甦ってくる。「サーフィンにしとこうかな」

「サーフィンでも、酔うやついるぜ？」

「え！　ほんとですか？」

「ボードに座って波待ちしてる間に酔うらしい。海の上で吐いてるやつ、見たことある」

「あー……」準平はわけもなく足で砂を掘った。「やっぱり、遠慮しときます」

4

「チーム武智の秘密基地と聞いてたが、基地というより監獄だな、こりゃ」

研究室に入ってくるなり、照井が言った。コンクリートがむき出しの壁を叩きながら、あきれ顔で室内を見回している。

「これでもだいぶ研究室らしくなったんですよ」準平はプロジェクターの投影位置を調節しながら応じる。「最初は電灯もなかったんですから。そのスクリーンもこのテーブルも、全部廃棄物置き場で拾ってきたんです」

今日はここでミーティングをすることになっている。今後の方針を打ち合わせるということで、武智から招集がかかった。

「で、武智は何やってんだ。もう時間だぞ」

「さっきまでここにいたんですけど」腕時計に目を落として言う。「誰か迎えにでも行ったのかな。椅子を四つ用意しておけと言われたんですよね」

予定時刻を十五分ほど過ぎたころ、武智がドアを開けた。扉を手で押さえ、一人の女性を中に通す。

「え？」準平は我が目を疑った。「なんで……」

それは、先日の「横断会」で派手にやらかした古地震研究者だった。訝しげに準平と照井を見比べながら、スニーカーをはいた足を一歩だけ踏み入れる。

「こちら、二宮汐理さん」武智が照井に向かって言う。「専門は古地震。野外調査をメインに津波堆積物の研究をなさっています」

「ほう、そいつはまた――」照井は好奇に目を輝かせながら、言葉を選ぶ。「勇ましいな」

「女だてらにって言いたいんですか」汐理は照井をにらんだ。

「いやいや、ほめたんだよ」照井が珍しくうろたえている。

「女性の地質学者は、女やからという理由だけでほめられるわけですか」

照井が弱り顔で武智に助けを求めると、武智は苦笑いを浮かべて汐理に照井を紹介した。

武智が「そして彼が――」と準平に目を向けると、汐理のほうから言った。

「知ってます。有名人や」毒気のある言い方だった。「テレビでよく見ましたから。地震研のスポークスマン、ですよね」

「まあ……元、ですけど」準平は顔を引きつらせて会釈する。「どうも、行田です」

武智は汐理に椅子をすすめた。「まずは、我々が何を始めようとしているか、ここで聞いていてもらいたいんです」

汐理は何か言いたそうに皆の顔を見回していたが、結局黙って席に着いた。準平が事情を質す間もなく、武智が話し始める。

「先週、気象庁に行ってきました。海洋気象課の担当者に会って、新たに導入された海底津波計の話を聞いてきたんです。その報告をする前に、日本の従来の津波警報システムについて、簡単におさらいをしておきたい」

武智はノートパソコンを操作し、システムの概念図のようなスライドを映した。気象庁のウェブサイトからとってきたものらしい。

「地震が発生すると、気象庁は全国数百ヶ所の地震計データを使って、すぐに震源とマグニチュードを決定する。津波のおそれありとなった場合、地殻変動の大きさを初期条件にコンピューターでシミュレーションをしてやれば、津波の高さと到達時刻を予測できる。しかし、地震が起きてから計算を始めていては間に合わないので、あらかじめ十万通りのシミュレーション結果がデータベース化してある。実際には、その中から震源とマグニチュードのパターンが近いものを選んで使うことになる」

「で、毎度のように空振るわけだ」照井が皮肉に顔をゆがめる。「震災の一年前にも派手に外したろ。ありゃあ、チリだったか」

照井が言っているのは、二〇一〇年二月に起きたM8・8のチリ地震のことだ。気象庁は東北地方の太平洋沿岸に三メートル以上という大津波警報を出したが、実際に観測されたのは最大で一・二メートルの津波だった。このときは気象庁が「警報が過大だった」と謝罪会見をしている。

「気象庁の警報システムが津波を過大に予測しがちなのは、なぜだ？」武智が教師のような口調で準平に訊いた。

「ひと言で言うと――」かつてテレビカメラの前で何度も繰り返した台詞を再現する。「安全側をとっているからですね。震源断層として、津波が一番大きくなる『逆断層型』を仮定しているんです。実際に起きていた地震が『横ずれ断層型』であれば、津波は起きません。でも、素早く警報を出そうと思えば、断層の動き方まで解析している時間はない」

答えながら気がついた。このおさらいは、自分や照井のためのものではなく、汐理に向けたプレゼンの一部なのだ。狙いはよくわからないが、武智は、汐理をチームに引き入れようとしているに違いない。

だが、隣で頬づえをついている汐理の横顔からは、何の感情も読み取れない。準平は構わず続けた。

「例えば、一九八三年の日本海中部地震はＭ７・７。逆断層型の地震だったために、東北地方の日本海沿岸に十メートルを超える津波が押し寄せて、百名が犠牲になりました」

「ああ」照井がうめくように口をはさむ。「確か、遠足で海に来ていた小学生が大勢津波に飲まれたんだったな」

「ええ、十三人の子供たちが亡くなっています」準平は神妙にうなずいた。「一方で、一九九八年に起きた石垣島南方沖地震も同じくM7・7です。津波警報が出されましたが、横ずれ断層型だったおかげで、実際に観測された津波はわずか数センチでした。こんな風に、マグニチュードが同じでも、断層のタイプによって津波の大きさがまるで違ってくるわけです」

「3・11のときは、そこを間違えたわけじゃねえんだよな。過小に予測しちまったわけだから」照井が言った。「しょっぱなの、マグニチュードの見積もりでとちったんだ」

「とちったというか――」準平は力なく首を振る。「あれだけの巨大地震になると、このシステムでは無理なんですよ。津波警報の第一報は地震発生の三分後に出ましたが、そのとき気象庁が使った『気象庁マグニチュード』は7・9です。気象庁マグニチュードってやつは、算出の都合上、M8あたりで頭打ちになる。だから本当は、M7・9という値をそのまま信じちゃいけなかった。とはいえ、M9クラスの場合、断層の破壊が終わるのに二分以上、地震の規模を正確につかむのに十五分はかかりますから――」

「だから」と武智があとを引き取る。「気象庁の仕組みでは、第一報を出したあと、実際の観測データなどを使って予報を更新することになっている。あの津波の場合、第一報で六メートルないし三メートルだったところを、地震発生から二十八分後に、宮城で十メートル、岩手と福島で六メートルに引き上げている。引き上げの根拠となったのが、GPS波浪計のデータだ。海上で潮位を測る装置だが、全長二十メートル近くある。観測機器というより施設と言ったほうがいい」

武智がスライドを進め、東北地方の地図を映した。三陸海岸から二百キロほど東に、日本海溝が赤い線で示されている。岩手沖に打たれた星印を、武智がレーザーポインターで指す。

「国交省のGPS波浪計が釜石の沖合十キロに設置してあって、あの津波の際には五メートルの海面上昇を観測した。だが、十キロ沖ではあまりに陸地に近い。実際、このGPS波浪計が潮位の変化をとらえてから釜石港に津波が押し寄せるまでの時間は、わずか九分だった」

「波浪計を海溝の真上まで持っていけりゃいいんだが、難しいだろうな」照井が言った。

「そうですね。陸上の基準局から二十キロ以内の海域でないと、GPSの精度が確保できない」

「図体ばかりでかくて、陸のそばにしか置けねえ。気に入らねえシステムだ」

「要するに気象庁は――」武智が言葉を厳しくする。「津波警報を何度はずそうが、不確かなシミュレーションにひたすら頼り続けてきた。津波を外洋で直接観測する術を持とうとしなかった」

「そして、あの震災が起きた――」

準平のつぶやきに、武智がうなずいた。

「震災を受けて、ようやく気象庁も対策に乗り出した。その一つが、今日の本題、『ブイ式海底津波計』だ」

その全体像を示したイラストが映し出された。海底に水圧計が置かれ、その真上の海面に円柱状のブイが浮いている。はるか上空に描かれているのは、通信衛星だ。

「このシステムは気象庁が開発したわけではなく、アメリカからの輸入物だ。向こうでは『ＤＡＲＴ（ダート）』と呼ばれていて、ＮＯＡＡ（ノア）――海洋大気庁がすでに太平洋で運用している。これを使えば、外洋で津波をリアルタイムに観測することが可能になる。

津波を検知するのは海底水圧計だ。海の中は電波が伝わらないので、データの伝送には超音波による音響通信を使う。信号の受け取り手として、海底水圧計の真上に通信用の海上ブイを浮かべておく。ブイが受け取ったデータは、電波でイリジウム通信衛星に、衛星から気象庁へと送られる」

「まあ、海のど真ん中で津波を見張るとなりゃあ、この方式しかねえわな」照井があごをさすり、含みを持たせる。「今のところは、だがよ」

武智がノートパソコンのキーを叩くと、再び東北地方の地図が映った。日本海溝の東側に、丸印が三つ打たれている。

「気象庁は、このブイ式海底津波計を、岩手、宮城沖の外洋に三基設置した。日本海溝のさらに外側だ。この海域では依然として大津波を引き起こすような地震のリスクが高い。防災科学技術研究所が海底ケーブルを使った大規模な地震・津波観測網を構築中だが、完成はまだ先だ。その運用が始まるまでの間、気象庁が急きょアメリカからＤＡＲＴシステムを買って、この海域に配備したというわけだ」

武智は三つの丸印をレーザー光で囲んだ。

「この三基は、現在のところ、陸地からもっとも離れた場所に設置された津波計だ。そしてこのＤＡＲＴシステムというものは、我々の計画を考える上でも参考になる」

「そっか」準平は武智の意図をやっと理解した。「同じシステム構成で、海底水圧計の代わりにダイナモ津波計を使えばいいんだ。津波をとらえるという点では、海底水圧計よりもダイナモ津波計のほうが優れているわけですから、最強の監視システムになりますよね？」

三人の顔を見回しながら言ったが、武智と照井はなぜか表情を険しくしている。汐理は興味なさそうに頰づえをついたままで、準平と目を合わそうともしない。腕組みをした照井が「うーん」とうなった。

「あれ？　僕、おかしなこと言いました？」

「いや、さっきも言ったが、今のところはこの方式しかねえ。それはそうなんだが――」照井が苦い顔であごをなでる。「気に入らねえな」

「何がです？」

「ブイだよ」

「通信用の海上ブイですか？　何が悪いんです？　浮かべておくだけだし、簡単でいいじゃないですか」

「簡単だあ？」照井が目をむいた。「お前さん、海洋観測用の海上ブイがどんなものか、知らねえのかい。海水浴場に浮かんでるプラスチックの玉とはわけが違うんだぞ」

「はあ……海方面には疎いもので」

「まず、この手の海上ブイは、かなりでかい。本体だけで差し渡し二、三メートル、重さも一、二トンあるのが普通だ。それが海面で動かねえようにするわけだから、さらにでかい重しをつけて海底に沈めておかなきゃならん。つまり、何トンもあるアンカーが必要ってことだ」

「……大変ですね」

「それだけじゃねえ。ブイとアンカーをつなぐロープ――係留索がまた厄介だ。水深五千メートルのところにブイを設置しようってときは、係留索も五千メートル分要るんだぜ？　索の上のほうは強度的にワイヤーケーブルを使う必要があるから、重い上に取り扱いも面倒でよ。そいつを船に積んで、海に下ろしていくわけだからな」

「大きな調査船が要るってことか」

「たりめえだ。一基設置するだけで大ごとなんだよ。人手も金も、山ほどかかる」照井はそう言うと、武智に視線を向けた。「気に入らねえのは、武智も同じだと思うがな。海上ブイ方式は、お前さんの目指してる、スピードと機動性のあるシステムとはとても言えねえ」

「そうですね」武智がうなずいた。「システムの保守も簡単ではありません。海が荒れるとブイが流されることもある。アメリカのＤＡＲＴシステムの場合、ＮＯＡＡがメンテナンス専用の船を持っていて、各観測点を三年ごとに回って機器の交換や修理をやっているそうです」

「ってことは――」準平は言った。「もしブイが流されたり、データが来なくなったりしても、次のメンテナンスの時期までどうにもできないわけですか」

「そうなるな。海上ブイ方式にはまだ他にも問題点があるが――」武智は汐理に目をやった。「ちょっと話を先に進め過ぎだ。二宮さんがついてこられない。話を戻して、我々のダイナモ津波計について、もう少し詳しく説明しよう」

武智がキーを叩いてスライドを探し始めると、汐理がいきなり席を立った。

「もう十分。これで失礼します」汐理は冷たく言い切った。「地物の人たちは、せいぜいお金をかけて津波監視システムとやらを整備したらええ。少しはまともなもんができるなら、それはそれで結構なことや。でもわたしは、それが一番大事なことやとは思てない」

「ほう」武智の目に光が宿る。「何が一番大事ですか?」

「津波警報なんか待たずに、すぐに避難することや」

「なるほど」武智が口角だけを上げる。

「そのためには、まず過去のことを知らなあかん。自分の住んでるところに津波が来たことがあるのかどうか。あるとしたら、どこまで水が来たか。どこへ逃げれば安全か。同じお金をかけるんやったら、日本中でそれを調べ上げるのが先や。そして、それを繰り返し繰り返し人々に伝えていくことや」

「確かにそれも一理ある。でもよ――」

照井の諭すような言葉をさえぎって、汐理が強い語調で続ける。

「とにかく、わたしにできることはそれしかないし、これからもそれを続けていくだけ」汐理は武智を真っすぐ見据えた。「あなた方も、まずはできることをやったほうがええんとちがいますか」

何も答えない武智を見かねて、準平が口をはさむ。

「だから今、武智さんがダイナモ津波計の話をしようとしてるじゃないですか」

「新しい装置のアイデアがあるんやったら、こんなところにこもって三人でうだうだやってんと、気象庁なり防災科研なりに提供したほうが話が早い。罪滅ぼしのつもりか何か知りませんけど、わたしにはただの自己満足にしか見えへん」

「自己満足って……」何か言い返したいが、言葉が出てこない。

「そんなもんに付き合うほどひまやない。そもそも、なんでわたしなんですか。あなた方みたいにスマートな人たちとは違って、こっちは土いじりしか能のない地質屋や。観測機器のことなんか何も知らん。わたしにできることはない」

束の間の沈黙を経て、武智が静かに口を開く。

「できる、できない、がそんなに重要ですか？」

「え？」汐理が不意をつかれたように声を漏らした。

「君の言うとおり、今の我々には、できないことばかりだ。金も人材も知識も技術も、すべてが不足している。我々の力だけで新しい津波監視システムを作り上げようなんて、夢物語に聞こえるかもしれない」武智はまた口角を上げ、人差し指を立てた。「だが、私には一つだけ信条があってね」

「信条？」汐理が眉をひそめて訊き返す。

「できる者は、やればいい。できない者は――」

三人の視線を浴びながら、武智は言った。

「なんとかすればいい」

「は――」汐理は気が抜けたように肩を落とした。「なんとかするって……」

「そのままの意味だ。目的のためには、手段を選ばない」

「なんか、どこかの悪役みたいな言い方」

「いや、これは研究をやる上で一番大事なことだ。これを逆にしてしまって、手段が目的を決めている研究者が多すぎる。一つの手法にこだわると、研究テーマが限られてしまうように」

「それは、そうかもしれませんけど」

口をとがらせる汐理の横で、準平は唇をかんだ。自分のことを言われているような気がしたからだ。武智が続ける。

「できない者にとって、一番手っ取り早い方法は、できる者の力を借りることだ。だから私は、照井さんに助けを求め、行田君をチームに引き入れ、そして君に声をかけた」

「わたしが何の力になれるって言うんですか」

準平も、今さらながら自分自身について同じ疑問を抱きつつ、武智を見つめる。

「チームに古地震の専門家は必要だ。戦略的に観測網を築いていく上で、君の知識は欠かせない。もし、君にできないようなことを、私が君に求めたときは――」武智が試すような視線を汐理に向ける。「君自身になんとかしてほしい」

「どんだけ勝手な言い分や」

「私は、それをやってくれる人間にだけ、声をかけているつもりだ」

「ほんまに勝手」汐理がため息をついた。「わたしの何を知ってるっていうんですか」

「すぐに返事をくれとは言わない。ただ、我々が何をやろうとしているのか、もう少しだけ理解してほしい。そのためにも一度――」武智が目を細める。「海に出てみませんか？」

「海？」

「調査船に乗ったことはあるかい？」

「ありませんけど」

「だったらなおいい。君は普段、陸地を駆け回って地層ばかり見ている。だが、津波堆積物を運んできた張本人は、海だ。それを肌で感じてみるのは、きっといい経験になる」

5

谷が研究室を訪ねてきたのは、準平が昼食に出ようとしていたときのことだった。

突然ずかずか入ってきて室内を見回し、「やばいな、ここ」と言った。MEIで開かれている研究集会に朝から参加していて、準平のことを思い出したらしい。結局、二人で職員食堂へ行くことになった。

「お前たち、天木さんと何かあったのか?」谷が箸を動かしながら訊いてくる。

「何かって?」ひとまずとぼけて見せる。

「もめたとかさ。地震研で津波のシミュレーションをやってる連中が、天木さんから釘を刺されたらしいぞ。武智さんに何か頼まれても、絶対にかかわるなって」

「ああ――」その程度のことは、準平も予想していた。「もめたってほどじゃありませんよ。たまたまエレベーターで一緒になったとき、天木さんが嫌味を言ってきたので、武智さんがちょっと言い返しただけです。ふっかけてきたのは向こうだ」

「やばいよ、あの人怒らすと」谷が大げさに顔をしかめる。「まあ、お前はよくわかってるだろうけどさ」

「怒らせるようなことをしたつもりはありませんよ、少なくとも僕らは」

「少しでもあの人の意に沿わない人間は、裏切り者と見なされる。裏切り者は即追放だ。お前にこんなこと言うのも、あれだけど」

「追放も何も、武智さんと僕は、もう村の外の人間ですよ」

「村？」

谷が間の抜けた顔で訊き返してきたが、説明が面倒なので黙ってみそ汁をすすった。谷は気にせず続ける。

「天木さん、武智さんを買ってたからね。いずれ地震研に教授として迎えたいと思っていたらしい。何年か前、地震研に海洋底観測センターをつくろうって話があっただろ？」

「そう言えば、ありましたね」

「実はあれを言い出したのも天木さんでさ。センター長のポストをエサに武智さんを引き抜くためだったという噂がある」

「そうなんですか、知らなかった」

「天木さんにしてみれば、あれだけ目をかけてたのに、武智さんはまるで尻尾を振らない。それどころか、業界を挙げて海底ケーブル地震・津波観測網を推進しようとしているところに、一人で勝手に全然違うことを始める。そりゃ憎くもなるわな」

準平は箸を持つ手を止め、小さく息をついた。それが、「コミュニティの和を乱す」ということなのか——。

「あの人を本格的に敵に回すなんて、ますますやばいよ。天木さんは地震本部でも発言力が強いし、今は調査観測計画部会の部会長だ。あらゆる観測計画はまず自分を通せという勢いだからね。このままじゃ、金なんて永久に回ってこないぜ?」

政府の地震調査研究推進本部——略して「地震本部」と呼ばれることが多い——は、地震研究の大本営とでもいうべき組織だ。文部科学大臣を本部長に戴き、地震に関する研究、調査観測、評価、予算のすべてを取り仕切っている。

その下部組織である調査観測計画部会は、観測施設の整備や調査計画の策定をおこなう部署だ。谷の言うとおり、部会長の天木がその気になれば、武智をあらゆる計画から排除し、わずかな研究費も渡らないよう手を回すのは容易だろう。

「それにしても、天木さんとはどこで遭遇したんだ?」谷が訊いた。「武智さんもお前も、地震研には近寄らないだろ?」

「東都大の理学部です。『横断会』に出る途中」

「横断会って、今月の?」谷が急に前のめりになった。「てことはお前、あの現場に居合わせたんだな? ほら、古地震の——」

「女性研究者との一件ですか」

「やっぱり見たのか!」谷はうらやましそうに声を弾ませた。「地震研もしばらくはその話題で持ち切りだったよ。女のポスドクが天木さんにぶち切れたって」

「ポスドクじゃなくて、非常勤講師ですけど」

「その女、間違いなく天木さんのリストに載ったな。追放すべき人間のリスト」谷が下卑た笑みを浮かべる。「やばいよ。もうどこにも就職できないぜ」

「まさか」

思わず真顔になった準平を尻目に、谷は心底悔しそうに舌打ちをした。

「あーあ、今回だけは俺も出ればよかったよ、横断会」

食事を終え、職員食堂のある建物を出た。本部棟まで戻る道すがら、岸壁に停泊している調査船「かいりゅう」を見て、谷が思い出したように言った。

「そう言えばお前、瀬島ってポスドクにリクルートされたって言ってたろ。ベンチャーを立ち上げるとかいう」

「ええ、瀬島和人さん」

「そいつ、髪長くないか？」

「ああ、伸ばしてますね。サーファーなので」

「ずっとアメリカにいなかったか？」

「三年前まではいましたけど——なんでそんなこと？」

「やっぱり」谷が珍しく深刻な目をした。「お前、やばかったな。そんな男の仲間に加わらなくて正解だったよ」

「どういうことですか？」

「俺の友人に、最近までジョンズ・ホプキンズ大学で情報科学をやってた男がいてな。そいつが四年ほど前、同僚に誘われて、ワシントンDCにあるアメリカ海軍研究所に見学に行ったんだと」

「海軍研究所……」不穏なものが一気に胸に広がる。

「研究所を案内してくれたのは、そこのドイツ人研究員だった。スタッフとはいえ外国人だから、その研究員がアクセスできるエリアは限られている。アメリカ国籍のスタッフとはIDカードの色が違うらしい。案内役に連れられて所内を見て回っていると、あるラボで一人の日本人研究員を見かけた」

「もしかしてそれが――」

「『セジマ』という名の男だったそうだ。専門は、海洋物理と工学」谷は意味ありげにうなずいた。「おかしいのはそこからだ。その日本人はなぜか、アメリカ人スタッフと同じ色のIDカードを提げていた。案内役のドイツ人にその理由を訊ねると、『彼は特別なのだ』と言う」

「特別って？」

「『あの日本人は、海軍(ネイビー)から大事にされている。DARPA(ダーパ)からもかなりの研究費を受けているはずだ』――と」

「ダーパ？」聞いたことのない言葉だった。

「アメリカ国防総省の組織だよ。国防高等研究計画局、とかいうらしい。俺も知らなかったんだけど、軍事技術の研究開発を支援する役所だそうだ。研究機関というよりは、いろんなプロジェクトに金を出して、軍や企業や大学に研究をさせてるみたいだな」

「つまり――」混乱した頭のまま確かめる。「日本人である瀬島さんが、アメリカ国防総省から研究費をもらって、海軍研究所で特別扱いを受けながら研究してたってことですか？」

「そういうことになるな」

「そんな……信じられない」瀬島ののんきな笑顔と、「軍事」という殺伐とした言葉が、どうしても結びつかない。「だいたい、あの人そんなことひと言も――」

「言えない理由があるんじゃないの？　軍事機密にかかわることを知っていて、しゃべるとＣＩＡに殺されるとかさ」谷は本気とも冗談ともつかない調子で言った。

ホンダ・ダックスのスロットルを全開にして、坂道を上っていく。首を左に回すと、すっかり日が落ちた西の空に、夕焼けの名残が見える。

崖の上に瀬島ハイツが見えてきた。一階左側の店舗スペースから光が漏れている。瀬島はまだ「海燕」にいるらしい。

ダックスをガレージに押し込み、ガラス扉越しに「海燕」をのぞく。手前がサーフィン関係のスペース、奥が工作室のようになっている。工作室といっても、照井の工場のように整頓されてはいない。電子部品と工具が散乱した、混沌とした空間だ。

瀬島は奥の作業台でノートパソコンに何やら打ち込んでいた。その側面からのびたケーブルが、床に置かれた直径八十センチほどの円盤状の装置——小型波浪計測ブイにつながっている。

扉を押し開けて中に入り、その横顔に声をかけた。

「めずらしく真面目にやってるじゃないですか」

「もうちょっとで海でテストができる」手を止めた瀬島が、こちらに体を向ける。

「人手が要るなら手伝いますよ」床の円盤を指差した。「そうなったらさすがに教えてくれるでしょ、この装置で何の事業を始めるのか」

「事業というより、小金を稼ごうって程度だけどな」

「そうなんですか？　儲かるはずだって言ってたじゃないですか」

「ノンノン、準平ちゃん」瀬島が人差し指を振る。「ビジネスってのは、成長させるのが醍醐味なんだよ。小さな商売から始めて、出た利益を事業拡大のために投資する。わかる？」

「わかりますけど、利益出してから言ってください」

「まあ見てろって」

瀬島は不敵に笑うと、またノートパソコンに向かった。準平はヘルメットを作業台の隅に置き、丸椅子に腰かける。訊くなら今しかない気がした。

「瀬島さん」つばを飲んで勢いをつける。「ちょっとお訊きしたいことがあるんですけど」

「なんだ、採用面接をしてほしくなったか?」瀬島がこちらを見ずに言う。

「いや……」そのおどけたひと言に、決意が揺らぐ。谷の話はまた聞きに過ぎない。人違いという可能性だってあるのだ。

すぐに別の考えも浮かぶ。谷の友人が海軍研究所でその日本人研究者を見かけたのは、瀬島が帰国するわずか一年前のことだ。瀬島はアメリカ時代の研究のことをほとんど話さない。話したくないのではなく、話せないことがあるからではないか。だとしたらやはり——。

「どうしたんだよ?」瀬島が顔を上げる。

目をのぞき込まれた瞬間、気がそがれた。とっさに、まるで違う質問が口をついて出る。

「——この小型波浪計測ブイ、津波の監視に使えませんかね」

「津波?」瀬島が目を見開く。「こんなオモチャにそんな大役を任せるのは、いくらなんでも無茶だな」

「オモチャですか。そもそもこれ、どうやって波を測るんです?」それは本当に一度訊いてみたいと思っていたことだった。

「加速度計がついてるだけだよ。積分してやれば波高が出るし、波の向きと波長もわかる。手軽な装置だけに、精度もそれなりさ」

「なるほど。でも、工夫して精度を上げてやれば――」

瀬島は最後まで聞かずにかぶりを振る。「こんなの外洋に浮かべてみろよ。翌日には行方不明だぜ。黒潮、黒潮続流、北太平洋海流と漂流して、アラスカの海岸か南太平洋の小島に打ち上げられるのがオチ」

「そうか……それはだめですね」

考えてみれば当たり前のことだ。この小さな装置で事足りるなら、各所でとっくに採用されているだろう。

瀬島は作業台の上に足を投げ出すと、ペットボトルの水を含んで言った。

「そういえば、今度は津波計を回収しに行くんだろ？　いつ出航だ？」

「明後日です」思い出すだけで、憂鬱な気分になる。「今回は僕だけなので、うまくやれるか不安ですよ」

「ボスはどうした？」

「どうしても外せない用事があるらしくて、船には乗りません。回収のやり方は船員さんたちがよくわかってるから、僕は立ち会うだけでいいって」

「そりゃそうだな。素人にデッキをうろちょろされたらかえって邪魔だし。引き揚げた測器を持ち帰るだけなら、一人で十分だ」

「もう一人、乗るには乗るんですけど」

「ん？　いつか言ってた元技官のじいさんか？　伝説のゴッドハンド」

「いえ、体験入隊の女性です」

「へえ、そんなのがいるんだ」

「ほら、こないだ話したでしょ。東都大の勉強会で騒ぎを起こした、古地震の――」

「おお！　例のケンカっ早い女の子か！」瀬島がペットボトルの底を突きつけてくる。

「『女の子』なんて、本人の前で言わないほうがいいですよ」

「じゃあなんて言えばいい？　『女』ってのも品がないし……『女子』ならいいか？」

「知りませんよ」

「でも、なんでその女子が？」

「よくわかんないですけど、ボスがリクルートしたんです」

「ちっ！　なんだよ、お前んとこのボス！」瀬島はペットボトルを振り回した。「俺が目をつけたやつ、片っ端から横取りすんじゃねーよ！」

6

「どれぐらいで浮いてくるん？」

舷側にはりついた汐理が、紺碧の海面を見下ろして言った。

「たぶん、一時間ぐらい」

隣で答えながら、胃がわずかに収縮するのを感じる。甲板に出ると、船体がゆっくり縦揺れしていることがよくわかる。それを意識しすぎたのがまずかったようだ。

とはいえ、前回とは比べものにならないほど海況はよい。宮城沖まで来ると少しうねりが出てきたが、出港してからずっと好天が続いている。

明青丸がダイナモ津波計を設置したポイントに到着したのは、二十分ほど前のことだ。先ほど、船から海中に音響トランスデューサーという一種の超音波スピーカーを入れて、津波計に向けてシンカー切り離しのコマンドを送った。それが正常に作動していれば、本体はすでに浮上を始めているはずだ。

長い周期で上下に動く海面を見つめていると、急に目まいを感じた。柵にしがみつき、海に向かってえずく。

「ちょっと、ここで吐かんといてよ？　全然揺れてへんやん」汐理があきれたように言う。「むしろ、めっちゃ気持ちいいわ。天気もええし、適度に風もあって」

準平のほうが三つ年上だとわかっても、汐理はしゃべり方を改めようとしない。

「縦揺れしてると思うと、もうダメ」準平は深呼吸をしながら言った。「前回のトラウマかな」

「そんなに船に弱いんやったら、もうこんなチーム抜けたら？」

「だんだん強くなるって、武智さんが言ってた」汐理の横顔に目を向ける。「そっちはどう？　海に出てみて、心境の変化はあった？」

「一回船に乗ったぐらいで気が変わると思うなんて、どこまでおめでたいねん」汐理は小ばかにしたように言う。

「じゃあ、なんで乗ったの」

「バイト料が出ると聞いたからに決まってるやん。こっちはフリーター以下の非常勤講師やからな。背に腹は代えられへん」

「なるほどね」何か言い返してやりたくなった。「ま、その気がないならそれでいいけど。君がチームに入ってきたりしたら、天木さんにますます目の敵にされるし」

「天木って、あの偉そうなオヤジ?」汐理が怖い顔でこちらをにらむ。「今思い出してもはらわた煮えくり返るわ」

「だろうね」

「でも、ますますってどういうこと?　あんたらもあいつに嫌われてんの?」

「そうだね。僕はとくに」

「何やらかしたん?」

「裏切った」

「誰を?」

「誰って……村だよ。地震村」

「ああ」汐理はすぐにその意味を理解して、うなずいた。「ほんで?」

「ほんでって……」あまりに無遠慮な訊き方だったので、たじろいだ。

「そこまで言うといて、途中でやめんといてくれる？」

準平は小さく息をついて、海に視線を戻した。汐理なら、自分の話を聞いて同情することも、気まずそうな顔をすることもないだろう。むしろ、くだらないと一蹴するか、情けないと軽蔑してくれるかもしれない。

「僕はね――」水平線を見つめたまま言った。「広報担当になる前、直前予知の研究をしてたんだ。学位もそれで取った。前兆すべりを検出するための、岩石すべり実験」

「前兆すべりね」汐理は鼻で笑った。「3・11のときも、そんなもん観測されへんかったやん」

「――ショックだったよ」絞り出すように言った。「自分のやってきたことが無意味だったということを、認めたくなかった」

「わからんではないけど、間違いは認めんとな。同じ過ちを繰り返すことになる」

「震災の直後から、僕は毎日メディアに引っぱり出された。初めのうちは、東北地方太平洋沖地震という現象について、ただ事実を伝えていればよかった。でも、すぐにそれでは済まなくなった。なぜこんな〝想定外〟が起きたのか、説明を求められるようになった。広報アウトリーチ室の電話も、市民からの苦情と問い合わせで、一日中鳴り止まないんだよ」

「電話の中身は？」

「いろいろだよ。泣きながら不安を訴える人もいれば、首都直下地震はいつ起きるとしつこく訊いてくる人もいる。でも一番多かったのは、罵倒。お前たちは今まで何をやってたんだ、なぜ予知ができなかったんだっていうね」

「自業自得やろ。あんたらは、予知できるという体でずっとやってきたんやから」

「僕はメディアでもだんだん正直に伝えるようになった。今の地震学の実力を。前兆すべりのことも含め、予知ができると言える段階ではまだないということを。そしたら今度は、地震研の一部の教授たちから吊るし上げを食った。『ホームページしか作っていないお前が、地震研代表みたいな顔をして勝手なことを言うな』とか、『あちこちでネガティブなことを言って、もし予算が削られたらお前に責任が取れるのか』とかね」

「ほんま、どいつもこいつも根性ババやな」汐理が吐き捨てた。

「みんながそうじゃないよ。コピー取りでもいいから広報の仕事を手伝わせてくれ、と言ってきた人もいる」

「ふうん」汐理が疑いを込めて語尾をのばす。「でも、あんたのその発言が、裏切りになるん？」

「いや」ゆっくりかぶりを振る。「毎日市民から罵られ、身内からも責め立てられて、僕はもう疲れ切ってた。オフィスの電話が鳴ると、それだけで汗が噴き出すんだ。誰かがドアをノックすると、狂ったように動悸が始まる。胃が痛んで食べる気が起きないし、夜も眠れない。毎朝職場に行くのが嫌で仕方ない。誰とも会いたくない――」

「うつ病の一歩手前やん」

「なんで僕だけがこんな目に遭わないといけないんだと思うようになった。人々のためとか、地震学のためとかいう思いも、いつの間にか消えてた。もう何もかも投げ出したくなってたんだろうね。ある報道番組のテレビカメラの前で、とうとう言っちゃったんだよ。『できない予知をできると言って巨額の予算をもらっているのが、今の地震学界です』って」

「何一つ間違ってない」汐理は淡白に言い放つ。「間違ってないけど、あかんやろな」

「だね」力なく笑った。「少なくとも、地震研で広報を担当している人間が言うべき台詞(せりふ)じゃない。自分もずっと予知の研究をしていたくせに、手のひらを返したように業界全体を詐欺集団扱いしたわけだからね。完全に裏切り者だ」

「なるほどな」汐理がつぶやいた。

「天木さんが広報アウトリーチ室にやってきたのは、その翌日だったよ。ただひと言、一週間以内に部屋を明け渡せ、と言われた。僕は素直に、はい、と答えて、そのまま休職願を出した」

「休職して、何してたん？」

「二、三ヶ月は、部屋に閉じこもってた。それから、ふと思い立って、被災地へボランティアに行った」

「どのあたり？」

「あちこち回ったよ。大槌、大船渡、南三陸、女川(おながわ)——」

「ふうん。どっかでニアミスしてるかもな。わたしらもずっとその辺で調査を続けてたから」

「でも、僕なんか大して役に立たなかったよ。現地の惨状を目の当たりにしてショックを受けるばかりで、被災者にどんな言葉をかければいいか、まるでわからなかった。地震学者としてだけでなく、一人の人間としても。だから、ひたすら物資を運んだり、瓦礫を片付けたりしていた」

そこまで言って、首を振った。

「……違うな」

「何が？」

「わからなかったんじゃない。僕は――」柵を握る手に力を込める。「怖かったんだ。被災した人たちと直（じか）に向き合うのが」

汐理は何も言わなかった。その表情を確かめる勇気もなく、海のほうを向いて続ける。

「あれは、女川でのことだ。津波にやられた一画で瓦礫を片付けていると、一人のおばあさんに出会った。ちょうどそこはおばあさんの家があった場所らしくてね。津波に飲まれて亡くなった旦那さんの形見になるものがないか、探しに来たんだ。僕がマスクを下ろすと、この顔にすぐ気づいたみたいでね。『あんた、よくテレビに出てる東都大の――』って」

「責められたん？　そのおばあさんに」

「いや。恨みごとなんか何も言わなかった。それどころか、心配されたよ。東都大の先生がこんなところで瓦礫の片付けなんかしてていいのかって。そして、訊かれたんだ。大学ではどんな研究をしてるのかって」

「何て答えたん？」

「答えられなかった。何も」

「情けな」汐理が冷たい声で短く言った。

「その夜、宿泊所のベッドで初めて泣いたよ。今まで何をやってきたんだろうって、情けなくて情けなくて、涙が止まらなかった」

「泣くな」今も準平が泣いているかのような叱り方だった。

「それがすべてだよ。結局のところ、僕は『地震予知』を、研究者として生き残るための手段にしようとしていただけだった。そんな人間に研究を続ける資格なんかない。だから、東京に戻るとすぐに――大学を辞めた」

「ほんま、情けな」汐理がまた言った。「わたしらなんか、あちこちで地元の人に責められたわ。現地で津波の遡上高と土砂の堆積状況を調べてたとき。何を今さら調べに来てるねんって。もう遅いって」

「――そう」

「でも、わたしは絶対やめへん」

「――うん」続けてほしいと、心から思った。

デッキの後方で、船員たちが準備を始めている。そろそろダイナモ津波計が浮上してくる時間だ。準平は、抱えていたヘルメットを頭にかぶった。汐理もそれにならう。

あごひもを締めながら、汐理が訊いた。

「大学を辞めたあんたが、なんでまたこんなことしてるん？」

「なんでだろうね」理由をまだ言葉にできないことに気づいて、自嘲した。「いくつかあるんだろうけど、一つ確かなのは、武智さんに声をかけられたから」

「なんであんたなんやろ」汐理は首をかしげる。

「こっちが訊きたいよ。君とは違って、僕はこのプロジェクトに役立つような知識や技術を何も持ってない」

「あの人は、そういうことで選んでないような気もするけど」

「じゃあ、どういうことでだよ」

「知らんわ。何か引っかかるもんがあったんちゃう」

「引っかかる――」

なぜか瀬島の言葉を思い出した。

「そういえば、武智さんとは別に、僕をベンチャーに誘ってくれた人がいたんだ。誘ってくれた理由を訊いたら、その人は、僕がひどくすさんでたからだと言ってた」

「すさんでた？」

「うん。すさんでる人間は、調子がいいだけの人間より、信用できるって」

「なんやそれ。わけわからん」

眉根を寄せた汐理の横顔に目をやって、ふと思った。

「もしかしたら、武智さんも似たような理由で僕を誘ったのかもしれない。だとしたら、武智さんが君に声をかけたのは、君がひどく怒っていたからかもしれないね」

「怒ってた？　確かに天木にはまだ怒りがおさまらへんけどな」

「いや、そうじゃなくて」

「何よ」

「僕には君が、自分自身に怒ってるように見えたけど」

汐理は無言で準平をひとにらみすると、また海のほうに向き直った。

「怒ってるというより――」汐理が海面に目を落とす。「許されへんだけや。このままやと、わたしは、自分で自分が許されへん」

「何が許せないの？」

「なんであんたにそんなこと」

汐理は乱暴に言い捨てて、拒むように体を反転させた。細いあごをつっと上げ、はるか遠くに視線をやる。ちょうど仙台平野の方角だ。

汐理がそこにどんな景色を思い浮かべているかはわからない。まぶしそうに細めた目と一文字に結んだ唇は、再びわき上がった怒りに耐えているようにも見えた。忘れられない、忘れてはいけない記憶が、汐理にもあるのだろう。

背後で安全靴の靴音が鳴り響いた。二人の船員が外階段を駆け上がり、艦橋の屋根に向かう。二人とも双眼鏡を手にしている。どうやら、ダイナモ津波計のラジオビーコンが発する電波を、船の方向探知器がキャッチしたらしい。つまり、津波計はもう海面まで到達したということだ。

準平は汐理と顔を見合わせると、二人を追って階段を上った。艦橋の屋根は見張り台のようになっていて、周りに柵がついている。船員たちは時おり双眼鏡を目に当て、北東の方角を探していた。気づけば、船もゆっくり動き始めている。

準平も洋上に目を凝らすが、濃紺の海面には何も見えない。フラッシャーも光っているはずだが、ところどころ白く輝いて見えるのは、波頭だけだ。

「離れたところに上がってくることもあるんですか？」隣の若い船員に訊いた。

「そうすねえ。やっぱ、浮いてくるまでの間に、潮に流されますから」

次の瞬間、もう一人の船員が叫んだ。

「あった！　発見！」

その指差す方向を見て、若い船員も「ああ、ありますね」と言った。驚いたことに、二人とも双眼鏡なしでそれをとらえている。準平には何も見えない。船乗りは遠目がきくと聞いたことがあるが、あながち嘘ではないらしい。

「見える？」横の汐理に訊いた。

「見えへん」汐理は手で庇（ひさし）をつくっている。

明青丸は少しずつ速力を増して、真っすぐそちらに向かう。

「あっ！」一瞬、遠くの波間に黄色い点がのぞいた気がした。

「あれや！」汐理も声を上げる。

瞬きをこらえて同じ場所を凝視していると、ダイナモ津波計がその姿をはっきり現し始めた。群青の中に黄色い球体が揺らめき、一ヶ月ぶりに浴びる日の光を反射している。経験したことのない不思議な感慨に、準平は肌が粟立つのを感じていた。汐理も柵から身を乗り出し、瞳を輝かせている。

後部甲板では、気の早い船員が鉤(かぎ)のついた竿を握って待ち構えている。津波計のそばに船を寄せたあとは、この竿を使ってたぐり寄せ、クレーンで引き揚げるのだ。

黄色い球体は、波にあらわれながら、準平たちを待っている。明青丸は、漂流者を発見した救助船のように、勢いよく、かつ注意深く、それに近づいていった。

第三章　嵐を告げる鳥

1

沖合に、ウィンドサーフィンのセイルがいくつも見える。水平線の近くで小さくかすむ影まで含めると、十や二十ではきかないだろう。

梅雨入り前の最後の晴天になりそうだということで、土曜日の材木座海岸にはかなりの人出があった。大半はマリンスポーツを楽しんでいる。

カラフルなセイルの間で危なげに揺れる白い粒が、瀬島のボートだ。今彼がいるのは、沖合二百メートルほどの地点になる。近所の幼なじみに借りたという手漕ぎボートに例の小型波浪計測ブイを積み込み、三十分ほど前にこの浜辺からオールで漕ぎ出していった。

ボディボードを抱えた若い女が、目の前を横切った。怪しむように準平を見ていく。無理もない。シャツのボタンをきっちり上まで留めた男が一人、ビーチでノートパソコンをにらんでいるのだ。おまけにパソコンにはアンテナが付いた手製の電子機器が接続されている。あらぬ疑いをかけられて警察に通報でもされたら厄介だ。準平はなるべく堂々と顔を上げ、沖合に視線を戻した。

ボートの上でうごめく瀬島の姿がどうにか見える。さっきここを出発したときと同じように、新しいおもちゃを初めて動かす子供のような顔で作業しているのだろう。その表情を思い浮かべると、ため息が出た。瀬島という男の本性がわからなくなるのだ。

谷の話が頭にこびりついていた準平は、昨夜、もう一度「瀬島和人」の名前で論文検索をかけてみた。すると、妙なことに気がついた。

毎年必ず二編以上の論文を発表していた瀬島が、二〇〇九年から二〇一〇年の二年間に限って、一編も書いていないのだ。論文がないので、その時期の所属機関もわからなかった。瀬島が日本に帰ってきたのは、翌二〇一一年の四月。以降はまた数編の論文を出している。つまり瀬島は、帰国する直前の二年間だけ、どこで何の研究をしていたか不明なのだ。そしてそれは、谷の友人が瀬島らしき男をアメリカ海軍研究所で見かけた時期と重なる――。

視界の隅のノートパソコンで動きがあり、我に返った。瀬島が作ったソフトウェア上で、三つのグラフが折れ線を描き始めている。と同時に、スマートフォンが震えた。電話に出るなり、瀬島の大声が響く。

「データ来てるか⁉」

「来てます！　今来ました！」準平も声を張る。「波高、周期、向き、全部グラフ出てます！」

「値はどうだ？　おかしくないか？」

「ええ、たぶん。ここに出てる今の波高は——」一番上のグラフに目を近づけた。「だいたい四十から六十センチぐらいです」

「いいよー、いい感じだよ、準平ちゃん。引き続きモニタリング、プリーズ」瀬島は上機嫌で電話を切った。

準平がブイのテストを手伝うことになって初めて、瀬島はその目的を教えてくれた。本人が以前から言っていたように、これはあくまで資金稼ぎの小商いに過ぎないらしい。本当にやりたい事業の中身については、やはり口を割ろうとしなかった。

何のことはない。瀬島が小型波浪計測ブイを使って始めようとしているのは、サーファーに波の情報を提供するビジネスだった。気象庁による五キロメートル間隔の格子点データと、ブイから得る実測値を独自のアルゴリズムで解析して、数値化した波の現況と予想をメールやウェブサイトを通じて有料で配信するという。

そんな情報にどれほどのサーファーが料金を支払うのか、準平には想像がつかない。もちろん瀬島は自信満々で、徐々にブイを増やして情報提供エリアを湘南全域に拡大するつもりだと言っていた。

しばらく海に向けていた目を、画面に戻す。思わず、あっ、と声が出た。さっきまで順調に波の変動をとらえていたグラフが、ぷっつり途絶えている。慌ててスマートフォンをつかみ、瀬島を呼び出した。

「データが途絶えました！」

「マジ？　無線の不調かな」

「いえ、信号は来てるみたいです。入力はほとんどゼロですけど、値が微妙に動いてますから」

「じゃあセンサーか。そのまま待ってて。もうちょいブイに近づくから」

しばらくすると、電話の向こうで瀬島が「ノーッ！」と叫んだ。

「ピンチピンチ！　準平ちゃん！　すぐ来てくれ！」

「どうしたんですか⁉」

「いいから早く！」

「無茶言わないでくださいよ！　泳いで来いって言うんですか」

やがて、瀬島の「ジーザス……」という悲痛な声を最後に、通話が途絶えた。

「あーあ……」ハイラックスの運転席からは、瀬島のため息ばかりが聞こえてくる。

結局、途中でブイの調子がおかしくなったのは、水漏れが原因だった。電子機器を格納した筐体(きょうたい)の継ぎ目から海水が入り込み、回路を濡らしたらしい。

赤信号で止まった瀬島が、舌打ちをした。バックミラーに目をやって、「んだよ、あいつら」とつぶやく。準平も首を回して後ろを見た。シルバーのセダンがぴったりつけている。夕暮れと言うにはまだ早い時間なのに、律儀にヘッドライトを点けていた。

坂を上り始めると、セダンも続いた。つきあたりを左に折れ、瀬島ハイツの正面で前後に並んで停車する。準平たちが車を降りるのと同時に、セダンから二人の男が出てきた。真夏のような暑さだというのに、ダークスーツを着込んでいる。

「おたくら、ビーチで俺たちのこと見てたの？」瀬島は運転席のドアを荒っぽく閉めた。

「ストーカーかよ。盗聴でもしてるんじゃないだろうな」

「まさか」一人の男が平然と応じる。

「だってタイミング良すぎるじゃん。測器のテストをする日に現れるなんてさ」

「たまたまですよ」

「まあいいけどさ」瀬島は疎ましげに言い捨てると、荷台を囲む後部の板を下げた。引き揚げてきたブイの姿があらわになる。

「それは、何を観測するブイですか？」もう一人の男が荷台を指差した。

「ただの波浪計だよ。別に珍しいもんじゃない」

「なるほど」男たちが近づいてくる。「加速度式ですか？　それとも超音波式？」

「あのさあ」瀬島は二人の前に立ちはだかった。「今日はね、僕、とっても落ち込んでるの。修理したばかりの装置が試運転で壊れて、心に痛手を負ってるの。とてもおたくらの話を聞く気分じゃないの。わかる？」

「いや、しかし……」

「わかったら、帰って」瀬島は素っ気なく告げると、準平に顔を向けた。「ほら準平ちゃん、この子運ぶよ」

二人はしばらく声をひそめて話し合っていたが、準平たちが機材を「海燕」に運び入れているうちに、姿を消した。

店の奥の作業台にブイを載せると、瀬島は「やれやれ」と言いながらそれを分解し始めた。準平はそばに突っ立ったまま、瀬島の横顔を見つめる。あの男たちは、アメリカ海軍研究所時代の瀬島と何か関係がある——直感がそう訴えていた。もうこのまま触れずにいることはできない。

「あの、瀬島さん」

「腹減ったな。ピザでもとるか」瀬島は準平の顔を見ずに言う。「手伝ってくれたお礼に、今夜はおごるぜ」

「さっきの二人、観測機器メーカーの人ですか？　そんな風には見えませんでしたけど」

瀬島は本体からアルミ製のリングを取り外した。筐体の継ぎ目にあたる部品だ。穴にボルトを抜き差ししながら、渋い顔でつぶやく。「やっぱ、こいつがバカになってんだな」

「ねえ、瀬島さん」正面に回り、語気を強めてもう一度訊く。「あの二人、波浪計にも詳しかったですよね。教えてください。彼らは何者なんです？」

瀬島は小さく息をつくと、手を休めずに言った。

「艦艇装備研究所の人間だよ」

「艦艇装備……ってことは——」

「防衛省技術研究本部の研究機関だ。船舶とか水中兵器とか、海上自衛隊向けに研究開発をやってる」

「なんでそんな人たちがここに」

そう口にはしたが、だいたいのところはわかる。直感は当たっていたということだ。瀬島はおそらく、軍事技術関係者たちが欲しがる何かを持っている。知識か、技術か、あるいは——。

「なー、マジでしつこいんだよ」瀬島はとぼけた。「俺の優れた頭脳が必要なのはよくわかるけどさ」

「瀬島さん、日本に戻ってくる前、アメリカの海軍研究所にいたんですよね？」

「——ああ？」瀬島がやっと顔を上げた。「ああ、ＮＲＬね。そんな話、したことあったっけ？」

「人づてに聞いたんです。隠しておきたいことだったんですか？」

「軍の研究所で働いてたなんて言うと、みんなギョッとするだろ？　悪魔に魂を売った死神博士だ、みたいな目で見るだろ？　そうなると説明が面倒だからさ」

「説明って？」

「いいか、準平ちゃん。俺はポスドクだった。二、三年限りの雇われ研究者だったわけ。トランク一つ、仕事を求めて渡り歩くのが普通なんだよ。それが大学だろうが、企業だろうが、軍だろうが。そう、まさにあれ」瀬島はおどけて節をつける。「包丁一本、さらしに巻いてぇー」

「でも、サーフィン第一で職場を選んでたって言ったじゃないですか。海軍研究所（NRL）があるのはワシントンDCです。海なんかない」

「NRLだけは例外。受けたオファーがすげえ面白そうだったんで、二年間だけサーフィンを我慢した。そこのお偉いさんが俺のことを買ってくれていて、本来アメリカ人以外は立ち入れない施設も特別に使わせてくれたし、研究費もたっぷりあったしな」

「DARPAとかいうところの資金ですよね？」

つい詰問口調になったせいか、瀬島はまたため息をついた。

「あのな、準平ちゃん。DARPAは別に軍の極秘研究を仕切る機関じゃないぜ？　プロジェクトマネージャーは大半が民間人だし、研究課題もすべて公開されてる。軍事に転用できる可能性があるネタだったら、幅広いテーマに研究費を出すんだ。だから、向こうの大学や研究機関はどこも、うまいこと言ってDARPAから金を引き出してる」

「でも――」

「それに、これは有名な話だけど、インターネットもGPSも、DARPAの前身だった機関のプロジェクトから生まれたものだ」

「科学技術自体には善も悪もないと言いたいわけですか」

「当然だろ。例えば、福島であんなことが起きたからって、原子力技術を丸ごとパンドラの箱に封印しようみたいな風潮には、うんざりだね。そんなのはただの思考停止だ。そういうことをヒステリックにわめく連中に、ネットショッピングをする資格はない」

「なんか、話をそらされてる気がしますけど」

「納得できないか」

「海軍研究所で何を研究していたか教えてくれたら、納得するかもしれません」

「それは――」瀬島はわざとらしく真顔を作り、人差し指を立てた。「それは、秘密です」

「ほら。人に言えないような研究をしてたってことじゃないですか。論文も書いてないし」

「だから、そんなんじゃないって」うんざりしたように渋面を作る。「準平ちゃんがMEIなんか辞めて俺と一緒にやると言ってくれたら、すぐにでも教えてやるよ」

「またそれですか」あきれ顔でかぶりを振る。「今さら辞められませんよ。こっちもいろいろ動き出してるんですから」

「ふん、だったらもういいよ」話は終わりだとばかりに、瀬島が再び工具を握る。「早くピザ屋に電話してよ。俺、ハワイアンスペシャルのMサイズね。トッピングはチョリソーで」

今日はこれ以上問いつめても無駄だろう。人に言えないような研究はしていないという瀬島の言葉は信じたいが、相変わらずその本心はつかみどころがない。準平は胸にももやもやしたものを抱えたまま、ピザを注文し、瀬島の作業を手伝った。

分解が終わると、瀬島はまず加速度センサーの回路から調べ始めた。テスターの端子を基板に当てて、小さく舌打ちする。

「ここも導通がない。ダイオードがいかれてる」

「ショートしたんですかね」

「うん。こりゃ思ったより水かぶってるな」

「紙おむつでも入れておけばよかったですね」

「おむつ？」瀬島が手を止めた。

「ええ。海底電位磁力計なんかでは、電子部品の周りに詰めておくそうです。万が一水漏れがあったとき、回路がダメにならないように。照井さんが言ってました」

「あのゴッドハンドか……」瀬島がテスターの端子をこめかみに当てる。「なるほど、その手があった」

「その手って――紙おむつのことですか？」

「実はさ、いくつか作り直したいパーツがあるんだわ。これとか」瀬島はさっきのアルミ製リングを手に取った。「外注すると金がかかる。だからと言って、ここでは作れない」

「でしょうね」

「ゴッドハンド、工場(こうば)を持ってるんだよな？」

「ええ。新宿に」瀬島の目論見がわかってきた。

「当然、工作機械もそろってるよな？　旋盤とか」

「ひと通りあると思いますけど……もしかして――」

瀬島は満面の笑みを浮かべると、ふふーん、と鼻を鳴らした。

2

別館の書庫で論文のコピーを取り、建物を出ると、また弱い雨が降り始めていた。

昨日から降ったり止んだりの天気が続いている。今日か明日には関東地方も梅雨入りとなるだろう。傘を持って出なかったので、論文の束を胸に抱え、本部棟まで駆け戻った。

玄関ホールに一歩踏み入れた途端、足がすくむ。テレビカメラを抱えた取材クルーが目に入ったからだ。全身が硬直し、動悸が始まる。落ち着け、自分を取材に来たわけではない――そう自らに言い聞かせ、深呼吸をした。

カメラの向こうには地震・火山研究プログラムの上席研究員がいて、ディレクターらしき男と打ち合わせをしている。この一画には調査船や潜水艇の模型が飾られているので、いかにもＭＥＩらしい画が撮れるのだろう。

どこのテレビ局かはわからないが、「明神新島」がらみの取材に違いない。あの上席研究員は、火山噴火予知連絡会が立ち上げた明神新島総合観測班の班長を任されている。

明神新島とは、昨年四月に始まった明神海山の火山活動によって、伊豆諸島南部に誕生した新島だ。場所は青ヶ島の南、約六十キロメートル。この海山は活発な火山活動をたびたび繰り返しており、過去にも何度か島を形成している。だが、それらはすべて噴火や波の浸食によって短期間で消滅し、名残の地形が「明神礁」や「ベヨネース列岩」として知られていた。

今回の明神海山の活動は、これまでに知られているものより遥かに大規模だという。活動開始から一年以上経った今も噴火が続き、流れ出た溶岩によって新島は成長を続けている。現在の大きさは直径約二キロメートルで、標高は約百五十メートルに達している。気象庁が火口周辺警報を、海上保安庁が航行警報を出しているために、島から六キロメートル以内の海域には立ち入ることができない。

この火山活動の源泉である伊豆・小笠原海溝は、日本海溝とひと続きになっている。東北地方太平洋沖地震との関係という点でも注目度は高く、活動の推移をマスコミが継続的に報じている。

足早に玄関ホールを進んでいくと、一人の若者が壁の館内図を見上げていた。学生風の小柄な男だ。大きなヘッドフォンを装着し、リュックを背負っている。その横顔をまじまじと見てしまったのは、髪が見事な金色だったからだ。茶髪の研究者なら珍しくもないが、金髪となるとここではさすがに浮いている。

受付の女性が後ろから声をかけているのに、聞こえないようだ。業を煮やした女性は席を立ち、若者の肩を叩く。振り返った若者は、訝(いぶか)しげにヘッドフォンを外した。

「どちらをお訪ねですか？」受付の女性があらためて訊く。

若者はなぜか不思議そうな表情を浮かべ、「ああ」とつぶやいた。「田中って人。気象の」

女性は一瞬顔をこわばらせたが、すぐ席に戻って名簿をめくる。「気候システム研究プログラムの田中ですね？　七階の七一一号室になります」

若者は頭も下げずに「どうも」と言うと、ヘッドフォンを付け直し、奥へと進む。エレベーターまで準平と並んで歩くような形になった。肉付きはいいが、背丈は準平のあごまでしかない。童顔で肌もつるりとしている。髪を黒くして学生服でも着せれば、中学生にしか見えないだろう。

同じ箱に乗り込み、横に並んで立った。右足で小さくリズムを刻んでいた若者の動きが、ぴたりと止まる。そっと横目でうかがうと、その視線は準平が抱えた論文の束に向けられていた。

若者をエレベーターに残し、準平は四階で降りた。

研究室に入ると、武智がいた。テーブルにデータのプリントアウトを並べている。

「あ、出そろったんですか、解析結果」準平はコピーの束を自分の机に置き、武智の向かいに座る。「どうでした？」

「及第点というところだな」武智は硬い面持ちでグラフの一つを指差す。準平と汐理が持ち帰ったダイナモ津波計の試験観測データを解析したものだ。「思ったより広い周期帯で、微差圧計と電磁場データの間にいい相関が取れている。つまり、我々のダイナモ津波計は、津波に限らず様々な時間スケールの重力波を捉えられるということだ」

「すごいじゃないですか。及第点以上に思えますけど、何が減点なんです？」

「計器類の調整が不完全で、スペックが十分引き出せていない。照井さんのおかげで電位差計のS／N比はかなり改善された。だが、実用レベルまではもうひと息だ」

「なるほど」

「さらに悪いのはフラックスゲート磁力計だ。分解能は十分なんだが、ぎりぎりまで感度を上げたせいか、ドリフトがひどい。最後の十日間のデータは使い物にならなかった」

「それは厄介ですね。原因がすぐにわかればいいんですけど」

「センサーの取り付け方に工夫が要るかもしれない。いずれにせよ、照井さんにはもうひと頑張りしてもらう必要がある」

技術的な問題はひとまず置いて、得られたデータをもう一度二人で細かく吟味した。

一時間近く図表をにらんでいただろうか。突然背後から「いいすか」と呼びかけられて、飛び上がりそうになった。振り返ると、三十センチほど開いたドアの隙間から、金髪の頭が差し込まれている。さっきの若者だ。

「津波やってるのって、ここすか」首にかけたヘッドフォンからかすかに音楽が漏れている。

「確かにここも津波関係の研究室ですが——君は？」武智が穏やかに訊き返す。

「ああ、リーす」若者は面倒くさそうに答えると、準平に目を向けてきた。「さっきの論文、いいすか」

「さっきのって……？」

まごつく準平を尻目に、リーと名乗った若者はずかずかと中に入り込んできた。準平の机から、一編の論文を手に取る。津波の物理モデルに関するものだ。エレベーターの中でタイトルを見ていたのだろう。素早くページをめくり、一組の数式を準平たちに示す。

「これって、二次元の非線形長波方程式ですよね。津波の数値シミュレーションて、こんなの解いてんすか」

「一般的には、そうだね」武智がうなずいた。

「なんか、単純すね。こんなモデルでほんとに津波予測なんてできんの？」

「どの研究グループも苦労しているようだ。沿岸線での津波波形については、精度よく再現できているとは言えない。陸上への浸水予測となると、もっとひどい」

「だろうね」若者は口の端をゆがめ、シッと笑った。「三次元ナビエ・ストークス方程式をダイレクトに解きゃいいじゃん」

「モデルを複雑にすると、計算に時間がかかり過ぎる。コストの問題だ」

「んなの、しょぼい計算機使って、しょぼいコードで解くからでしょ」

「大した自信だな」武智が笑みを漏らした。「君は学生かい？」

「D1」若者は短く言った。博士課程一年のことだ。

「君なら、もっと精度のいいシミュレーションを、もっと速くできるというわけか」

「できるっていうか」若者がわずかにあごを上げた。「やればいいじゃんて思うけど」

準平は思わず武智と顔を見合わせた。武智もさすがに目を丸くしている。

「ちなみにだけど」若者が続けた。「それを俺がここでやるって言ったら、あれ、使わせてもらえるんすか」

「あれとは？」

訊き返した武智に、若者はさも当然とばかりに告げる。

「テラ・シミュレータ」

準平がコーヒーを淹れている間に、武智が若者を椅子に座らせ、素性を聞き出した。どうやらこの金髪の大学院生に興味を抱いたらしい。

名前は李英秋。父親が在日台湾人二世だという。東都工科大学の大学院生で、惑星科学の研究室に所属しているそうだ。

「修士課程では何をやってたんだい？」武智が訊いた。

「火星のダストストームとか」李は論文をめくりながらぞんざいに答える。「金星のスーパーローテーションとか」

「二つもか。手が早いんだな。数値シミュレーションか？」

「他にどうやるんすか」

火星のダストストームとは、惑星規模で起きる巨大な砂嵐のことだ。また、金星では自転速度を遥かに上回る非常に速い風が全球で吹いており、スーパーローテーションと呼ばれている。どちらも惑星気象学という分野の研究テーマだ。

「Ｄ論のテーマでも探してるの？」準平は李の前にマグカップを置いた。「ＭＥＩには気象の研究室を訪ねて来たんでしょ？」

「ああ」李はだるそうに首の骨を鳴らす。「台風の発達予測でもやろうかと思って」

「ほう、惑星はやめるのか」武智が言った。

「もういい。テンション上がんない」李はコーヒーにちょんと口先をつけると、まずそうに顔をゆがめる。「観測データが少なすぎて、勝ち負けつかないっしょ。つまんない」

「勝ち負け？」

「俺の計算が正しいか、間違ってるか」李はまたシッと息を漏らす。「ま、正しいに決まってるけど」

「地球が相手なら、はっきり勝負がつくというわけか」武智が目を細める。

「俺のシミュレーションどおりに台風が発達すれば、俺の勝ち。はずしたら、台風の勝ち。わかりやすいじゃん、少なくとも」

「さっき七階で話を聞いてきたんだよね?」準平が訊いた。「やっぱり台風も気に入らなかったわけ?」

「てか、そこのチームリーダーが」李は理解不能とばかりに首をかしげる。「テラ・シミュレータさえ使わせてくれるなら、相手は台風でもゲリラ豪雨でも何でもいいって言ったら、すげえ怒っちゃって」

「MEIに来たのは、テラ・シミュレータ目当てか」武智が言う。

「他に何があるんすか」

テラ・シミュレータは、MEIが運用するスーパーコンピューターだ。気象、海洋、地震などの分野で必要な大規模シミュレーションに特化した設計になっており、初代のシステムは二年半もの間、世界最速を誇っていた。その後は徐々に順位を落としたものの、この秋には第三世代のシステムが稼働を始めることになっている。

「第三世代が動き出せば、また世界のトップ5に返り咲くそうだな」武智が言った。

「今度のシステムは、メモリアクセスが超速い」李が唇をなめる。「大規模流体計算に限って言えば、世界一かもしれない」

わけだ」

「なるほど」武智は口もとだけを緩めた。「世界一のスパコンで、地球と勝負がしたい

李は準平に向けてあごをしゃくった。「エレベーターでこの人が持ってた論文を見て、そう言えば津波もありじゃん、て」

「津波とどう勝負する?」武智が試すような視線を向ける。

「まず、こんなしょぼいのじゃなくて、もっと精度のいい津波モデルをつくる」李は論文をテーブルに放った。「でかい地震が起きたら、よーい、ドン。テラ・シミュレータで俺の津波シミュレーションを走らせる。津波が陸に到達するのが先か、俺が予測を出すのが先か」

「つまり、津波のリアルタイム予測をするというんだな?」

「そ」李はうなずいた。

「リアルタイム予測は、まだどの機関も実現できていない。精度の高いシミュレーションをやろうとすれば、地震が起きてからでは間に合わないからだ。気象庁も、前もって計算しておいたデータベースを使って津波予測を出している。震災後、いくつかのグループが、今君が言ったようなシステムの実用化に向けて研究を進めている段階だ」

それを知った上でのことかという表情で、武智が李を見据える。

「そうなんだ」李は嬉しそうにシッと笑った。「テンション上がる」

3

「なんか、子供の頃にタイムスリップしたみたい」

汐理が辺りを見回して言った。緑の中に林立する古い集合住宅の群れに圧倒されている。新宿にこんな団地が残っているとは思ってもいなかったようだ。

「だよね。初めて来たときは僕も驚いたよ」

さっきまで降っていた雨は、準平たちの到着を見計らったように止んでくれた。だが、気温は朝からほとんど上がっておらず、ポロシャツ一枚では肌寒いほどだ。

汐理とは最寄りの駅で待ち合わせて、ここまで歩いてきた。これから照井の工場で作業を手伝うことになっている。電位差計の感度を上げるために、照井が電極アームを改良したらしい。二メートルあるアームを四本拡げてテストをするのに、人手が要るとのことだった。

汐理も誘うよう命じたのは、武智だ。汐理はまだチームの一員になったわけではない。こうして少しずつ仕事に関わらせながら、汐理の気持ちを動かそうと考えているのだろう。またアルバイト料が出るからと言ってこの話を持ちかけると、汐理は意外なほどあっさり引き受けた。もしかしたら、プロジェクトへの参加を前向きに考え始めているのかもしれない。

今日はもう一人、工場を訪ねてくることになっている。瀬島だ。早く照井に引き合わせろとせっつかれていたので、仕方なく声をかけたのだ。小型波浪計測ブイのパーツを車に積んで行くと張り切っていた。

「で、武智さんは、その子をチームに入れるつもりなん？」汐理が話を戻した。李という大学院生のことだ。

「たぶん」

「だってまだD1やろ？　学生のお世話までするつもり？」汐理はあきれ顔だ。「どこまでお人好しやねん」

「引っかかるものがあったみたいだよ、李君にも」

「あんたはすさんでたから。わたしは怒ってたから。その子はなんで？」

「そうだねえ」しばらく考えて、言った。「つまらなそうだったから、かな」

「何やそれ」

口から出まかせに言ったことだが、そう的外れでもない気がした。つまらなそうにしているということは、何かを持てあましているということだ。そして彼は、それをぶつけられる相手を探し求めているように見える。

「でも、口だけの勘違いクンだったら困るじゃない？　だから、李君がどういう人間か、探るように言われたわけ。つてを頼って、彼の先輩にあたる人に話を聞くことができた」

　東都大学理学部で助教をしている同期が、その人物を紹介してくれた。東都工科大学の惑星科学出身で、今年東都大学に移ってきたポスドクだ。学生食堂で昼食をともにしながら李の名前を出すと、彼にまつわる逸話が次から次へと出てきた。良きにつけ悪しきにつけ、とにかく目立つ存在らしい。

「で、何かわかったん？」

「うん。その先輩が開口一番に言ったのは、とにかく飽きっぽいやつだってこと。何か始めても、ちょこっと数値計算をして、だいたいわかった、つまらない、と言ってやめちゃう。しばらく火星をやっていたかと思うと、いつの間にか金星、そして気づけば惑星形成論」

「そんなあちこち手を出して、修論は何について書いたんよ？」修論とは、修士論文のことだ。

「火星のダストストーム。ただし、書いたのは李君じゃなくて、指導教員の教授」

「はあ？　どういうこと？」

「李君は、結果をまとめたり文章にすることが大嫌い、というか、できないらしいんだ。だから、ゼミの発表もさぼるし、学会にも出ない。いつまでたっても修論を書き始めないので、業を煮やした教授がほとんど書いたんだって」

「何やそれ。ただの子供やん」汐理が吐き捨てた。「気が合いそうにないわ」

「李君が計算だけして放り出した結果は、その教授が順番に論文にまとめて投稿してる」

「どこまで甘やかすねん。そこまでしてやる必要ある？」

「それが、あるんだよ」準平は汐理の横顔に言った。「先月、火星のほうは『ネイチャー』に、金星のほうは『サイエンス』に受理された」

汐理が目を丸くして見つめ返してくる。当然だろう。『ネイチャー』と『サイエンス』は、世界中の科学研究者が目標とするトップジャーナルだ。よほど画期的な研究成果でない限り、掲載は見込めない。準平などは、投稿を考えたことすらない。ほとんどの研究者は、この二誌とは無縁のまま、そのキャリアを終えるのだ。

「ちょこっとやった数値シミュレーションが、『ネイチャー』？『サイエンス』？何やそれ」汐理は口をとがらせてまた前を向く。「やっぱり気が合いそうにないわ」

「まったく、嫌になるよね」ため息まじりに言った。「とにかく李君は、ただのビッグマウスじゃなかったってこと。武智さん、すぐ東都工科大に出向くと言ってたよ。李君をしばらく預からせてほしいって、その教授に頼むつもりみたい」

耐震工事中の一棟の前を通り過ぎ、右に折れる。大きなケヤキの下に置かれたベンチで、老人が居眠りをしていた。ここを真っすぐ行けば、二十七号棟の脇に出る。照井の工場が入っている建物だ。

背後から甲高いエンジン音が聞こえてきた。スクーターなどではない。芝刈り機かとも思ったが、どんどんこちらに近づいてくる。目を覚ました老人が、音のするほうを見てあんぐり口を開けた。振り返った準平は、思わず「なっ！」と声を上げた。

それは、キックボードに乗った瀬島だった。ただのキックボードではない。後輪の上に小さなエンジンが付いているのだ。

「準平ちゃん！　これ最高だぜ！」瀬島は楽しそうに叫ぶと、あっと言う間に準平たちを追い抜いて行く。

「何なん、あれ――」汐理も呆然とその後ろ姿を見つめている。

キックボードがつきあたりまで行くと、瀬島は体を傾けて左に曲がった。その先は緩やかな下り坂になっているはずだ。姿が見えなくなってしばらくすると、今度は悲鳴が響いてきた。

「やべっ！　これどうやって止まんの！　ねえっ！　うおっ！　ノーッ！……」

汐理が、信じられないという表情で準平を見上げてくる。

「もしかしてあれが――」

「うん。瀬島さん」

「……生きてるかな」汐理は真面目な顔でぽつりと言った。

工場の外に、瀬島と照井がいた。何とか無事に止まることができたらしい。キックボードを前に、二人で談笑している。やはりあれは照井が改造したものなのだ。

「排気量は二十五ccぐらい？」しゃがみこんだ瀬島が、後輪の上に無理やり載せられたエンジンに顔を寄せた。

「三十ccだ」照井がハンドルを支えながら答える。「チェーンソーのエンジンを流用したんだ。おかげで不格好になったがよ」

「いや、そんなことないすよ。無骨な感じが逆にめちゃめちゃカッコいい」瀬島は感心しきりだ。「チェーンソーだったら、回転数を合わせるのが大変だったんじゃないすか？」

「回転数もだが、一番苦労したのはクラッチのタイミングの調整だな」照井もまんざらでもないようで、嬉々として応じている。「こいつは自動遠心式だからよ」

「いいなあ」瀬島が心底うらやましそうに言った。「俺も欲しい。ていうか、俺も作りたい」

「見た目ほど簡単じゃねえぞ」照井が不敵に笑う。

「瀬島さん、キックボードなんか乗りましたっけ？」準平は横から口をはさんだ。「見たことないですけど」

「何言ってんの、準平ちゃん」瀬島が親指で自分の顔を指す。「俺、サーファーよ？ボードと名のつくものなら何でも好きに決まってるじゃん。昔はスケボーにも凝ってたんだぜ」

しびれを切らしたのか、隣の汐理が「ねえ」と小突いてきた。それに気づいた瀬島が、「おお！」と勢いよく立ち上がる。

「あなたが噂の――女子か！」

「女子？」汐理の表情が一瞬で険しくなる。

「二宮さんです」準平は慌てて言った。「二宮汐理さん」

「『しおり』って、どんな字？」

汐理がぶっきらぼうに説明すると、瀬島は無邪気に「いいじゃん！」と目を輝かせた。

「『しお』の『ことわり』なんて、まさにうちにピッタリじゃん！」

「うち？」汐理が眉間のしわを深くした。この男は大丈夫かとでも言いたげに、不審に満ちた目を準平に向けてくる。

「瀬島さん、ベンチャーを興そうとしてるんだ」仕方なく代弁した。「二宮さんのこと、リクルートしたかったみたいだよ」

「過去形じゃないよ」瀬島が割って入る。「今も興味津々。考えてみない？」

「興味津々て、五分前に会ったばっかりやけど」

「こういうのって、過ごした時間の長さじゃないじゃん。デスティニーじゃん」

「せっかくですけど」汐理は冷淡に言った。「名古屋のほうで就職が決まりそうなんで」

「ええっ⁉」準平のほうが驚いた。「そんなの初耳だけど。どこ？」

「中都大学に新しく災害科学研究センターができたんやけど、そこの助教。配属先の地震・津波研究グループの教授が、公募が始まる前に直々に声をかけてくれた。今回は津波堆積物をやる古地震の研究者を採るつもりやからって」

「もう内定が出たの？」

「先週、面接を受けた。その晩に教授から電話があって、着任日は八月一日やから、住むところを探しておきなさいって言われた」

「ほぼ決まりってことか」

「たぶん。あとはセンター全体の会議で認めてもらうだけみたい」

そういうことか――汐理が今日ここへ来た理由がわかった気がした。汐理はチーム加入に傾きかけていたのではなく、これが最後だということを伝えにきたのだ。

「しおりんはさあ」瀬島がふてくされた顔で言う。「その就職先に、ほんとにデスティニー感じてんの？」

「今何て言うた？　しおりん？」汐理は嫌悪を露わに瀬島をにらみつける。

「ま、めでたい話じゃねえか」照井がなだめるように言った。「武智は残念がるだろうがよ」

「それはわかりませんけど」汐理は細い肩をすくめた。「あの人にも報告はするつもりです」

瀬島と照井はすっかり意気投合したようで、工場の中でもエンジン付きキックボードの話ばかりしていた。気をよくした照井は、図々しいとしか思えない瀬島の頼みを受け入れた。材料は照井の会社を通じて調達し、いくらか手数料を支払うことを条件に、瀬島に工場の工作機械を使わせるという。

　上機嫌の瀬島も手伝ってくれたので、電極アームのテストは順調に進み、夕方には解散となった。瀬島の車で都内に住む汐理を近くまで送り届けたあと、鎌倉に向かった。途中、瀬島のお気に入りだという本牧のステーキハウスに立ち寄ったので、瀬島ハイツに帰り着いたときには夜九時を回っていた。

　二階の自室に入ると、電話機のランプが点滅していた。再生ボタンを押すと同時に、「もしもし、お母さんじゃけど――」と、どこかたどたどしい声が流れ出す。最近、母親が時どきこうして電話をかけてくるようになった。

　母親は、準平が地震研究所で心を病みかけたことをよく知っている。日ごとに生気を失っていく息子の姿をテレビで見て、山口に連れて帰ろうと上京してきたことさえあった。準平が研究の現場に復帰したことで、また同じようなことになるのではないかと心配しているのだ。

　とりとめのない母親のメッセージを聞きながら、コーヒーを淹れにキッチンへ向かう。戸棚を開けて、豆を切らしていることを思い出した。

　坂の途中にあるコンビニへ行こうと部屋を出た。また大粒の雨が降り始めている。傘を差して暗い坂道を下り始めると、突然真横からまぶしい光に照らされた。脇道に停まった車がヘッドライトを点けたのだ。スーツ姿の男が助手席を飛び出し、こちらに走ってくる。

「行田さん、ですよね？」そう訊く男の顔には見覚えがあった。防衛省の研究所から来た二人組の一人だ。

「そうですけど……何ですか？」答えながら後ずさる。自然と体が強張った。

「先日はご挨拶できませんでしたが、私こういう者です」男が名刺を差し出す。「夜分に申し訳ありませんが、少しお時間をいただけないでしょうか。お訊ねしたいことがあるんです」

「突然こんなところで言われても……」

「お願いします。ほんの十分で済みますから」男は何度も頭を下げる。

その顔が瞬く間に雨で濡れていくのを見て、少し気の毒になってきた。

「とにかく、ここじゃ濡れますから――」

傘を差しかけようとした準平の肘を、男がつかむ。「では、とりあえず車の中に」

まさか拉致されることはないだろう。準平は男にしたがって、セダンの後部座席に乗り込んだ。男が隣に座る。運転席には二人組のもう片方がいた。

二枚になった名刺にあらためて目を落とす。所属はともに〈防衛省技術研究本部　艦艇装備研究所　航走技術研究部〉。声をかけてきた男の肩書きは〈技術分析官〉、運転席の男は〈主任研究官〉だった。

「もうしばらくしたら、お部屋にうかがうつもりだったんです」隣に座った男が言う。

「僕のこと、調べたんですか」さすがに背筋に冷たいものが走る。

「いえいえ、我々はそういうんじゃありませんよ。ただの技術屋です」男がわずかに頬を緩めた。「東都大の地震研にいらした方だということはすぐにわかりましたから。今はもうお辞めになった？」

「ええ。今はＭＥＩに」

「なるほど。では、ＭＥＩで瀬島さんと知り合われたのかな。瀬島さんとのご関係は、単に大家と店子、ということでいいのでしょうか？」

「まあ――そうですね」他に言いようがない。

「こないだ材木座海岸でブイのテストを一緒にやってらしたのは――？」

「手伝ってくれと言われたので」

「なるほど」男は運転席の相棒とうなずき合った。「これから瀬島さんに関していくつか質問をさせてもらいますが、それに行田さんがお答えになることで、瀬島さんが窮地に陥るとか、不利益をこうむるとかいうことはありません。我々はただ、確かめたいだけなのです」

「確かめるって、何をですか」

「詳しくは申し上げられませんが――」男は言葉を探しながら答える。「しいて言うなら、我々がこれ以上瀬島さんに接触し続ける意味があるかどうか、でしょうか」

「よくわかりませんけど……」

きっぱり拒絶できないのは、準平の中にも、瀬島のことを知りたいという気持ちが強くあるからだ。その曖昧な言葉を承諾と見なしたのか、最初の質問が投げかけられる。

「あの波浪計測ブイ以外に、瀬島さんが何か仕事をしているかどうか、ご存じですか？　機器の開発や準備も含めて、ですが」

「していないと思います。いずれ事業を興したいとは言ってましたが、内容は知りません」

「では、瀬島さんがそこの『海燕』という店の他に、倉庫か作業場のようなものを持っている、あるいは借りているという話を聞いたことはありませんか？」

「ありませんね」

「『海燕』の中には、たくさんサーフボードがありますよね？　長いのや短いのや、いろんな種類のものが」

「ありますね」

「その中に、ちょっと変わったサーフボードを見たことはありませんか？」

「変わったボード？　形が特殊ということですか？」

「おそらく」男があごを引く。

「さあ、気がつきませんでしたけど」

「そうですか……」男は声に失望をにじませ、しばらく考えこんだ。「では、最後にもう一つだけ。瀬島さんのもとに、アメリカから大きな荷物が送られてきたのを見たことはありませんか？　サーフボードぐらいの大きさの」

「見たことありませんけど――」アメリカという言葉を聞いて、ただ答えるだけではいられなくなった。「もしかしてそれ、海軍研究所での研究と関係があるものですか?」

二人は驚いて顔を見合わせた。隣の男が前のめりになって訊いてくる。

「瀬島さんがそんなことを言っていたのですか?」

「いえ」準平はかぶりを振る。「あの人は、そこでの研究については何も」

「――そうですか」

結局、男たちが準平の質問に答えることはなかった。

4

今日は直接横浜に行くことにしていたので、いつもより遅く部屋を出た。

外階段を下りると、「海燕」の前に瀬島がいた。小さなエンジンを足で押さえ、必死の形相で始動用ロープを引いている。何度やっても、ブルルン、と数回点火するだけで、かからない。

「ダメだ」瀬島が手の甲で汗をぬぐう。「もうちょっとなんだけどな」

「そんなもの、どうしたんですか?」

艦艇装備研究所の男たちとの一件以来、見慣れないものについ反応してしまう。あの夜の出来事は、もちろん瀬島には話していない。

「知り合いにもらったんだ。古い芝刈り機のエンジン。これだけじゃないぜ、ほら」

瀬島が店のほうにあごをしゃくった。見れば、ガラス扉にキックボードが立てかけてある。

「あっちもオンボロだけどさ。好き勝手にいじるなら、もらい物に限る」

「いじるって、どこで作業するんです?」それも確かめずにはいられない。

「どこって」瀬島が不思議そうに見返してくる。「ここか、ゴッドハンドの工場に決まってんじゃん。あ、何を作ってるかゴッドハンドには内緒だぜ。あのじいさんよりカッケーのを作って、驚かせてやる」

瀬島はにやにやしながら点火プラグのクリーニングを始める。やはり、大きな秘密を抱えている人間の態度には見えない。準平は何かちぐはぐなものを感じながら、バス停に向かって歩き出した。

横浜のベイエリアにあるコンベンションセンターは、リゾートホテルのような外観の建物だった。ロビーでホールの場所を確認しようとしていると、案内看板を見つけた。〈地震調査研究推進本部　特別シンポジウム　『巨大地震にそなえる』〉——と大きな文字で書かれている。

五百人が入るホールは満席だった。思いの外、カジュアルな服装の初老の男性が多い。こういう一般向けのシンポジウムには定年退職した男たちが大勢つめかけると聞いていたが、本当らしい。スーツを着ているのは、企業の防災担当者や関係機関の職員だろう。

これに出れば、地震本部という組織の雰囲気がよくわかる——そう言ってシンポジウムへの参加をすすめたのは、武智だ。準平は、地震研究所の助教時代も、地震本部とはほとんど関わりがなかった。今回はこの組織の主だったメンバー——つまりは「地震村」の重鎮たちだ——が顔をそろえるようなので、確かにいい機会かもしれないと思った。

シンポジウムは、地震本部本部長でもある文部科学大臣の挨拶で始まった。そのあとに、委員長、部会長クラスの地震学者たちによる講演が続く。最初に登壇したのはある大学の大物教授だ。武智曰く、一部では〝地震政治学者〟と陰口を叩かれているらしい。先の大震災を受けての反省はほとんど述べられず、組織の宣伝に終始しているという印象しか受けなかった。続いて二人の講演があり、十五分間の休憩に入った。

案の定、講演の中身には何の新味もない。ホールを出た準平は、隣の展示スペースをのぞいてみた。白いボードがずらりと並び、ポスターやパネルが貼られている。研究機関、関係省庁、企業や自治体などの展示物だ。これだけを見ても、地震業界の裾野の広さがよくわかる。言い換えれば、動く金も他の分野とは桁が違うということだ。

突然、右のほうから「あれ、行田じゃん」と声をかけられた。見れば、谷がボードの前でポスターを広げている。

「いいところに来た。やばいんだよ、ちょっと手伝って」谷が青い顔で言った。

「どうしたんですか？」どうやらそこは地震研究所に割り当てられたボードらしいが、

まだ何も掲示されていない。

「うちのポスター全部預かってきたのに、寝坊しちゃってさ。ボスにばれたらマジでやばい」

準平がポスターを押さえ、谷が画鋲を刺していく。谷の顔色が悪いのは、あせっているからではないらしい。時おり苦痛に顔をゆがめている。

「大丈夫ですか？　具合悪そうですけど」

「二日酔い」腹をさすって言う。「昨日、久々に飲み過ぎちゃってさ。胃がやばいのよ」

「地震研の飲み会ですか」

「うん。就職内定祝い」

「へえ、誰ですか？　僕の知ってる人かな」

「知ってると思うよ。ほら、天木さんのところの――」

谷が名前を挙げたのは、天木のもとで海域の地震観測をやっていた男だ。準平がいたころは、まだ大学院生だった。

「この春に学位を取ったばかりなのに、もう助教だよ。近年稀に見るスピード出世、じゃないか、スピード就職」

「どこのポストですか？」

「中都大にできた災害科学研究センターだって」

「え？」汐理が面接を受けたところだ。まさか――。「地震・津波研究グループですか？」

「そりゃそうでしょ」

「募集してたのは、一名ですよね？」

「当たり前だろ、今どき」

どういうことだ。汐理の採用はほぼ決まっていたはずだが――。固まった準平を気にも留めず、谷が続ける。

「彼、天木さんのお気に入りだからね。すんなり就職しそうだとは思ってたけどさ」

ポスターをすべて貼り終え、会場に戻ると、演壇にその天木が立っていた。

白い前髪を横に撫でつけながら、レーザーポインターをスクリーンに向けている。調査観測計画部会の部会長として、現在の観測体制を紹介しているようだ。

「――巨大海溝型地震のリスクを考えた場合、今後もっとも重要になってくるのが、これら海底ケーブルによる地震・津波観測網の拡充であります」

天木の低いしわがれ声が、ホールに響いた。


谷に聞いたことは、汐理ではなく、まず武智に報告した。武智は知り合いを通じて情報を集めたらしい。今日になって汐理をＭＥＩに呼び出した。

様子を見に武智のオフィスを訪ねると、ちょうど汐理が出てきた。

「何？」汐理は準平に一瞥を投げ、素っ気なく言う。「どうなったか偵察に来たん？」

「うん、まあ」いきなり先制されて、うまくごまかせなかった。

「大した話はしてへんよ」汐理は足を止めずにエレベーターへ向かう。「なんでわたしの採用が流れたか、武智さんが知る限りの事情を教えてくれた」

「やっぱり、天木さんの差し金なんだよね?」

「誰がどう見てもそうやけど、証拠はない。地震本部の誰かが――天木ではないらしいけど――センターの教授たちに吹き込んだらしい。海底ケーブル地震・津波観測網をやる人間を採ったほうが、センター全体に予算がつきやすいとか何とか。ご丁寧に、研究会でわたしが天木とケンカしたことまで付け加えてな」

「周囲の反対でつぶされたってことか」

「天木がわざわざわたしなんかをつぶす必要はないし、単にかわいい弟子をねじ込みたかっただけやろ。そのポストの本命がわたしやと知って、遠慮なくつぶせると思ったんやろな」汐理は他人事のように淡々と言った。

「武智さん、今後については何て?」

「別に。また何かあったらバイトしてほしいって」

「それだけ? こうなったらうちのチームに入れって言わなかったの?」

「そういうのは、ふられたばっかりの女に言い寄るみたいで、嫌やって」

「え!? 武智さんがそんなこと言ったの?」

「言うわけないやん」汐理が鼻で笑う。「そんな顔してたってこと。だから、わたしのほうから言うた。チームに加わるかどうか、一晩だけ考えさせてくださいって。わたしに就職のチャンスが訪れることなんて、もう当分ないやろし」

本部棟を出て、岸壁に向かった。午後四時とは思えないほど薄暗い。低くたれ込めた雲はたっぷり氷晶をため込んでいるようで、今にも雨粒をこぼし始めそうだ。

岸壁を並んで歩きながら、汐理が言った。

「天木には、腹立ってるよ。はらわた煮えくり返るほど」言葉とは裏腹に、その口ぶりには意外なほど屈託がなかった。かと思うと、一段声を低くして続ける。「でも、自分にも同じぐらい腹立ってる」

「なんで自分に」

「わたしに力がないから。研究者としてほんまに力があったら、どうしても必要な人材と思われてたら、こんなしょうもないやり口には負けへんはずや」

「そうかもしれないけど」

「威勢のええこと言うてるだけで、何一つ成し遂げられてない。それどころか、研究も続けられてへん」汐理は自嘲するように目を細めた。

「仕方ないじゃん。そういう時期だってあるよ」

汐理は小さくかぶりを振り、自らに言い聞かせる。

「こんなことでは——こんなとこで足踏みしてるようでは、わたしは自分が絶対に許されへん。許されるわけがないんよ」

「前にも言ってたよね。そんなこと」

準平はそれ以上問いかけなかった。待っていれば、汐理が語り出す気がした。波頭が砕ける海面をじっと見つめていると、汐理が静かに口を開いた。

「あれは――震災の半年前のことやった。わたしは、宮城県の山元町で、仲間と津波堆積物の調査をしてた。例の穴掘り仕事」

山元町といえば、仙台平野の南端に位置する海沿いの町だ。今回の大津波で甚大な被害を受けている。

「海岸から一・五キロぐらい内陸に、早めに稲刈りを終えてた田んぼを見つけてな。サンプルを採らせてもらえることになった。田んぼの持ち主は、近くに住んでるおじいさん。協力をお願いしても嫌な顔されることが多いのに、そのおじいさんはにこにこしながら、『どうぞ好きなようにしてください。ご苦労さまです』って言うてくれた」

「優しい人だ」

「しばらくその田んぼで作業してたら、大きな水筒を抱えた女の子が近づいてきてね。おじいさんのお孫さん。お母さんに言われて、わたしらにお茶とお漬物を持ってきてくれてん。その子、休憩のあともあぜ道にちょこんと座って作業を見てて、いつまでたっても帰らへんねん。こっちおいでって言うたら、嬉しそうに飛んできてな。ちょっとしたことを手伝ってもらいながら、いろんな話をした。小学一年生で、名前は栞（しおり）ちゃん」

「君と同じだ」

「字は違うけどな。でも、偶然やなって盛り上がった。わたしは地面を掘って津波の跡を探してるけど、友だちは恐竜の骨を探してるねんでって言うたら、目をキラキラさせてた。栞ちゃん、そのお正月、わたしに年賀状までくれたんよ。〈五年生になったら、かがくクラブに入りたいです〉って書いてあった」

「そうなんだ」そこまで聞いて、準平はこの話の悲しい結末を覚悟した。

「山元町の人たちは、津波のことなんかほとんど心配してへんかった。三陸沿岸と違って、この辺りが津波で被害を受けたことはないからって」

「宮城や福島の人たちは、みんなそう思ってたらしいね」

「だから――」突然汐理の声が激しく震える。「だから、わたし、栞ちゃんに、昔ここにも大きな津波が来たことがあるねんでって言うたんよ。大きな地震がきたら、すぐ逃げなあかんでって言うたんよ」

「もしかして、その子――」

汐理は目に涙をため、長いまつげを震わせながら、声を絞り出す。

「震災後、わたしらが現地入りできたのは、四月半ばになってからのことやった。わたしはすぐ山元町に行って、栞ちゃんを探してあちこちの避難所を回った。ある避難所で、栞ちゃんのお父さんに会えた。でも――お母さんも、あのおじいさんも、栞ちゃんも――」

汐理がうめくように嗚咽し、膝から崩れ落ちる。準平は咄嗟に手を伸ばしたが、間に合わなかった。汐理はその場にしゃがみ込み、両腕で自分の膝を抱きしめた。涙で顔をぐしゃぐしゃにしたまま、準平を見上げる。

「あの子、お菓子の缶に入れられてたんよ。骨壺が手に入らへんからって。あの子、まだ七つやったんよ。なんであの子が――」

汐理は言葉を詰まらせると、また激しく嗚咽した。準平のジーンズをつかみ、しゃくり上げながら叫ぶように問うてくる。

「わたし、ほんまにちゃんと言うた？ 昔どこまで水が来たか、どこへ逃げなあかんか、あの子にちゃんと言うた？ おうちにいたらあかんでって、ちゃんと言うた？ あの子、わかったって言うた？」

準平は膝を折り、声をかけようとした。だが、言葉が出てこない。汐理は力まかせに準平のジーンズを引っ張る。

「ねえ、教えてよ！ わたし……わたし、あの子に、ちゃんと言うたん？ ねえ……」

最後は声にならなかった。両手を地面につき、うつむいて泣きじゃくった。

いつの間にか、霧雨が舞い始めていた。さっきまで対岸に見通せていた米軍の施設も、灰色の煙幕に隠れてしまっている。湿って肌に張りついたシャツに海風が吹きつけて、熱を帯びた体を冷やしていく。

汐理が洟をすする回数が減るのを待って、声をかけた。

「二宮さん」

「――うん」

「そろそろ行こう。風邪ひくよ」

「――うん」

準平は手を差し出した。それにつかまって立ち上がった汐理は、準平の顔を見ようとしない。

準平も、海に向かって言った。

「やろうよ。一緒に」

5

尋常でない物音で目が覚めた。何かがこの建物に衝突したような音だ。

ベッドを出て、南の掃き出し窓に歩み寄る。空が白み始めていた。台風は遠ざかりつつあるはずだが、南からの強い吹き返しが雨粒をガラスに打ちつけてくる。

テレビをつけると、画面の隅に台風情報が出ていた。夜半に房総半島に上陸した台風は、茨城の東の海上に抜けようとしている。

ベランダに出て、手すりから下をのぞいてみた。前の道路に板のようなものが落ちている。あれが風に飛ばされてきて、ハイツのどこかに激突したのかもしれない。

すぐに瀬島の部屋へ行き、インターホンを鳴らしたが、返事がない。携帯電話にも出れない。

ないので、メッセージを残した。もしかしたら、海の様子でも見に行っているのかもし

仕方なく懐中電灯を持ち出して、外階段を下りた。まだ雨風ともに強く、目を開けているのも辛い。状況はすぐにわかった。「海燕」のシャッターが真ん中で大きくへこんでいて、そばに長辺一メートルほどの錆びついた鋼板が落ちている。おそらく、どこかの家の屋根板だ。

中のガラス扉が割れていないか気になった。鍵がかかっているだろうと思ったが、シャッターにかけた手に力をこめると、嫌な音を立てて少し持ち上がる。鍵穴のあたりが一番大きくへこんでいるので、ロックが効かなくなったのかもしれない。

腰の高さまで持ち上げたところで、シャッターは動かなくなった。かがみ込み、下から懐中電灯で照らしてみる。どうやらガラスは無事らしい。

何気なく光を店内に向けた。壁に並んだサーフボードが目に入ったとき、ふと心がざわついた。艦艇装備研究所の男たちの言葉が脳裏に甦る。

念のため、中の様子を——心の中で言い訳をしながら、ガラス扉を押した。難なく開いた扉から、四つん這いになって店内に入る。

照明をつけるのは気が引けた。懐中電灯を頼りに、ゆっくり歩を進める。用途のわからないものをここで見た覚えはなかったが、隅々までじっくり検(あらた)めたわけではない。

目の前にメンテナンス用のスタンドがあって、一枚のサーフボードが裏返しに横たえ

られている。鮮やかな黄色で長さは二メートルほど。このボードがここに寝かされているのは、前にも見たことがあった。

左手の壁には木製ラックが据え付けられており、二十枚ほどのボードが重なるように立てかけられている。準平はそばまで寄って、懐中電灯の光を端から順に当てていった。どれもごく普通のサーフボードにしか見えない。

ラックの一番奥に一枚だけ、ケースに入ったボードがあった。楕円形の黒いケースはナイロン製で、サーフブランドのロゴが大きくプリントされている。

これも、念のため――また心の中でつぶやいて、ケースのファスナーを静かに下ろす。白っぽい板のふちが見える。半分ほど開けたとき、坂を上ってくる車の音に気がついた。瀬島かもしれない。慌ててファスナーを上げようとするが、噛んでしまって動かない。

そうこうしているうちに、前の通りからヘッドライトの光が漏れ入ってきた。エンジンが止まるのと同時に、瀬島の声が響く。

「うわ！　めっちゃへこんでるじゃん！」

ケースを閉めるのをあきらめ、急いでラックの前を離れた。瀬島がシャッターの下からのぞき込んでくる。

「おーい、準平ちゃん、いるのか？」

「――はい、ここです」懐中電灯を瀬島に向ける。

「何だよ、電気もつけずに」瀬島は四つん這いになって入ってくると、照明のスイッチを入れた。やはり海に出ていたのか、長い髪の先に雫が光っている。

「ガラスが割れてたらまずいと思って……。大丈夫でしたけど」

「そのためのシャッターだからな」瀬島は内側からシャッターのへこみを押し戻そうとしている。「あーあ、鍵も壊れてる。ったく、あの屋根板、どこのボロ家のだよ」

「修理代、払ってほしいですよね」

ぎこちなく笑う準平を見て、瀬島がわずかに眉をひそめた。準平がなぜ中まで入り込んでいたのか、ようやく不審に感じ始めたのかもしれない。

室内を見回していた瀬島が、壁のボードラックに目を止めた。つかつかとそちらに歩み寄る。まずい——額から汗が噴き出し始めた。

瀬島は黒いケースの前に立ち、ファスナーを上げようとした。だが、やはり引っかかって動かない。怖い顔で振り返る。

「開けて中を確かめたのか？」

「いえ、まだ……」しまった——口走ってから気がついた。

「何を探してたのか知らないが、こそこそのぞき見は感心しないぜ。いくら友だちでも」

瀬島は勢いよくファスナーを下ろし、荒っぽくケースを剝いだ。現れたのは、ビキニ姿の女性が描かれた、白いサーフボードだった。

「——すみません」準平は素直に頭を下げた。

こうなったら仕方がない。あの雨の夜の出来事――艦艇装備研究所の男たちとのやり取りを、洗いざらい打ち明けた。

腕組みをして聞いていた瀬島が言った。

「で、この店のどこかに隠してあるんじゃないかと思ったわけか。俺がアメリカで極秘に開発した、ウルトラスーパー秘密兵器が」

「ええ、まあ……」

「ふん」瀬島が鼻から息を漏らす。「そんなに見たいか」

「そりゃまあ」伏せていた顔を上げた。「ていうか、ほんとにあるんですか？」

「あるよ」瀬島はこともなげに言う。

「どこに隠してるんです？」

「だから、最初から隠してなんかないって。目の前にあるじゃん」

瀬島はこちらにあごをしゃくった。視線の先にあるのは、メンテナンス用のスタンドに載せられた、黄色いボードだ。

「え？　これって、ただのサーフボードじゃ――」

「形だけ見るとそう思うかもしれない」瀬島がそばにやってきた。「でも、こっちのほうが厚みがあるだろ？」

準平は壁に並ぶカラフルな板と見比べた。二倍とまではいかないが、この黄色いボードは確かに分厚い。

「サーフボードはポリウレタンでできたものが多いが、こいつは繊維強化プラスチック製だ。それに――」瀬島はボードの後部にあるサメの背びれのようなパーツをつまんだ。「サーフボードにこんなデカいフィンは付けない」

瀬島は黄色いボードを抱えてひっくり返し、表側を上にした。青く光を反射するパネルが張られている。準平はそれに顔を近づけた。

「太陽電池のパネル――」顔を上げ、瀬島を見つめる。「このボード、一体何なんです？　これが兵器なんですか？」

「使い方によってはな。他のあらゆる技術と同じように」瀬島はにやりと笑い、ボードに手をかけた。「こいつは、まったく新しいタイプの無人水上艇だ。もっとわかりやすく言うと、洋上ドローン」

「ドローンというと、自動で空を飛ぶ――」

「小型の無人航空機だな。あれももともとは軍事用に開発された」

「ああ、らしいですね」

「無人水上艇はその海バージョンだ。コマンド一つで目的地まで自動航行する」瀬島はボードのふちを愛おしそうに撫でる。「だが、こいつはその辺の無人水上艇とはわけが違うぜ。これを走らせるのに、電力も燃料も必要ない」

「ええ？　そんなわけ――」

「あるんだ。そこが俺の天才たる所以（ゆえん）」瀬島はこめかみを指で突いた。「このマシンの動力は、波だ」

「波？」

確かに波はエネルギーを持っている。それが最も凶暴な形で現れたものが、津波だ。だが、いくらこのボードが波の力で動くと言っても、ただ流されるだけではドローンにならない。

「この黄色いボード――俺は『フロート』と呼んでるが――実はこれはマシン本体の半分なんだ。もう一つ、『フリッパー』というパーツがある。『水かき』ってことだな。このシステムで本質的に重要なのは、むしろフリッパーのほうだ」

瀬島はそばの作業台にあった宅配ピザのチラシを裏返すと、ボールペンで図を描き始めた。まず、うねる海面を曲線で引き、その上に板状のフロートを描く。

「名前のとおり、フロートは海面に浮かんでいる。一方のフリッパーは深さ五メートルの海中にあって、両者はこのようにケーブルでつながっている」瀬島はフロートの真下にのこぎりの刃のようなものを描き、それをフロートと直線で結んだ。

「なるほど」

「海面のフロートは波の力で運動する。大事なのは上下運動だ。フロートが波に乗って上下すると、海中のフリッパーも同じように上下に動く。フリッパーには可動式の羽がついていて、それが上下にフリップすることで水をかき、一定方向に推進力を生む」瀬島はフリッパーの横に右向きの矢印を描いた。

「ははあ、フリッパーがフロートを引っ張っていくわけですか」

「そういうこと。波が高ければ高いほど、大きな推進力が得られる。フリッパーのケツには舵がついていて、進む方向を変えることができるようになっている。舵を動かすのはモーターだが、その電力は太陽電池でまかなえる」

「つまり、一切補給なしで動き続けると」

「理屈としてはな」

「――すごい。ほんとに画期的だ」

絞り出すように口にしたのは、偽りのない感想だった。艦艇装備研究所の人間が瀬島に付きまとうのもよくわかる。このシステムが本当に機能するとすれば、だが――。

「画期的かつシンプルだろ?」瀬島はまたにやりとした。「海軍研究所(NRL)ではずっとサーフィンができなかったんだが、二年目に休暇をとってカリフォルニアに帰った。久しぶりに海に入っていて思いついたんだ。ボードにまたがって波を待ちながら、上下に揺れてるときに」

準平は周囲を見回した。「で、肝心のフリッパーは?」

「ないよ」

「もしかして、アメリカに置いてきちゃったとか?」

「いや、向こうにもない」

「じゃあどこに――」

「ここ」瀬島は誇らしげに自分の頭を指差す。「まだ俺の頭ん中」

「はあ？」雲行きが怪しくなってきた。

「心配すんなって」瀬島はなぜか励ますように肩を叩いてくる。「モノがないのには理由があるんだ。でも理論的には問題ないし、コンピューターで流体シミュレーションもしてある。俺の脳内の図面どおりに作りさえすりゃあ、ばっちり動くって」

「なんで僕がそんな心配するんです」あきれ顔で言って、話を戻す。「まあ、それは信じるとして、アメリカ海軍は——防衛省もですけど——こういう無人水上艇を何に使うんですか？」

「情報収集に決まってるじゃん。危険な海域に派遣して、敵を監視させたり、偵察させたり」瀬島はそこで人差し指を立てる。「もう一つの重要な使い道は、通信支援」

「通信支援？」

「そ。無人水上艇とは別に、無人水中航走体というのもあってな。こっちはさしずめ水中ドローンだ。たいていは魚雷みたいな形をしていて、ソナーを搭載してる。機雷の敷設状況を調べたり、敵潜水艦の哨戒に当たったりするわけだ」

「何でもドローンがやる時代なんですね」

「無人水中航走体を運用する上で問題になるのが、通信だ。海の中は電波が使えないからな。だから、無人水上艇とコンビを組ませる」

「ああ……」思わず声が漏れる。そこまで聞いただけで、もう胸の高鳴りを感じていた。

そう、これは、あの話とそっくりだ――。

「海中の無人水中航走体は、収集したデータを音響通信で海上の無人水上艇に渡す。無人水上艇はそれを電波で基地まで送る。要するに――」

「ちょっと待って！」たまらずさえぎる。「先に一つだけ確認させてください！」

「な、何だよ」準平の勢いに、瀬島がたじろいだ。

「このマシンは――」目の前の黄色いフロートを指差して、早口で言う。「瀬島さんのこのマシンは、バッテリー交換も燃料補給もなしに、いつまでも指示したとおりに動き続けるんですよね？　ということは、潮の流れに逆らってずっと同じ場所に留まっていることもできる？」

「もちろん。こいつはモーターやエンジンで動く無人水上艇ほど速力がないので、むしろそれが得意技だ。ある地点でピタッと静止しているのは難しいが、半径数百メートルの円周上をひたすらぐるぐる回り続ける形で定点保持ができる。何ヶ月でも何年でも」

「ということは、つまり――」準平は唾を飲み込み、つぶやいた。「このマシンは、まさしくあれになる――」

「あれって何？」

「武智さんが――いや、僕たちが、今一番求めているものです――」

6

武智のハイブリッド車は市街地を抜け、逗子海岸に出た。

台風が梅雨前線を押し上げたせいで、夏の盛りのような晴天が続いている。武智はその空気を楽しむかのように、運転席の窓を全開にしていた。

「二宮さんも瀬島氏に会ったことがあるそうだね」武智が後部座席の汐理に言う。

「はい。照井さんの工場で一度だけ」

「行田君に言わせると、陽気でサーフィン狂いのいい加減な男だそうだが――」

「無駄に陽気で、です」準平が助手席から口をはさむ。

「二宮さんから見た彼の印象は？」

「インチキ臭い男」

汐理の即答に、武智はふっと笑みをもらした。

「こちらも手厳しいな」

「今回の話もインチキかもしれへん。口のうまそうな男やったから、騙されんように気をつけんと」汐理の口ぶりは、自分はそのためについてきたとでも言わんばかりだ。

結局、汐理は正式に武智のチームに加わった。非常勤講師の仕事がない日はＭＥＩに通ってきて、準平の隣で津波監視システムの勉強を始めている。

李という大学院生も、籍は東都工科大学に置いたまま、しばらく武智が預かることになった。彼の指導教員は、「人の言うことを聞くような学生ではないので」と、あきらめ顔で言っていたそうだ。武智は今、李にいずれテラ・シミュレータを使わせるべく、関係部署にはたらきかけているらしい。

二人を迎え、チームは五人になった。津波観測の専門家は一人もいない。傍から見れば、曲者とはぐれ者ばかりの寄せ集め集団だ。今日のなりゆきによっては、瀬島という変人が六人目のメンバーになる可能性もゼロではない。

台風の日に知った瀬島の洋上ドローンのことは、その朝すぐに武智に伝えた。こちらは興奮状態でまくしたてたのに、武智の反応は冷静そのものだった。訊かれたのは瀬島のフルネームだけだったので、肩すかしを食らったような嫌な気分になったほどだ。

だが、武智はそのあと瀬島の研究業績を調べ上げたらしい。昨日になって、「海燕」を訪ねて瀬島に話を聞いてみたいと言い出したのだ。

車は約束の時間ちょうどに瀬島ハイツに到着した。

どういうわけか、ガレージが空だ。店の中をのぞいていると、ハイラックスが短くクラクションを鳴らして帰ってきた。

「みんな、いい日に来たぜ！」瀬島はそう言って運転席から飛び降りる。Tシャツに短パン、足もとはビーチサンダルだ。

「いい日って、何がです？」準平が訊いた。

「湘南一帯に、赤潮が出たんだよ」

「赤潮？　よくないでしょ、それ」

「お、しおりんも来たんだ」瀬島は準平を無視して汐理に手を振る。

「それ、やめてって言うてるやろ」汐理は瀬島をにらみつけた。

瀬島の視線が武智に向かう。「で、おたくがボスか」

瀬島が差し出した右手を、武智が握り返した。日に焼けた瀬島の大きな手と、武智の白く繊細な手。肌の色合いこそ対照的だが、どちらも力強く相手を握りしめている。二人の視線が束の間正面から交差した。

「なんか、ちょっとイメージと違うな」瀬島が手を離さずに言った。「銀縁メガネで七三分けの人を想像してたんだけど」

「あなたは私の想像どおりですよ」武智はいつものように口もとだけ緩める。

「そりゃよかった」瀬島は肩をすくめた。「いや、いいのか悪いのかわかんないけど」

瀬島はまだへこみの残るシャッターを苦労しながら上げた。ガラス扉に手をかけ、思い出したように振り返る。

「最初に言っとくけどさ、今から見せるマシンのこと、よそでしゃべんないでよ？　このマシンはまだ開発途中だし、特許も申請してない。トップシークレットなわけ」

「しかし、行田君には教えた」武智が静かに言った。

「だって準平ちゃん、やたら勘繰ってくるんだもん。俺が人でなしのマッドサイエンテイストなんじゃないかって。挙げ句の果てには、この中をこそこそ探ったりしてさ」

「だから、それは謝ったじゃないですか」準平は口をとがらせた。

「しょうがなく教えてやったら、今度は、うちのボスにも見せてやってくれとか言い出すし」

「無理を言って申し訳ありません」武智が頭を下げる。

「ま、おたくらはＭＥＩの人間だし、いずれ大事なお客さんになるかもしれないから、無下にはできないじゃん。ほんとはこのシステムを商品化してから来てほしかったんだけど。ちゃんと説明会もやるつもりだったんだからさ」

中に招き入れられると、真っ先に武智がメンテナンス用のスタンドへ歩み寄った。

「これがフロートですか」そこに寝かされた黄色いボードを見下ろして言う。「確かに、ソーラーパネルがなければサーフボードにしか見えない」

男三人でフロートを取り囲んだ。汐理はつまらなそうに室内をうろついている。

「我々が何をやろうとしているかは、ご存知ですね？」武智が瀬島に言った。

「だいたいのところは。こないだゴッドハンドの工場でダイナモ津波計とやらも見たし」

「我々はあれを使って、津波のリアルタイム監視システムを構築したいと考えています。アメリカにいらしたならご存知でしょうが、向こうの海洋大気庁が運用しているシステムでは、海底水圧計のデータを地上に送るのに海上ブイを経由させています」

「あのバカでかいやつね」瀬島が侮蔑を込めて言う。「エレガンスのかけらもない」

「日本は、いつどこに津波が襲ってきてもおかしくない国です。真に有効な監視システムにするためには、設置と運用の両面においてスピードと機動性が必要だ。だからこそ、海上ブイ方式に代わる新しいアイデアを求めているわけです」

「ふうん。ま、定点に浮かべて通信をやらせるなら、俺のニューマシンに勝るものはないだろうけど」

　なぜかもったいをつける瀬島を見ていると、準平は我慢ができなくなった。

「設置も簡単なんです」勢い込んで武智の横顔に言う。「フリッパーもフロートと同じぐらいの大きさで、重量も合わせて八十キロしかないそうですから、二、三人で海上に投入できる」

「小さな漁船があれば十分だな」武智はあごをなでた。

「それに、投入後に移動させることも可能です。コマンド一つで勝手に新しい場所まで行ってくれる。観測網をフレキシブルに展開できます」すべて瀬島から聞きかじったことだ。

「なるほど」

「とにかく、波の力と太陽電池だけですべてをまかなうわけですから、放っておいても十年だって動き続けるんです」

「十年てのは、ちょい大げさかもな」瀬島が口をはさんだ。「消耗する部品もあるし」

今度は武智が瀬島に問う。

「速力はどれぐらい出ますか？　海上ブイの代わりをやらせるわけですから、潮の流れより速く進めなければ意味がない」

「波の高さによるけど、小波でも二ノットから三ノット。高い波があれば四ノット以上出る」

「ほう」武智がここで初めて眉を動かした。

「速い潮流にも流されない。場所さえ選べば、黒潮にも」

黒潮は、日本列島の南岸に沿って東に流れる海流だ。平均的な流速は二、三ノット、速いところで四ノットにもなる。黒潮の流路は、時期によって変動するものの、南海トラフの真上を通ることも多い。

「それは信じられないほど素晴らしい」武智は一瞬だけ目を細め、すぐ顔を引き締める。

「しかし、実際に測ったわけではありませんよね？」

「理論値だよ。なんせ、モノが――フリッパーがないので測りようがない」

そのとき、壁のサーフボードを眺めていた汐理が、「はっ」と声を上げた。「肝心の商品はまだありませんてか。どこの悪徳業者や」

「なぜフリッパーがないんですか？」武智が瀬島の目をのぞき込む。

「作ってないから。作る金がない」

「どうしてアメリカで作らなかったんです？」

「試作する前に研究所での任期が切れたんだよ。こちとらしがないポスドクだったからな」

「しかし、フロートは作った。フロートよりもフリッパーのほうが重要でしょう？　普通ならそっちを先に作るはずだ」

「おたく、顔に似合わず感じ悪りぃな」瀬島が険のある目で武智を見返した。「同じ疑うにしても、準平ちゃんやしおりんみたいに可愛げがないぜ」

「合理的な説明が聞きたいだけです」武智は平然と言ってのける。「あなたがいたのは海軍研究所(NRL)だと聞いています。つまり、米海軍の指示で開発した装置を、あなたは日本で商品化すると言う。どうしてそんなことが可能なのか。しかも、その現物どころか図面すらない。道理にかなわないことが多すぎる。そのまま信じろというのは無理があるでしょう」

「マジで感じ悪いぜ」瀬島は吐き捨てるように言った。「あんた、やっぱり中身は銀縁メガネの七三分けだな」

「まあまあ、二人とも」慌てて割って入る。ここまで腹を立てた瀬島を見るのは初めてのことだ。武智も今日はやけに挑発的に見える。

「なら、ガキにも役人にもわかるように説明してやるよ」瀬島がけんか腰で言った。「NRLで俺に与えられた課題は、洋上ドローンじゃなく、新型の無人水中航走体——水中ドローンの開発だった。そいつとの通信方法を考えてるうちに、このマシンの原理を思いついた。ボスに話したら食いついてきたので、早速試作機を作った」

「フリッパーも？」準平がすかさず確かめる。

「ああ。でもそのフリッパーは、使い物にならなかった。動くには動くんだが、実験水槽でどれだけ波を高くしても、〇・三ノットも出ない。水をかく羽の形を改良して、波の力をもっと効率的に駆動力に変換する必要があった。数ヶ月考えて、ついに完璧な形状を思いついた。密かに流体シミュレーションをやってみると、想像以上の性能だ。だが、俺はそれを自分の頭の中だけにとどめて、誰にも伝えず、試作もしなかった。ボスには『羽の改良を続けているがうまくいかない』と言って、研究所内ではフロートの摩擦を減らすことだけに集中した」

「でも、なんで──」

「黙ってたのかってか？」瀬島はゆっくりかぶりを振った。「つくづく嫌になったんだよ。戦争の片棒を担ぐような真似が──」

「へ？」思わぬ答えに、間の抜けた声が漏れる。

「──と言いたいところだが、まるで違う」瀬島はフロートを撫でた。「もったいなくなっただけさ。こんないいものを、軍隊なんかにくれてやるのが」

「ＮＲＬでなされた発明や研究成果は、すべて米海軍に帰属するという契約になっていたでしょうからね」武智は驚きもしていない。「頭の中のアイデアを形にした時点で、あなたはその所有権を失う」

「そ。だからシミュレーション結果もすぐに破棄した。でも危なかったぜ。同僚の中に勘の鋭いやつがいて、『セジマは何か新しいアイデアを隠し持っているんじゃないか』と噂し始めた。あせった俺は、任期延長のオファーを蹴り、不要品になったこのフロートを持って日本に帰国した。そしたら今度は、防衛省の研究者につきまとわれた。NRLの連中から噂を聞きつけたらしい」

武智がこれ見よがしにうなずいた。

「よくわかりました。あなたは米海軍から給料と研究費を受け取って、このマシンを発案した。そして、それを黙って独り占めし、金儲けに使おうとしている。そういうことですね？」

「俺は、ビジネスの話だと思っておたくらをここへ入れたんだ」瀬島の瞳と声に、どこか野性的な怒りがこもる。「よい子のお友達を探してるなら、他を当たれよ」

「では、私もビジネスライクに話しましょう」武智は動じない。「我々としては、現物の性能をこの目で確かめない限り、話を前に進められない。あなたはさっき、金がないからフリッパーが作れないと言った」

「だから今、別の商売でその金を作ろうとしてる」

「いくら必要なんですか？」

「フリッパーを一台試作するだけなら、五百万もあればいい。でも、それをテストして改良を加え、音響通信、衛星通信、ＧＰＳナビゲーション、オペレーションソフトウェアまで含めたシステム全体をひとそろい組み上げるとしたら、少なくともその十倍は必要になる」

「もしこちらでその金を用意したら、我々のプロジェクトのために働いてもらえますか？」

「え――」準平は驚いて武智を見やる。五千万円もの金を工面できるとはとても思えない。

「プロジェクトのために働くって、どういう意味だ？」瀬島が問い質した。

「まず、我々が五百万を提供し、あなたにフリッパーを作ってもらう。実際にあなたの言うとおりのものができるということが確かめられたら、次のステップに進む。できなかったら、そこで終了」

「だから、できるって言ってんじゃん。早く次を言えよ」

「次は、津波観測に特化させた形で、そのシステムを構築してもらいたい。片手間にではなく、あなたの力をすべて注ぎ込んで、できるだけ早く。かかる費用はそのときに何とかする」

「やだね」瀬島はあっさり言い放った。「特定のグループとつるむつもりはないし、妙な借りも作りたくない。俺は自由にやりたいんだ。配当目当ての出資なら大歓迎だけどな」

「今の我々にとって五百万はなけなしの金だ。こっちはそれをドブに捨てるリスクを負うわけです。あなたにもそれぐらいは背負ってもらいたい」

「ごめんだね」瀬島はあざけるように言うと、大げさに両手を広げた。「わかるだろ？　このマシンには無限の使い道があるんだぜ？　海洋観測をやる研究機関や企業なら、どこでも欲しがるはずだ。俺の目標は、これを早く事業化して、世界中で手広く商売をやることだ」

「前言撤回や」汐理がそばをつゆにつけながら言った。

「前言て何だっけ？」準平が訊くと、向かいの武智も顔を上げた。

「インチキ臭いって言うたけど、むしろあれは、妄想癖かもしれへん」

「ああ、瀬島さんか」

「研究者にもたまにおるやろ。一つのアイデアに固執するあまり、現実と妄想がごっちゃになって、挙げ句の果てに論文の捏造までやるようなのが」

「瀬島さんは変人だけど、そういう心の脆さとは無縁だと思うよ。あの人の神経は、たぶんもっと図太い」

「私も行田君の見解に一票だな」武智がそう言ってうなずく。

夕方五時過ぎに「海燕」を出たあと、鎌倉は初めてだという汐理のために、市の中心部で食事をして帰ることになった。鶴岡八幡宮を散策し、古民家を改装したこの和食屋に入った。

赤出しをすする武智に、準平が言う。

「それにしても、武智さんも今日はちょっと変でした」

「そうか」武智は椀に顔を伏せたまま答える。

「そうですよ。瀬島さんを怒らせるようなことばかり言って」

「だがそのおかげで、彼の本音が聞けたじゃないか」

「え⁉　もしかして、わざと怒らせたんですか？」

「ああいうタイプの人間は、怒らせるぐらいでちょうどいい。普通に話していても、ふざけたりはぐらかしたりするばかりで、なかなか本心を明かしてくれないだろう？」

「確かに……」これまでの瀬島とのやり取りが、まさにそうだった。

「うわあ、やっぱり怖い、この人」汐理が武智を見て大げさに震えてみせる。

「でも、肝心の交渉は決裂しちゃったじゃないですか」

「最初の顔合わせですんなりいくとは思ってないよ。むしろ、お互いのスタンスをわかり合えてよかったと言うべきだ」

「そうですかねえ」と首をかしげたそのとき、テーブルの上でスマートフォンが震えた。

「あ、瀬島さんだ。何だろう」

電話に出るなり、まだみんな鎌倉にいるかと訊いてきた。

「ええ、食事してますけど。小町通りの――」

まだ言い終わらないうちに瀬島は早口で用件を伝え、一方的に電話を切った。

「何て？」汐理が急き込んで訊く。「もしかして、気が変わったとか？」

「いや、よくわからないけど、材木座のビーチまで三人ですぐ来いって」

「ビーチ？」

「うん。何か見せたいものがあるんだって」

食事を終えると早々に店を出て、材木座海岸へ向かった。

国道沿いの公営駐車場に瀬島のハイラックスが見えたので、そこに車を入れた。夜八時を回っているというのに、駐車スペースは半分ほど埋まっている。

道路を渡り、砂浜へ続く階段を下りた。海に向かって右手、由比ケ浜寄りの浜辺に、人々が二、三人ずつ固まっているのがぼんやりわかる。準平たち三人の足も、自然とそちらに向かった。左のほうに目をやれば、海の向こうに江ノ島の明るい街明かりが見える。

「こんなとこで何を見せるつもりなんやろ」汐理が黒い海を見て言う。「もしかしたらフロートを浮かべてみせるつもりかと思ったけど、暗くて無理やん」

「もしかして武智さん、何か心当たりがあるんですか？」準平が訊いた。ずっと黙っている武智を見ていて、そう感じたのだ。

「まあ、想像はついているが」武智は微笑むだけで、それ以上答えない。

しばらく行くと、暗闇をこちらに歩いてくる瀬島の姿が見えた。

「遅いから迎えに来ちゃったよ。ほら、こっちこっち」大声で言って手招きする。

さっきまでの態度が嘘のようだ。武智と汐理は目を丸くして互いの顔を見つめている。瀬島は踵(きびす)を返し、今来たほうへ戻っていく。準平たちもあとに続いた。街灯の光がだんだん遠ざかり、海は暗さを増していく。二百メートルほど進んだところで、汐理が「あれ？」と声を発した。少し先の波打ち際を指差している。

「今、何か光らんかった？」

ちょうどそこで瀬島が歩みを止めた。準平たちが追いつくのを待って、海に体を向ける。

「この辺は浜で一番暗いから、よく見えるはずだぜ」

四人並んで漆黒の海を見つめる。やや大きな波が打ち寄せてきて、波頭が砕けた瞬間――。

青い光の筋が広がった。

波打ち際に沿って、青白い蛍光が泡となってはじける。非現実的とも思える妖しい美しさに、準平は息を飲んだ。

「何これ――」隣で汐理がつぶやく。「めっちゃきれい――」

「夜光虫だ」武智が静かに告げた。

波が砕けるたびに、青い光は輝きを増していくようだ。やがて、辺り一面がぼんやり青みがかって見えるほどになった。

「今日、赤潮が出たって言ったろ？」瀬島が自慢げに言う。「夜光虫は植物プランクトンだから、昼間は赤潮として見える。こないだの台風のおかげかもしれない」

「台風とどう関係があるんです？」準平が訊いた。

「台風は海の中をかき回すから、海底の栄養塩が巻き上げられて海中に養分が増える」

「なるほど、それでプランクトンが増えるわけか」

遠くで控えめな歓声が上がった。地元の人々は、赤潮が出た夜はこの光景が見られると知っているらしい。

「しおりん、ちょっと来てみなよ」瀬島は水際に近づくと、ビーチサンダルのまま海に入り、ばしゃばしゃと水を踏んだ。

「わ、すごい！」汐理が声を上げた。波をかぶった瀬島の足もとが青く光っている。

「夜光虫ってのは、刺激を受けると発光するんだ」瀬島は少年のように声を弾ませた。

汐理はスニーカーと靴下を脱ぎ捨ててジーンズのすそをまくると、ためらうことなくあとに続いた。動くたびに青い光がくるぶしにまとわりつくのを、繰り返し確かめている。

準平も水際まで進み、波が洗った砂を踏んでみた。やはり、ほのかに青白く発光する。

しばらくしてふと振り返ると、武智の姿がない。目をこらして辺りを見れば、砂浜を少し上がったところで、裏返しになった貸しボートに腰かけている。

準平は武智のもとへ歩み寄り、隣に腰を下ろした。

「このためにわざわざ呼びつけるなんて、あの人らしいですよ。すっかり機嫌も直ってるし」

「でも、よかったじゃないか。今日ここへ来て」武智は穏やかな声で言う。

夜光虫を見られたことを言っているのか、瀬島と面会を果たせたことを言っているのか、準平にはよくわからなかった。あるいはその両方なのかもしれない。

ここから眺めると、今や海岸一帯で夜光虫が光り始めているのがよくわかる。漆黒の中、場所によって異なるリズムで砕ける波が、心地よい音とともに青く光る。水の青とはまるで違う、有機的なぬくもりを感じさせる青だ。

瀬島と汐理はまだ飽きずに水辺にいて、両手で海水をすくい、手の中で光る夜光虫を見ながら何かしゃべっている。

「——不思議な男だな」武智がぽつりと言った。

「それが、瀬島さんに対する評価ですか」

「今のところは」

「インチキ臭い男とか、いい加減な男よりは、好評価ですね」少しおどけて付け加える。

「いずれにせよ、本人の自己評価とはだいぶ違いますけど」

「ほう、それはぜひ知りたいな」

「誠実な男、だそうです。言ってました。俺はオネスト・サイエンティストなんだって」

「オネスト・サイエンティスト——」武智は嚙みしめるように言った。「確かに、自分の欲求には誠実そうだな」

「僕もそう思います。だから――」

少し間を取って、続ける。

「あの人、あのマシンのことを思いついたとき、想像したんじゃないかって思うんです」

「どんなことを？」

「たぶん、これで金儲けができるってことじゃなくて……何て言うか、もっとわくわくするようなことを」そんな子供っぽい表現しかできなかった。

「わくわくするような――か」武智は瀬島のほうを見たまま繰り返した。

「美化しすぎですかね、彼のこと」

急に気恥ずかしくなって、腰を上げる。その勢いにまかせて、言った。

「僕、瀬島さんのこと、何とかします。さっき武智さんが言ってた条件で、力を貸してもらえるように」

7

「何読んでんの？」

いきなり後ろからのぞき込まれて、開いていた本を反射的に閉じた。

「何だよ、びっくりするだろ」思わず声を高くする。

「しーっ、図書室ではお静かに」汐理は人差し指を唇にやった。

準平は慌ててまわりを見回すが、遠くの書架に人影が一つあるだけだ。本部棟の地下にあるこの図書室は、いつ来てもがらんとしている。

「で、何の本?」汐理がまたのぞき込んでくる。「『人を説得する方法』とか?」

「んなわけないだろ」表紙を汐理に向けた。「海洋調査会社の創業者が書いた本。半分自伝みたいだし、何か参考にならないかなと思って」

「なんや、やっぱり瀬島さんを説得するための本やん」汐理は隣の椅子に浅く腰かける。「進んでんの? 交渉は」

準平はかぶりを振った。「まともにとりあってくれない。武智さんのことも、『学級委員みたいなやつとは昔から気が合わないんだ』とか言って」

「学級委員? 武智さんて、そんなんかな」汐理が首をかしげる。「確かに優等生タイプではあるけど。わたしの中では、出木杉君や」

「出木杉君にしては、ときどき無茶なこと言うけどね。五千万は何とかする、とか」

「せっかく当たった助成金も、フリッパーとかいうのに使ってもうたら、すっからかんやろ?」

汐理が言ったのは、ある財団の研究助成金のことだ。先月、武智が応募していた研究課題が採択され、五百万円の交付が決まっていた。

「エアコンの修理代、あるんかな」汐理がため息をつく。

「やっぱり冷えない？」研究室のエアコンが、昨日の梅雨明けを見はからったかのように、おかしくなった。例に漏れず、廃棄される寸前にもらい受けた年代物だ。

「全然。耐えられへんから、ここへ涼みにきてん」汐理が何か思いついたようにあごを上げる。「照井さん、修理してくれへんかな？　伝説のゴッドハンドで、ちゃちゃっと」

「さすがにエアコンは無理だろ」

「訊いてみてよ。照井さん、金曜ここに来るやろ？」

「やだよ、自分で訊きなよ」

三日後に予定されているミーティングで、チームのメンバー五人が初めて顔をそろえることになっている。

「そのミーティングなんだけど――」まだ武智にも相談していないことだが、言ってみることにした。「瀬島さんにも来てほしいと思ってるんだ。そこでもう一度、プロジェクトの意義と詳しい中身をプレゼンする」

「ふうん、正攻法やな」汐理は形のいい眉を寄せた。「でも、直球勝負じゃ無理ちゃう？」

「うん。だから、おっ、と思わせるような何かがほしい」

「何かで釣るか」汐理は腕組みをした。「わかりやすいのはお金やけど」

「瀬島さん、よくビジネス、ビジネスって言ってるけど、実はそれほどお金への執着心はないと思うんだよね。彼自身は貧乏だけど、実家は大金持ちで、育ちがいいし」

「じゃあ、地位とか名誉――」言いかけて首を振る。「にも興味なさそうやな」

「だね」

「あの人、子供みたいなとこあるからなあ。もっと単純なことでええんかも。あの人は何に興味があるん？　好きなものは何？」

「サーフィンと海」

「サーフィンはわかるけど、海って。漠然とし過ぎやろ」

「海洋物理と海洋生物の両方を専攻してたぐらいだから、海なら何でもいいんだよ」

「海鳥も好きなんかな。ほら、店の名前に『海燕』って」

「あれは瀬島さんのお父さんがつけたんだ。でも、本人も気に入ってるみたいだね。初めて会ったときも、羽ばたきの真似してたし」

それは、準平が武智の面接を受けにＭＥＩを訪れた日のことだ。たまたまリクルートに来ていた瀬島は、「ウミツバメみたいに軽やかなやつ」を探していると言っていた――。

結局、話はそこで行き詰まった。調べものをするという汐理と別れ、読んでいた本を戻しに書架へ向かう。歩きながら、ＭＥＩの岸壁で瀬島と出会ったときのことを考え続けていた。

あのとき瀬島は、あの津波を見てみたかったと言った。彼の近くで数ヶ月を過ごした今は、その台詞(せりふ)も受け入れることができる。瀬島は、海というものが示しうるすべての形を、音を、匂いを、温度を、そして、あらゆる青さを——ただ知りたいと願っているだけなのだ。

　瀬島の心を動かすために、彼が心に描いている景色を共有するのだ。いや、それだけでは足りない。その瀬島をもっとわくわくさせるような光景を、そこに重ね描きしてみせるぐらいでなければ——。

　思いにふけりながら、あてもなく書架の間を歩き回る。ふと〈海鳥〉という文字が目に入った。生物系の書籍が並ぶ棚だ。『海鳥観察ハンドブック』という小ぶりの図鑑を抜き出し、ウミツバメについて書かれたページを開く。

　ある記述が目に留まった。これは——。

　読み進めていくうちに、頭の中に一つのイメージが浮かび上がってくる。

　やがてそれは、明確なアイデアへと形を整えていった。

　午後二時まであと五分もないが、まだ瀬島の姿はない。

　昨夜「海燕」をのぞいたときは、曖昧な返事しかもらえなかった。瀬島は何かの工作に夢中で、準平のほうも見ずに「ああ、明日か」とつぶやいただけだ。

　照井と汐理はもう研究室に来ている。相変わらずエアコンの効きは悪く、扇風機を二台回していても、ひどく蒸し暑い。照井は扇子を開いたまま、扇(あお)ぐ手を休めない。

全開にしたドアから、李が入ってきた。大きなヘッドフォンを金髪の頭からはずし、顔をゆがめた。エアコンと扇風機にちらと目をやると、踵を返して出て行こうとする。

「ちょい待ち！」汐理がその背中に鋭い声を放った。振り返った李に問い質す。「あんた、どこ行く気？　もう時間やで」

「いや」李は不思議そうに首をかしげた。「暑すぎるっしょ、ここ。俺も、俺のノートパソコンも、暑さが大敵なんで」

「はあ？」汐理がそれ以上ないほど眉根を寄せる。「あんたの大敵なんか知らん。これからみんなでミーティングや。大事なパソコンはしまっとき」

そのとき、廊下から瀬島がひょいと顔をのぞかせた。「師匠いる？」

「あ、瀬島さん」準平は席を立つ。「師匠って……？」

「ゴッドハンドって呼ぶと怒るからさ」瀬島はそう言って照井に目を向ける。「師匠に見せたいものがあって来たんすよ」

「何だ」照井は暑苦しそうに言った。

「じゃじゃーん」廊下に隠してあったそれを、出入り口に置いた。キックボードだ。後ろにエンジンが付いているのは同じだが、照井のマシンよりも複雑な形をしている。

「ほほう」照井がそちらへ歩み寄る。

「どうすか」瀬島は自慢げにハンドルを叩いた。「カッコいいでしょ。手もとのセルモーターで一発始動。後輪にはスイングアームを採用して、乗り心地も抜群」

「スイングアームはアルミの削り出しか」照井は首から下げていた眼鏡を鼻にのせる。

「こないだうちの工場で作ってたのは、このパーツだったのかい」

「昨日徹夜して完成させたんです」瀬島が小鼻をふくらませた。「あとで外で走らせてあげますよ。みんなも見たいでしょ？」

「ダメですよ、ここの敷地でそんなこと」準平が横から言った。

「だったら、今度新宿の工場に持っていきますよ。あ、でも――」瀬島がくすくす笑いながら言う。「師匠のと俺のを並べたら、師匠のマシンがひどいポンコツに見えちゃうかも」

「何だと、この野郎」

いつの間にか、出入り口に武智が立っていた。

「楽しそうですね」と目を細め、足早に席に着く。「さあ、始めよう」

準平が目でうながすと、瀬島は小さく肩をすくめ、ドアに一番近い椅子に座った。

「みんなそろってるな」テーブルを囲んだ五人を武智が見回す。「ひとまずこのメンバーでプロジェクトを進めていくことになった」

「とんだ草野球チームだな、こりゃ」照井が苦笑する。

「俺はただのオブザーバーだぜ」だらしなく足を組んだ瀬島が口をはさむ。「準平ちゃんが、捨てられた子犬みたいな目で見てくるから、しばらくいるけどさ」

「こちらとしては、ありがたい」

武智は瀬島に頭を下げた。続いて李に目を向ける。

「初対面の人たちもいるので、紹介を兼ねて役割分担を確認しておこう。この李君には、シミュレーションを担当してもらう。目指すところは、津波のリアルタイム予測——ダイナモ津波計が外洋で津波をとらえたあと、即座に正確な規模と到達時刻をはじき出す、ということだ。だが私にその指導はできないし、学生扱いもしない。テラ・シミュレータだけは何とかするが、あとは自分の力でやってほしい」

李は、当たり前だとばかりに、シッと笑った。

「リーか」瀬島がつぶやいた。「リー、リー……あ、ジェット・リーだ！　そう覚えよう！」

「ジェット・リーって何？」汐理が誰にともなく訊く。

「中国のアクションスターだよ。カンフー映画の」準平が答える。

「『少林寺』じゃん。知らない？」瀬島が中国拳法のような構えをして見せた。「マッハで津波をシミュレーションする、我らが金髪のジェット・リーだ。うん、ぴったり」

李は瀬島を完全に無視して、見慣れない携帯端末をいじり始める。

武智は次に照井に顔を向けた。「照井さんには、技術面全般を見ていただいている。喫緊の課題は、ダイナモ津波計の性能向上ですね」

「磁力計も電位差計も、だいぶ仕上がってきたからよ」照井が音を立てて扇子を閉じた。

「そろそろもう一度、海で試験がしたいところだな」

「今、安くチャーターできる船がないか、探しているところです」

武智は照井とうなずき合い、隣の汐理に視線を移す。

「二宮さんには、観測網の展開について、古地震の立場から戦略を立ててもらう」

「それについては――」汐理は準平の前のノートパソコンを指差した。「スライドを作ってきたんで、あとで行田君と一緒にプレゼンします」

最後に武智は、真っすぐ準平を見た。

「行田君は、今のところ遊軍だ。私のサポートを含め、いろいろやってもらっている」

皆の視線を浴びて、準平はたまらず目を伏せる。武智は好意的に言ってくれたが、他の四人と違って、自分にしかできない仕事ではない。

続いて武智は、気象庁、防災科学技術研究所、ＭＥＩなどの津波観測体制について最近の動きを解説し、チームの短期的な目標を設定した。

「――長期的なビジョンについては、おそらく二宮さんのスライドにわかりやすい図があるだろうから、バトンタッチしよう」

汐理がレーザーポインターを手に、スクリーンの前に立った。

「ビジョンというか、どうせやるならここまでやらなあかん、ということを話します」

汐理は最初のスライドを映した。日本列島周辺のカラーの地形図で、東は千島列島、西は台湾まで含まれている。

海底を表す青色には深さに応じてグラデーションがつけられている。とりわけ濃い青の線として見えるのは、海溝とトラフだ。ここでいうトラフ——細長い海底盆地——とは、海溝と同じく、プレートの沈み込み帯を意味する。

「まず観測網を展開すべきは、海溝型巨大地震が起きる太平洋側。日本海溝はもちろんのこと、南海トラフはもう待ったなしですし、古地震の立場からは千島海溝も最優先地域です」

汐理がキーを叩くと、観測点を示す印が地図上に表示された。四国沖から千島列島まで、群青色のラインに沿って赤い三角形が点々と並ぶ。

「こんな風に、海溝とトラフに沿って数十キロごとにダイナモ津波計を並べていくわけです」

汐理はもう一度キーを押した。赤い三角形が一気に増える。

「さらには、日本海溝から南へ延びる伊豆・小笠原海溝、相模湾へと続く相模トラフ、南海トラフの西につながる琉球海溝沿いにも、観測網を順次拡大していきます」

「台湾まで？」口をはさんだのは意外にも李だった。

汐理は厳かな面持ちでうなずく。「そう、台湾まで。一七七一年の八重山地震では、津波が宮古・八重山諸島に押し寄せた。いわゆる『明和の大津波』や。津波の遡上高は最大三十メートル。石垣島や宮古島を中心に、一万二千人もの人々が亡くなった。当然、台湾の東海岸にも相当な被害があったやろうし、実際にそれらしき伝承も残されてる」

李は何の感情も示さずスクリーンを見つめていたが、また携帯端末に目を落とした。

汐理は正面に向き直り、話を続ける。

「次は、日本海側です」レーザー光をそちらに向けた。「とくに、日本海東縁部——北海道西方沖から新潟沖にかけての領域は『ひずみ集中帯』になっていて、M7・5以上の地震がたびたび起きています。津波の規模が大きかった地震としては、一八三三年の庄内沖地震、津波だけで百人が亡くなった一九八三年の日本海中部地震、奥尻島を中心に二百三十人の死者、行方不明者が出た一九九三年の北海道南西沖地震があります。どこに重点を置くかはこれから検討しますが、言うまでもなく観測網が必要なエリアです」

スクリーン上では、北海道西岸から能登半島のあたりまで、かなり陸地に近いところに赤い観測点が並んだ。

「日本海南縁部はどうなんだい？」照井が訊ねる。「鳥取、島根、山口のあたりは」

「東縁部に比べれば、地震活動は低調ですね」武智が答えた。

「確かに、大きな津波が来たという歴史資料は残されていません」汐理も負けじと応じる。「でも、津波堆積物の調査はほとんど手つかずですから、今後何が出てくるかわかりません。除外していいということにはならへん」

束の間静まり返った室内に、「ふうん」と瀬島の声が響く。

「壮大だねえ」軽い口調だが、馬鹿にした様子はない。「結局、日本列島はほとんど三角印に囲まれちゃったじゃん」

「そう。それが我々の究極の目標です」

武智が言うのと同時に、準平は立ち上がった。このタイミングしかない。

「それを踏まえて、僕から一つ提案があります」

準平は武智と目で合図を交わした。このことは事前に了承をとってある。

汐理に代わってスクリーンの前に立ち、スライドを進める。細長い翼を広げて飛ぶ、一羽の鳥が大映しになった。体は黒褐色で、翼に帯状の模様がある。

「瀬島さん、この鳥はご存じですよね？」

「おいおい、何が始まるんだよ」瀬島はにやついている。「『*Oceanodroma tristrami*』——『オーストンウミツバメ』だろ？ハワイにたくさんいるし、伊豆諸島でも見られる」

「学名でなく、ウミツバメを英語で何と言うか、教えてください」

「『Storm Petrel』」瀬島が見事な発音で答える。

「『Petrel』というのは、聖書に登場する聖人ペトロのことだそうです。ペトロはイエスに命じられて水の上を歩いたと言われている。ウミツバメは翼と脚をうまく使って海面を歩くように飛ぶことから、その名が付いたんですね」

「ああ」瀬島が広げた両手を小刻みにはためかせる。「水面で風上に向かって羽ばたきしながら、波間のエサを捕るんだ。ほんとに水の上をぴたぴた歩いてるように見えるぜ」

「お父さんは、どういう理由でご自分の店に『海燕』と名前をつけたのでしょうか？」

「深い意味はない。親父はあの鳥が好きだったんだ。サーフィンを教わったときも、『ウミツバメみたいに、海の上を歩くような感覚でボードをグライドさせろ』ってよく怒られた」

「ということは、たまたまだったんですね」わざと含みを持たせる。

「たまたまって、何が？」

「瀬島さん発案のあのマシンは、二、三ノット、つまり人が歩く程度の速度で海面を進む。フロートが翼でフリッパーが脚。僕の想像の中では、ウミツバメのように海面を歩きます。あのマシンにはまだ名前が付いていませんよね？」

「うん。いろいろ考えたけど、これというのがない」瀬島が片方の口角を上げる。「ふん、お前の言いたいことがわかったぞ」

「はい。いっそのこと、『ウミツバメ』と名付けたらどうでしょうか」

「いいじゃねえか。妙な横文字並べるよりかよ」照井が言った。「『ダイナモ津波計』のときに比べりゃあ、大した進歩だ」

「『ウミツバメ』か――」腕組みをした瀬島が、まんざらでもない様子で言う。「確かにそれは盲点だったな」

「そうと決まれば、偶然がもう一つあるんです」準平はたたみかけた。「『Storm Petrel』の『Storm』です。ウミツバメは海で嵐に遭遇したとき、航海中の船の風下側に隠れる習性がある。だから昔の船乗りたちは、ウミツバメを〝嵐の襲来を告げる鳥〟と見なしていたんです」

瀬島が低くうなった。その目を真っすぐ見据えて訴える。

「瀬島さんのマシンも『ウミツバメ』なら、〝津波の襲来を告げる鳥〟になってもらいたいんです」

「いや――」と唇を動かしかけた瀬島を黙らせるように、パソコンのキーを強く叩いた。スクリーンにさっきの地図が映る。ただし、観測点を示す赤い三角形の代わりに、いくつもの黄色い楕円形が日本列島を取り囲んでいる。

「この黄色いの――」瀬島が前のめりになって目を凝らした。「フロートか?」

もう一度キーを押すと、四国沖に並ぶ楕円形の一つがズームアップした。黄色いフロートの上面に黒い文字で〈UMITSUBAME〉というロゴが描かれている。

「すみません、写真を加工させてもらいました」

武智がふっと笑みを漏らした。汐理や照井はもちろん、李までもが身じろぎもせずなりゆきを見つめている。準平は声に力を込めた。

「このプロジェクトが軌道に乗れば、何十台という『ウミツバメ』が日本中の海に浮かぶことになります。今や津波は国家的な関心事です。マスコミもこぞって報道するはずです。注目を浴びるのは間違いない。海洋観測と無縁な多くの国民が、『ウミツバメ』と瀬島さんの会社を知ることになる。広告としてこれ以上のものはありません」

瀬島は、まぶしそうに細めた目を準平から片ときも離さない。準平は続ける。

「『UMITSUBAME』の名は、瞬く間に海外まで広がっていくでしょう。僕には想像できます。世界中の海という海に、くまなく黄色いフロートが浮かんでいる――そんな光景を」

準平は最後のスライドを映した。世界の海で「ウミツバメ」が活躍しているイメージ画像だ。

「そして、海で起きているあらゆることを、遠く離れた人々に逐一知らせてくれる――そんな未来を」

大西洋のインディゴブルーに、タヒチのターコイズブルーに、北極海のスモークブルーに、インド洋のファウンテンブルーに、カリブ海のセルリアンブルーに――フロートの鮮やかな黄色がよく映えている。

しばらくスクリーンをにらんでいた瀬島が、つぶやいた。

「サーフィンから津波まで、波のことなら『ウミツバメ』にお任せを――か」険しい顔を崩さずに続ける。「師匠の言うとおり、大した進歩だな、準平ちゃん。地震研にいたときとはえらい違いだぜ。こんな草野球チームはさっさと抜けて、うちで広報をやれよ」

「それは、どういう……」

「そのためにも、早いとこ『ウミツバメ』を完成させて、プロジェクトを軌道に乗せちまわないとな」

「え⁉　てことは——」

「ただし、一つ条件がある」瀬島が人差し指を立てた。

ほころびかけた顔が引き締まる。瀬島はその指をスクリーンのフロートに向けた。

「〈UMITSUBAME〉のロゴは、もっとでっかくしてくれ」

第四章 海の魔法

1

坂本龍馬像が見つめる方向に坂を下っていくと、目の間に桂浜が広がった。浜はその両端を岬に挟まれ、ゆるやかな弧を描いている。平らかな砂浜に打ち寄せる波の音が心地よい。南から存分に陽の光を受け、海の青、砕けた波の白、松林の緑が、それぞれ鮮やかに際立っていた。

高知随一の観光地として、整備はされている。だが、龍馬もこのままの景色を見たに違いないと思えるほど、余計なものが目に入ってこない。準平は何よりそのことに感心した。

もちろん、南海トラフ巨大地震によって、ここも繰り返し津波に襲われているはずだ。新しいところでは、一九四六年の昭和南海地震と、一八五四年の安政（あんせい）南海地震。安政の地震が起きたのは、ちょうど龍馬が志士として活躍していた時期だという。今回の高知行きに際し、汐理が教えてくれたことだ。龍馬がこの浜で津波を目撃したかどうかまでは、わからない。

九月も終わりに近づいたというのに、まだ夏のような暑さだ。こめかみの汗を拭いながら、視線を左へやる。岬の向こうには今朝船が着いた高知新港があるはずだが、ここからは見えない。潮風を大きく吸い込むと、任務を無事に終えた安堵感がようやく胸に広がった。

ジーンズのポケットで、スマートフォンが短く震えた。池上（いけがみ）から、〈桂浜公園の駐車場にいます〉とメッセージが入っている。急いで浜をあとにし、来た道を戻った。

駐車場まで行くと、青い軽自動車の前に池上が立っていた。以前と変わらぬはにかんだような笑みを浮かべ、軽く手を上げている。顔を合わせるのは四年ぶりだ。ありきたりな挨拶の代わりに、池上は言った。

「港からここまで歩いてきたの？　だいぶかかったでしょ」

「一時間ぐらいかな。暇つぶしにちょうどよかったよ」

「昼、まだだよね？　センターの近くに郷土料理の居酒屋があるんだけど、ランチもやってるから寄っていこう」

センターというのは、ＭＥＩの研究拠点の一つ、「高知海洋研究センター」のことだ。高知市の東隣、南国（なんこく）市にある。このセンターのおもな業務は、ＭＥＩの掘削船が世界中の海底で採取してきた「コア」と呼ばれる地層サンプルの保管と分析だ。

池上はそこの研究員で、準平と同じ〝実験屋〟だ。海溝型地震のすべり面となるプレート境界の岩石を使った物性研究で、素晴らしい成果を上げている。

池上とは、大学院生のときに学会会場で知り合った。大学こそ違ったが、数少ない同世代の実験屋ということで、すぐに親しくなった。震災後は連絡を取ることもなくなっていたが、今回の航海が決まったとき、思い切ってメールを送ってみた。池上からはすぐに返信があり、帰港後に会うことになった。これからセンターを案内してもらうことになっている。

車は桂浜を離れて橋を渡り、海沿いの県道に入った。右手に高知新港が見えてくる。建物の隙間から一瞬「南陽丸」の艦橋が見えた気がした。そのタイミングで池上が訊く。

「乗ってきたの、南海大の船だっけ？」

「うん、南陽丸。水産学部の練習船」

「学生の実習に使う船でしょ？　よくそんなのに乗せてもらえたね」

「船室に空きが出たとかで、先月になって急に余席共同利用公募が出たんだよ。ラッキーだったたって、武智さんも喜んでた」

ダイナモ津波計の試験観測は、今回で二回目となる。装置の準備は早々に整ったものの、船探しが難航した。民間の調査船で八月末に高知沖に投入することは決まったのだが、それを回収してくれる船がなかなか見つからなかったのだ。

こうして南陽丸が使えたのは、それが南海大学という私立大学の持ち船だったからだ。

実習航海への相乗りということで、費用もそれほどかからなかったらしい。

「もしあの船に拾ってもらえなかったら、このまま何ヶ月も海底に置きっぱなしにしなきゃならなかったところだよ」

「なんか、綱渡り的だね」池上が半分真顔で言った。「いいデータ、取れたっぽい？」

「まだわからない。データも大事だけど、まずは浮かんできてもらうのが先決。なんせ虎の子の一台だからさ」

「一台か。ほんとに綱渡りだな」

「船はない、観測器もない、何よりもう金がない。落っこちる前に綱が切れそうだよ」

「津波計はまだ船の中？」

「うん、夕方には仲間がトラックで港まで来てくれる。陸揚げはそれから」

実は今、神戸でも装置の試験をやっていて、李をのぞく四人がその現場にいる。「ウミツバメ」の試作機が完成したのだ。

あのミーティングの二日後には、瀬島が「フリッパー」の完璧な設計図を描き上げた。細かな部品の寸法にいたるまで、完全に頭に入っていたらしい。

それからわずか二ヶ月足らずで試作機が出来上がったのは、照井の力によるところが大きい。照井には、大田区あたりの町工場に昔からの知り合いがたくさんいる。彼らに頼み込んで、フリッパーを構成する金属パーツを同時並行で作ってもらったそうだ。

舵を動かすモーターと電気系統の製作、そして最終的な組み立てとすり合わせは、照井と瀬島が新宿の工場（こうば）でおこなった。このところハイツで瀬島を見かけない日が多かったのは、照井の工場によく泊まり込んでいたかららしい。

試作機の航走性能を確かめるには、造波機付きの試験水槽が必要だ。これを見つけるのがまたひと苦労だった。武智があちこち頭を下げて回った結果、神戸にある大学の工学部が設備を使わせてくれることになった。

ウミツバメをトラックに載せて神戸まで運び、一昨日と昨日の二日間、試験航走を実施したはずだ。準平もウミツバメが泳ぐ姿をその目で見てみたかったが、津波計の回収航海と日程が重なってしまい、泣く泣くあきらめた。

今日、帰りのトラックを汐理と瀬島が高知まで回し、津波計も一緒に積んでいくことになっている。そろそろ神戸を出る頃だろう。

そのことを伝えると、池上は気の毒そうに眉尻を下げた。

「その足で東京までか。明日の朝になるね」

「三人で交代して運転するし、大丈夫でしょ。これも経費削減の一環だよ」

「噂には聞いてたけど、ほんとに大変なんだな」

「しょうがないよ。こっちは素人ばかりの草野球チームだし」照井の言葉を借りて自嘲する。「あーあ、どこかに奇特なスポンサーでもいないかねえ」

「スポンサーか……」池上は前を見つめたままつぶやいた。

高知海洋研究センターは、まだ新しい二階建ての建物だった。

コアの冷蔵保管庫や実験室を見学して回ったあと、池上のオフィスに招かれた。池上がコーヒーを淹れながら、「実はね」と切り出す。

「僕も最近、高知の昔の地震災害について調べてるんだ」

「え？　そうなの？」あの実験マニアの池上が——意外だった。

「素人ながらね。震災のあと、ここの同僚たちと始めた。もちろん、本業の合間にだけど」池上は照れくさそうに言って、顔をこちらに向ける。「白鳳地震って知ってる？」

「ああ、南海トラフの。かなり古いやつだよね」それも汐理に聞いたはずだが、年代までは思い出せない。

「西暦六八四年だから、飛鳥時代。天武天皇の時代だね。ちゃんと記録に残っている海溝型巨大地震としては、最古のものだよ。東海、東南海、南海の三連動型だったという話もある」

「その津波堆積物でもやってるの？」

「いや」池上はかぶりを振った。「〝沈んだ村〟の伝説を調べてるんだ」

「沈んだ村？」

「『黒田郡』っていうんだけどね。白鳳地震で一夜にして村ごと海に沈んだという伝承が、高知沿岸のあちこちに今も残ってる」

「地殻変動ってこと？　村が丸ごと沈むような地盤沈下なんて、あり得んの？」

あの東北地方太平洋沖地震も、太平洋沿岸部で地盤沈下を引き起こした。国土地理院のGPS観測網によれば、沈下量は最大で一・一メートル。潮位が高くなる時期には冠水の被害が出ているが、完全に水没した地域などはない。

「だから調べる意味があるんじゃん」池上の目が真剣味を帯びる。「次の南海トラフ地震で、津波と同時にそんなことが起きたら、大変でしょ？」

「そりゃまあ確かに」

「『日本書紀』にも、五十余万頃が没して海になった、という記述があるんだよ。五十余万頃というのは、およそ十二平方キロメートル。南国市の面積のほぼ十分の一だ。市の沿岸部をそれだけ海に沈めようとしたら、乱暴に見積もって五メートル以上の地盤沈下が必要になる」

「それはちょっと信じられないな」

「僕も最初はそう思った。でも、調べてみたら、いろいろ証拠があるんだよ」

池上は机のパソコンに向かい、ファイルを開いた。高知県の地図だ。土佐湾の西部沿岸を中心に、星印がいくつも打たれ、細々と書き込まれている。

「これが全部、黒田郡の伝承や口碑、あるいは海底遺物があるとされている場所なんだ。安芸市安喜浜、須崎市野見湾、四万十町志和、黒潮町、土佐清水市竜串、大月町柏島」

「たくさんあるのはいいけど、範囲が広すぎない？　一つの村だったんだろ？」

「うん。だから、まずは黒田郡があった場所を絞り込んでいく必要がある。有力候補は二ヶ所あってね。一つは、須崎市の野見湾一帯。海底で井戸のようなものを見たという漁師さんが何人かいるんだ」

それは、高知市中心部から西に三十キロほどの、複雑に入り組んだ小さな湾だった。

「ここからそう遠くないな」

「もう一つが、土佐清水市の竜串海岸」池上はさらに西、足摺岬のあたりを指した。「その沖にある弁天島という小島を中心とした村が地震で海に沈んだ、という言い伝えがある。もっと重要なのは、海底に沈んでる大量の石柱だよ」

「石柱？」

「これ見て」池上が別のファイルを開くと、動画が流れ始めた。海中の映像だ。「この夏、ＭＥＩの小型ＲＯＶを借りて、この海域を調査したんだ」

「もうそこまでやってるんだ。本格的だな」

ＲＯＶ——遠隔操作式無人探査機の水中カメラが進んでいくと、珊瑚に覆われた海底に、墓石のような物体が数本かたまって現れた。長辺は一メートル以上あるだろう。

「ほんとだ。明らかに人工物だね」

「ここにはこんな石柱がごろごろ沈んでる。水深五メートルほどだから、次はダイバーにサンプルを採ってきてもらう予定なんだ。分析にかけたい」

「いいね。それは面白いよ」

「でしょ？」池上が目を細めた。「この石柱は僕らが見つけたわけじゃなくて、以前から知られていたことなんだ。県内には、在野の黒田郡研究家も何人かいてね。その人たちと情報交換しながら、一つ一つの証拠に科学的なアプローチをしてみようってわけ」

汐理から高知市内に入ったとの連絡を受け、池上の車でセンターを出た。南陽丸が停泊している岸壁に到着すると、すでにトラックが停まっていた。

運転席から汐理が下りてくる。ひどく不機嫌な顔だ。

「あれ、そんなに待たせた？」

「今着いたとこ。休憩なしで走ってきて、ちょっと疲れただけ」

そう言えば、座席に瀬島の姿がない。きょろきょろとあたりを見回した。

「あの人なら、おらへんで」汐理が冷たく言う。「運転すっぽかして、新幹線で帰ってもうた。ほんまに勝手」

「何かあったの？」

「うん、まあ」汐理は所在なげに立っている池上にちらと目をやる。「詳しいことはあとで説明する。先にやることやってしまおう」

池上の手も借りて津波計を船から下ろし、トラックの荷台に積んだ。そこにはすでに、長さ二メートル弱の荷物が二つ、ビニールシートにくるまれた状態で並べられていた。ウミツバメのフロートとフリッパーだ。中身が見えないので、不具合でもあったのかと余計に気になった。

池上とは港で別れ、高知インターチェンジに向かう。汐理は、「あんたにはテスト航走のムービーを見てもらうから」と言って、また運転席に座った。地質調査の器材を積んだトラックで全国を走り回っていただけあって、そのハンドルさばきは確かなものだった。

高速道路に乗ったところで、汐理のノートパソコンを開いた。指示された動画ファイルを開くと、ウミツバメが映った。大きな倉庫のようなところでクレーンに吊り上げられている。

黄色いサーフボード型のフロートの下に、水かきの役目を果たすフリッパーが見える。大きさはフロートとほぼ同じだ。材質はステンレスで、黒い防錆(ぼうせい)塗料が塗られている。

フリッパーの構造はそれほど複雑ではない。中心に背骨が一本通っていて、その両側に可動式の羽が四対——つまり全部で八枚——付いているだけだ。一対の羽はイルカの尾びれのような形をしている。つまり、イルカの尾だけを四つ、前後につなげたような装置なのだ。背骨の最後部には、モーターで動く舵を備えている。

フロートとフリッパーをつなぐのは、長さ五メートルのゴム製ケーブルだ。フリッパーだけが水深五メートルまで沈み、水をかいてフロートを引っ張っていくことになる。ただし、今両者は互いに金具でぴったり固定されている。フロートからケーブルでフリッパーをぶら下げた状態では投入作業がやりにくいからだ。

ウミツバメの向こうで水面が蛍光灯の光を反射している。試験水槽は床面を掘り下げて作られているらしい。

「水槽というより、プールだね」準平は言った。

「細長くて深いプールやな。長さが四十メートル、幅三メートル、深さ八メートル。曳航水槽とかいうらしい。ほんまは船の模型を引っ張って、いろいろ計測するんやって」

「造波機はどれ？」

「そこには映ってへん。水槽の端っこで、ごっつい機械が動いとった。最大で高さ五十センチの波が作れる」

映像に、ヘルメットをかぶった武智と瀬島が一瞬映り込んだ。鋭い眼差しの武智に対し、瀬島はうっすら笑みを浮かべていた。クレーンが回転し、ウミツバメを水槽の真上にセットする。揺れが落ち着くのを待って、ゆっくり水面に下ろしていく。

プールに渡した板に作業員が乗った。クレーンのフックを外し、フロートとフリッパーを仮留めしていた金具を取りはずす。フリッパーだけがゆらりと沈む。フロートからのびるケーブルがピンと張った。フリッパーは今、水深五メートルの位置にある。

作業員が何か言うと、武智が「お願いします」と応じた。低い機械音が響き、ウミツバメの前方から波が次々にやってくる。高さ三十センチほどの、波面の整ったきれいな波だ。

その場で波にもまれていたフロートが、すっと姿勢を正し、舳先を正面に向けた。

「あっ、動き出した！」準平が言うのと同時に、映像の中でも瀬島と照井が子供じみた歓声を上げる。派手に手を打ち鳴らしているのは、たぶん瀬島だろう。

ウミツバメは、波を乗り越えて上下に揺れながら、ほぼ一定の速度で前に進んでいく。人がゆっくり歩く程度の速さだろうか。勢いのようなものは感じられないが、止まることのない確かな歩みだ。

「すげえじゃん！　ちゃんと進んでる！」手を叩きたいのは準平も同じだった。瀬島を引き込んだのは間違いではなかったという思いに、胸が熱くなる。

ウミツバメはほんの一分足らずで、水槽の端に着いてしまった。画面が切り替わり、今度は水中カメラの映像が流れ出す。

それは、フリッパーの水中での動きをはっきりととらえていた。水面のフロートが波の力で上下するたびに、フリッパーもそれに追随して動き、羽が上下にフリップして水をかく。四対のイルカの尾びれが、タイミングを合わせてドルフィンキックをしているようなものだ。フリッパーは常にフロートに先行し、ケーブルでフロートを牽引している。

「へえ、こんな風に動くんだ。思ったよりスムーズだな」

「フリッパーの動きは、だいたい流体シミュレーションの通りやって」言葉とは裏腹に、汐理は浮かない顔のままだ。

「うまくいってるんじゃん。何が問題なの？」ちょうど動画が終わった。

「スピード」汐理は前方から目を離さずに言った。

「ああ……」確かにそれはありそうなことだ。「思ったほど出なかったってことか」

「波高十センチとか二十センチとか、さざ波程度のときはええねん。でも、波が高くなるにつれて、瀬島さんのシミュレーション結果とずれてくる」

「ずれはどれぐらい？」

「シミュレーションやと、波高五十センチのときは、二・七ノット出るはずやった。でも実際に計測されたのは、一・九ノット」

「てことは——三割減か」

「武智さんが言うには、その三割が致命的らしい。一メートル以上の波で四ノットと言うてたのが、三ノットも出えへんことになるやろ？」

「黒潮にまともにぶつかると、流されるな」

「さっきの映像は、一回目のテスト航走でな。三十センチの波であれだけ動いてくれたんで、みんな飛び上がって喜んだ。でも、条件を変えてテストを繰り返していくうちにそのことがわかってきて、だんだん雰囲気も悪くなった」

「速度が出ない原因は、わかったの？」

「その場で結論は出えへんかった。武智さんと照井さんは、フリッパーの渦抵抗じゃないかって言うたけど、瀬島さんは、それは絶対に違うって。あの人、怖い顔で考えこんでもうて、最後は口もきかんようになった」

「で、先に新幹線で帰っちゃったわけ？」

「そ。やらなあかんことがあるとか言うて」汐理は白けた顔で息をつく。「ま、こんなとこに三人も座ったら窮屈でしゃあないし、ちょうどよかったけど」

「何か手だてがあるってことかな」

「さあ。案外、気まずくて耐えられへんかっただけちゃう?」

あくびを嚙み殺す汐理を見て、ノートパソコンを閉じた。もうすっかり日は落ちて、まばゆいヘッドライトが対向車線を流れていく。

「サービスエリアがあったら入ってよ。運転替わろう」

2

ダイナモ津波計の試験結果は、上々だった。電位差計の感度は十分実用レベルに達しており、フラックスゲート磁力計のドリフトも解消されていた。

研究室のテーブルにグラフを広げ、武智、汐理と観測データのチェックをしていると、照井が「おはようさん」と入ってきた。

「どうしました?」突然の来訪らしく、武智も驚いている。

「瀬島の旦那はまだかい。十時と言ったんだがな」

「瀬島さんも来るんですか?」

「何度携帯を鳴らしても出ねえから、留守電に残しといた。来てもらわねえと困る」

「電話に出えへんて、なんで？」汐理が準平に訊いてきた。

「知らないよ」高知から戻って三日経つが、瀬島とは一度も顔を合わせていなかった。

「店でもガレージでも見かけないから、ずっと部屋に閉じこもってるみたいだけど」

「もしかして、落ち込んでるとか」

汐理の言葉に、隅の机でノートパソコンに向かっていた李が肩を揺らし、シッと笑った。

「あれが落ち込むって、世界の終わりでも来んの？」顔を上げもせず言う。ヘッドフォンは付けたままだが、会話は聞いていたらしい。

「言うてみただけや」汐理がむっとした顔で言い返した。

「ウミツバメのことですか？」武智が照井に確かめる。

「ちょっと思いついたことがあってよ」照井は手近な椅子に座り、テーブルの上のグラフをのぞき込んだ。「津波計のほうは、いい塩梅だったんだろ？」

「ええ。もういつでも実戦に投入できます。この仕様で、まとまった台数を作っていただきたいところですが――」

「金さえあれば、だよな？」

渋い顔で笑う照井の背後から、瀬島がぬっと現れた。徹夜でもしていたのか、目の下にくまを作り、無精ひげを生やしている。手には丸めた紙を持っていた。

「来たか。まあ座れよ」

照井が隣の椅子を引くと、瀬島は崩れるように腰を下ろした。背もたれに体をあずけ、虚ろな目を天井に向ける。

「さっそくだが、ウミツバメの件だ」照井が皆を見回した。「速度が出ない理由がわかったぞ」

「俺も」瀬島がかすれた声を出す。

「ほう、そいつは心丈夫だな」照井が目を細めた。「お前さんの意見から聞こうか」

「いや、せーので言いましょう」瀬島は有無を言わさず続ける。「いきますよ、せーの」

「索だ」

「アンビリカル」

照井と瀬島が同時に言った。武智がぴくりと眉を上げ、「なるほど」とつぶやく。

二人の答えは、用語こそ違え、同じだった。照井の言う「索」とは、フロートとフリッパーをつなぐケーブルのことだ。電力や信号を送る「へその緒」という意味で、「アンビリカルケーブル」とも呼ばれる。

「そういうこった」照井は嬉しそうに武智を見た。「ちょっと計算してみるとよ、あの程度の太さの索も、水中じゃかなりの抵抗になる」

「流体シミュレーションで設定していたアンビリカルより、実物のほうが少し太い」瀬島が肩をすくめる。「それだけであんなに抵抗が増えるとは、想定外だった」

「だからといって、あれ以上細くするのは難しい。強度が出ねえ」照井が腕組みをした。

「細くはしない」瀬島が言った。「形を変える」

「形？」照井が眉をひそめる。

瀬島がおもむろに体を起こし、丸めた紙をテーブルに放った。図面だ。

「アンビリカルの断面を、流線形にする」瀬島はその図を指し示した。翼の断面のような形をしている。「この層流翼型を採用すると、同じ断面積の円柱に比べて、流体抵抗力が飛躍的に小さくなる。うまくいけば、シミュレーション結果を上回る速度が出るはずだ」

脂（あぶら）じみた瀬島の顔を、準平はあらためて見つめた。瀬島はこの数日、部屋にこもってこれを検討していたのだ。

「面白い」照井がうなる。「面白いが、そんな索は見たことがねえ。まず、流線形の長軸が常に流れの方向を向くように、索の軸がうまく回転する必要がある。しかも、水中でねじれたりしたら元も子もない。そんな索を作るのは、径を細くするより難しいぞ」

「確かに難しい」瀬島は挑発するように言う。「だからこのチームにゴッドハンドがいるんでしょうが」

照井がぎょろりと目をむいた。しばらく瀬島をにらんだあとで、今度は武智に目を向ける。

「だとよ」苦い顔で言った。

「何とかなりそうですか？」そう訊く武智の表情に不安の色はない。

「何とかしないやつは、チームにいられねえんだろ?」照井は忌々しげに言い返すと、眉間のしわを深くした。「だがよ、お前さんも金を何とかしないと、作ろうにも作れないぜ?」

「もう、すっからかんですよね」汐理が口をはさむ。

「そうだな」武智は表情を変えずにうなずいた。

汐理の言うとおり、五百万円の研究助成金は、フリッパーの試作と試験にすべて費やしてしまった。他の研究助成にも片っ端から応募し続けているものの、採択には至っていない。

「そう言えば、そろそろ来年度の科研費申請の時期ですけど」準平が言った。科研費――科学研究費補助金とは、文部科学省による競争的資金のことだ。

「もちろん申請の準備は始めている。だが、何の実績もない以上、大きな額は見込めない。それに、もし運良く採択されたとしても、交付は来年の夏だ。それまで指をくわえてじっとしているわけにはいかない」

この国には、実績のないチャレンジングな研究に何千万円もの予算を与える仕組みはない。萌芽的な研究を募集するカテゴリーもあるにはあるが、配られるのはせいぜい数百万円だ。

部屋に暗いムードが漂い始めたとき、猛烈な勢いでキーボードを叩いていた李が、ふと手を止めた。「電話」と短く言って、また打ち始める。

耳をすませば、確かに準平の机で振動音がする。トートバッグからスマートフォンを取り出してみると、池上からの着信だった。電話に出るなり、池上が早口で言った。

「突然なんだけど、明日、また高知に来れない？」

「明日？」廊下に出ながら応じる。「いや、行こうと思えば行けるけど……なんで？」

「会わせたい人がいるんだ。なかなかつかまらない人だから、この機会を逃さないほうがいいと思って」

岸壁から海に向かって突堤がのびている。池上のあとについてそこを進んだ。

空は薄曇りだが風はない。波はしぶきを上げることもなく、突堤の左右に広がる岩場を静かに洗っている。洗濯板のように削られたその地層を見ながら、池上が言った。

「こんな風に、柔らかい層が浸食を受けてひだ状になってるのが、竜串のポイント」

「確かに、このあたり全部、砂泥互層（タービダイト）だね」

ここ土佐清水市の竜串海岸は、奇岩群で知られる景勝地だ。土佐湾の西南端、足摺岬から西に十五キロほどのところにあって、国の海域公園にも指定されているらしい。今朝一番の便で高知空港に着き、そこから池上の車で三時間かけてやって来た。

突堤の先端まで行くと、真正面にその船が見えた。ここから百メートルほど沖合に停まっている。漁船にも調査船にも見える、変わった船だった。全長二十メートル近くあるだろうか。前方の甲板にクレーンを備えている。

「あの船も、若松（わかまつ）さんの持ち物なの？」

「うん。漁船を調査用に改造したんだって。個人の船とは思えないぐらい、装備は立派。豪華なクルーザーを買うより、金かかったんじゃないかな」

「さすが、大金持ちはやることが違うね」

「船の向こうに見えるのが、弁天島」池上が前方の小島を指差した。

「てことは、ここからあの島の先まで、ずっと村が広がってたわけか」

「可能性だけどね。僕らが遠隔操作式無人探査機（ROV）で石柱を見つけたのは、ちょうど船がいるあたり」

先日聞かされたように、ここ竜串海岸は「黒田郡」の有力候補地だ。池上が準平に引き合わせたいと言ったのは、私費を投じて黒田郡の調査をしているという人物だった。若松史也（ふみや）――と言われても、最初はピンとこなかった。だがその経歴を聞いて、膝を打った。若松は、インターネットビジネスで財をなした、ＩＴ長者の一人だった。

学生時代に仲間と起業し、ネットショップの電子決済システムを開発して名を上げた。企業買収を繰り返して利益を伸ばす経営手法は賛否を巻き起こしたものの、時代の寵児としてメディアにも度々登場した。

だが、その顔が準平の記憶に刻まれていたのは、別の理由による。絶頂期にあったはずの若松が、突然、東京地検に逮捕されたのだ。容疑は、循環取引による粉飾決算を主導したという特別背任罪。当時は、ＩＴベンチャーや投資ビジネスで頭角をあらわした若手実業家の逮捕が相次いでいた。若松もそんな〝出る杭〟の一本と見なされたわけだ。

若松には有罪判決が下り、懲役一年六ヶ月の実刑が言い渡された。マネーゲームでのし上がった男の転落に、準平は心の中で喝采を送った。出所後の若松は表舞台に現れることもなく、世間からも忘れられていった。それでもその手もとには、百億円を超える資産が残ったという。

「あの若松さんが、こんなところで海底遺跡を探してるとはね」準平は船を見つめて言った。今から面会する相手でなければ、「若松」と呼び捨てにしていただろう。

「若松さん、土佐清水の出身なんだよ」

「あ、そうなんだ。でなきゃ黒田郡なんて知らないよね」

「今年の四月だったかな、うちのセンターにふらっとやって来てね。『これから俺も黒田郡をやるんで、よろしく』なんて言うんだ」

「協力していこうってこと？」

「いや、そんな気はまったくないみたい」池上は苦笑した。「何でも自分でやりたい人なんだよ。自分で調べて、自分が一番に発見して、全部自分の手柄にしたい。唯我独尊は今も健在」

実際、今海に潜っているのも、若松自身だという。

「まさに金持ちの道楽だね」

「でも、今の行田たちに必要なのは、奇特な金持ちなんでしょ？」

昨日池上が言ったのは、若松に資金提供を頼んでみてはどうかということだった。問題は、どういう名目で提供してもらうかだ。返すあてがない以上、借金というわけにはいかない。では投資になるのかと問われても、答えにつまる。かといって、純粋な寄付を求めるのは、虫がよすぎるだろう。

準平のイメージする若松は、篤志家からほど遠い。瀬島以上にアクの強そうな若松を説き伏せる自信など、まるでなかった。軽くあしらわれるか、無視されるのがオチだろう。怒らせてしまう可能性だってある。

船の上で動きがあった。甲板に三人の男たちが出てきて、うち二人がクレーンの準備を始める。ウェットスーツを着たもう一人は手早くタンクを背負い、後ろ向きに海に飛び込んだ。

「お、上がってくるよ」目を輝かせた池上が、一歩前へ出る。

クレーンから海面に下ろされたワイヤーをダイバーがつかんだ。先端のフックを何かに取り付けている。やがて、ダイバーの合図とともに、ワイヤーが巻き上げられ始めた。

「おお……」あまりの衝撃に声がもれる。

海中から現れたのは、マシュマロマンをロボットにしたような代物だった。頭部は透明な球体で、丸みを帯びたボディは光沢のあるシルバー。腕と脚の関節部分は赤いリングで縁どられている。腕の先で光ったのはハサミ型のマニピュレーターだ。首の後ろにフックが掛けられているらしく、首根っこをつかまれたような体勢で、真上に引き揚げられていく。

「あれが、デプス・スーツ。若松さんの秘密兵器だよ」池上が笑いながら言う。「ほとんどSFでしょ」

「まんまSFじゃん。想像のだいぶ上をいってるよ」

デプス・スーツに身を包んだ若松は、舷側を超える高さまで吊り上げられた。空中でゆっくり回転し、背中をこちらに向ける。宇宙飛行士の生命維持装置のようなものを背負っていた。酸素供給システムだろう。

「あれはカナダの小型潜水艇メーカーが開発したものでね。素材はアルミ合金。水深三百メートルまで、最長五十時間も潜っていられるんだって。最大の特徴は、潜水中もスーツの内部が大気圧に保たれていること。減圧症の心配がないから、すぐ浮上して次のダイブに移れる」

「すごいな。いくらしたんだろ」

「想像つかない」池上はかぶりを振った。「日本にはあの一着しかないらしいよ」

クレーンが動き、若松をゆっくりと甲板の上に下ろした。仲間が二人がかりで銀色のスーツを脱がせにかかる。ヘルメットを取った若松は顔を紅潮させ、興奮冷めやらぬ様子で何かまくしたてていた。

調査を終えた若松の船は、観光用のグラスボートなどが停泊する小さな港に入った。

若松がそこを面会場所に指定してきたというのだが、その理由はすぐにわかった。若松たちは下船するなり、岸壁で宴席の準備を始めたのだ。折りたたみ式のテーブルと椅子がセットされ、ワインボトルと洒落た缶詰が並んだ。要は、毎度恒例の打ち上げに、準平たちも招待されたというわけだ。

「きれいなお姉ちゃんはおらんけんど、酒はようけあるき」

若松はそう言って、準平と池上のグラスに冷えたシャンパンを注いだ。地元にいると、ふとした拍子に土佐弁が出るらしい。準平は「どうも」と答えるのがやっとだ。

若松は、はだけたシャツの胸もとにサングラスを引っかけ、素足にデッキシューズを履いている。メディアに顔を出していた当時に比べて、ずいぶん痩せた気がした。肌はよく日に焼けているのだが、なぜかあまり健康的に見えない。

香ばしい匂いが漂ってきた。若松の三人の仲間たちが、バーベキューコンロでサザエやイカを焼いている。船長だという男こそ漁師上がり風だが、あとの二人は漁港より六本木が似合うような連中だ。実業家時代からの友人なのだろう。

池上が今日の成果について訊ねると、若松はシャンパンをひと息に飲み干した。

「デプス・スーツは、海洋考古学に革命を起こす」質問と関係のないことを真顔で言う。「最近はROVだの自律型無人潜水機だのがもてはやされているが、こと海中遺物の調査に関しては、人の目と手に勝るものはない」

「面的なサーベイより、ピンポイントの精査が大事でしょうからね」池上が話を合わせる。

「普通のスキューバ装備で数分しか潜れないところに、デプス・スーツを使えば何時間でも潜っていられる。何年もかかっていた遺物の発見と回収が、たった数週間でできるようになる。まっこと革命ちや」

若松は缶詰を片っ端から開けると、準平たちに勧めた。

「もう成果が上がっているところもあるんですか？」準平が訊く。

「もちろん。ギリシャやイタリアでは、沈没船の探索とか、水没した古代都市の発掘に大活躍してる」

「沈没船なんて、ちょっと宝探しみたいですね」いかにも富豪の遊びだと思った。

「陸地の遺跡と違って、海底遺跡は盗掘に遭いにくい。金貨も美術品もたっぷり残ってるはずさ」若松は白ワインのコルクを抜き、自分のグラスに注いだ。「俺も、黒田郡をやり終えたら、瀬戸内海で『いろは丸』をやる」

「いろは丸？」

「龍馬と海援隊が乗っていた蒸気船だよ。岡山沖で紀州藩の軍艦と衝突して、沈没した。船は発見されたが、積荷が見つかっていない。金塊を積んでいたという話もある。眉唾だけどね」

焼き上がった魚介を船長が配ってくれた。それを食べ終えたところで、「あっちで話そう」と若松に肩を叩かれた。二人でテーブルを離れ、岸壁のへりに椅子を並べて座る。

もう夕暮れも近い。西の空にできた雲の切れ目から、陽が差し込んでいる。ブルーグレーの海面で、その光線が当たる場所だけが橙色に輝いていた。

そんな竜串の海を見つめて、若松が低く言う。

「ロマンぜよ」

どう応じていいかわからない準平に、独り語りを始めた。

「黒田郡の話を初めて聞いたのは、小学生のときだ。近所に年寄りの漁師が住んでいて、この海で大昔の茶碗や古銭を拾ったというんだ。興奮で体中がぞくぞくしたよ。『インディ・ジョーンズ』にも影響されてね。将来は海洋考古学者になると心に決めた。そんな大事なことを忘れちまうんだからな。大人になるってのは、くだらんことだ」

「――そうですね」控えめに相づちを打った。

「俺の知り合いに、民間で打ち上げる小型ロケットの開発を始めたやつがいる。ずっとITベンチャーをやっていた男だ。そいつも俺と同じで、子供のころ宇宙飛行士になりたかったことを突然思い出したらしい。そいつが言うには、結局のところ、今の宇宙開発は国の公共事業なんだと。だから、法律やなんかも、民間が参入できるようには作られていない。そして、親方日の丸の事業は、そのうちダメになる」

「ダメになるというのは――？」

「技術革新が遅れたり、やたらと高コストの方法を使ったり。その根底にある問題は、公共事業の自己目的化。要するに、その事業を続けるための事業になってしまうということだ」

「それは、そうかもしれません」準平はふと「地震村」のことを思った。

「君は、次の南海トラフ地震は、いつ起きると思う？」

「難しい質問ですね。明日かもしれないし、百年後かもしれない」

「そうだ」若松がうなずいた。「だから、地震や津波の対策は、公共事業としてやるしかない。だが、公共事業である以上、常に堕落する危険をはらんでいる」

「だからこそ僕たちは――」

「君たちはＭＥＩの人間だろう？」さえぎるように言った。「親方日の丸じゃないか。俺はお上のやり口をよく知っている。君なんかよりずっとだ。今まで散々な目に遭わされてきたからな。お上と手を組むというのは、あり得ない」

「でも――」と言いかけたところに、また言葉をかぶせてくる。

「刑務所の中で、ずっと考え続けていた。ここを出たら、仕事もしがらみも全部捨てて、やりたいことだけをやって生きていこうと。出所して一年ほどは、とにかく遊んで暮らした。海外でゴルフ三昧とか、銀座で散財とか、くだらない遊びだよ。当然そんな生活には飽きがくる。本当にやりたいことじゃなかったからだ。そんなとき、たまたまクストーのドキュメンタリー映画を観た」

「クストー？」

「ジャック＝イヴ・クストー。今は亡きフランスの海洋学者だよ。潜水調査のパイオニアで、アクアラングの発明者でもある」

若松は右手に停泊している自分の船を指差した。舷側に書かれたその船名は、〈COUSTEAU〉だった。

「それで思い出したんだ。子供のころ聞いた黒田郡のことを。自分がその謎を解明すると想像するだけで、あのぞくぞくが甦ってきた。自分なりに勉強して、すぐに船を造らせ、デプス・スーツを手に入れた。クストーみたいに自分で潜って調べたいからな。おかげで俺の人生は、今最高に充実している。いつかはエーゲ海で沈没船探しだ。それ以外のことに興味はない」

夢を語っているわりには、笑顔がない。むしろその瞳には、かげりさえある気がした。

「話だけでも聞いてもらえませんか」若松の横顔に訴えた。「せめて、僕らのプロジェクトの中身だけでも」

「それは池上君から聞いた。君が俺に会いにきた理由もよくわかっている。だが、俺はお上とは和解しない」

「だからそれは――」

「それに――」若松が拒むように立ち上がり、水平線を指差す。「十年後、三十年後、あるいは百年後。向こうから大津波が押し寄せてくるとして、そのとき俺が生きゆうかどうかもわからん。人生は一度きりちや。そんなもんに俺の大事な時間は費やせん」

その口ぶりは、ひどく刹那的にも、何かに追い立てられているようにも聞こえた。若松は両手をポケットに差し込み、付け足すようにつぶやく。

「費やす価値があるのは、ロマンだけぜよ」

このままずごすご引き下がるのか——。船や試験水槽を求めて、何度も頭を下げていた武智の姿が浮かんだ。何とかしないやつは、チームにいられない——照井の台詞も甦ってくる。

準平は言葉を探しながら、視線をめぐらせた。若松の船のクレーンが目に入る。せめて、あの船だけでも使わせてもらえれば——。勢いよく立ち上がった。

「ＭＥＩと関係のない人の話なら、聞いてもらえますか？」声に力を込めて言った。

若松は首を回し、乾いた調子で言う。「どういう人間だ」

「瀬島和人という人です」

3

裏の倉庫で用事を終え、本部棟に戻ると、正面玄関に黒塗りの高級車が停まっていた。ＭＥＩの公用車だ。開いた後部ドアに運転手が手を添え、客を待っている。

自動ドアから出てきた男の姿に、思わず足が止まる。天木だ。隣には事務方の職員と、理事の川元律子がいる。天木を見送りに出てきたらしい。

天木がこちらを見た。準平に気づいたのは確かだが、眉一つ動かさない。そのまま川元理事と短く言葉を交わし、後部座席に乗り込んだ。

準平は研究室には戻らず、武智のオフィスを訪ねた。何とは言えないが、嫌な予感がしたのだ。武智は難しい顔で書類に目を落としていた。

「天木さんが来てましたよ」

「みたいだな」武智は顔を上げずに応じる。「明神新島の件で来たらしい。今度、周辺海域に海底地震計を展開することになっているだろう?」

「ああ、微小地震観測の」

伊豆諸島南部に誕生した明神新島の火山活動は、未だ収まる気配がない。噴火の回数はやや減少したものの、島の面積はほぼ同じペースで拡大を続けている。先日、ドローンで空撮したという映像を観たが、溶岩流が不気味に赤熱し、島中央の火砕丘が激しく噴煙を吐き出している様子が生々しくとらえられていた。

明神新島総合観測班を中心に、監視活動が続けられてはいる。だが、島から六キロメートル以内の立ち入り制限が続いている以上、観測は間接的なものにならざるを得ない。火山活動にともなう微小地震観測もその一つだった。

「そのためにまたMEIの船を駆り出すことになる。うちの無人探査機を使って海底地形の変化を調べようという話もあるようだ」

「無人探査機もいいですけど、詳しい調査のためには、観測班が六キロ圏内に入るしかないんじゃないですかね」

「甘く見てはいけない」武智が顔を上げた。厳しい視線を向けてくる。「『第五海洋丸』の事件を知らないのか」

「第五海洋丸？　漁船ですか？」

「海上保安庁の測量船だ。新島のもととなった明神海山は、一九五二年九月にも大きな噴火を起こし、直径百数十メートルの島をつくっている。その数日後に再び起きた爆発で島はいったん消滅したが、調査に向かった第五海洋丸が消息を絶った。遭難したんだ」

「犠牲者が出たんですか？」

「乗組員三十一人全員が亡くなった。目撃者がいないので詳しいことはわかっていないが、噴火に巻き込まれたものと見られている」

「それは……知りませんでした」遭難の状況がわからないという事実が、より恐ろしい想像をかき立てる。

「新島の直径は二キロ強、標高は二百メートルにも満たない。だが、海面下の海山本体は、標高千六百メートル、直径十キロ近いカルデラをもつ、巨大な火山だ。簡単に近づけると考えてはいけない」

神妙にうなずいた。

「まあとにかく」武智は表情を和らげた。「新島観測のために地震本部も急きょ予算を組んだというし、調査観測計画部会の部会長として、天木さんがひと言挨拶に来たんだろう」

「でも、川元理事が一緒でしたよ?」

「川元さんが?」武智がまた眉根を寄せる。

「挨拶するなら、研究担当の理事ですよね」

「それはそうかもしれないが――」武智はあごに手をやった。「川元さんは予算面も担当している。同席していてもおかしくはない」

ＭＥＩには、理事長以下、四人の理事がいる。研究者、技術者出身の理事たちの中で、川元だけが文部科学省の元官僚。しかもＭＥＩ初の女性理事だ。管理担当として、企画、総務、経理、安全管理などを統括している。そんなことまで覚えているのは、四月の辞令交付式で川元が訓示を述べたからだ。そのときの印象は、最悪だった。

「あの人、今年度からＭＥＩに天下ってきたじゃないですか。文科省をクビになったのがよっぽど面白くなかったのか、辞令交付式のときもやたら機嫌悪そうで」

「天下りかどうかは知らないが」武智は苦笑した。「最後の最後にレースから脱落したのは確かだな。文科省初の女性事務次官かと期待されていたのに、審議官どまりだった」

「八つ当たりみたいな訓示をたれてましたよ。ここの研究者はのんびりしすぎだとか、社会貢献の姿勢が足りないとか」

「彼女の専門は生命科学政策だったらしいからね。不本意なところもあっただろう」

「そんなにＭＥＩが嫌なら、来なきゃいいのに。だいたい――」

ノックの音にさえぎられた。武智の返事を受けてドアが開く。入ってきたのは、その川元だった。準平は出かけた声を飲み込んだ。首を縮めて後ずさる。

「いいかしら」川元は口角を下げたまま言った。香水の匂いが鼻をくすぐる。

「ええ、どうぞ」さすが武智はポーカーフェイスだ。「お電話いただければ、こちらから参りましたのに」

「いいんです。わざわざ呼びつけてまでするような話ではありませんし」

川元は、明るいグレーのスーツに身を包み、襟もとに花柄のスカーフを巻いていた。五十代半ばを過ぎているはずだが、毛先を大きくカールさせた黒髪はまだ艶やかだ。三歩進んで立ち止まり、準平に目を向ける。

「いいかしら」わずかに語調を強めて言った。

「え？　ああ、すみません」

準平はあわてて頭を下げると、武智に目配せをして、そそくさと部屋を出た。

研究室に戻ってその話をすると、汐理が言った。

「川元って、あの若づくりのおばはん？」

「おばはんて……理事だよ」

「香水きつい人やろ。あの人がエレベーター乗ったあと、すぐわかる」汐理は顔をしかめる。「気が合いそうにないわ」

膝でリズムを取りながらコードを打ち込んでいた李が、シッと笑った。派手な音を立ててデリートキーを連打する。プログラムの間違いに気づいただけらしい。

「とにかく、嫌な予感しかしない」

「天木が来てたってことは、ろくなことやないやろうな」

それから十五分もしないうちに、武智が入ってきた。真っすぐコーヒーメーカーに歩み寄り、サーバーに残っていた分だけカップに注ぐ。

「何の話だったんですか？」準平が訊いた。

「大した話じゃない。ただの確認だよ」

「確認て？」汐理が言った。

「天木さんはやはり、明神新島のことでここへ来たそうだ。ついでに川元さんにも面会して、来年度の政府の地震調査研究関係予算について説明した。地震本部が先月、概算要求を取りまとめたからな。当然ＭＥＩにもかなりの額が措置されることになる」

「メインは、海底ケーブル地震・津波観測網ですよね」紀伊半島沖から室戸岬沖の海域で、ＭＥＩが整備を進めているものだ。

「そのことで釘をさしにきたらしい。ＭＥＩの姿勢がぶれることのないように。天木さんが口にしたという言葉を借りれば、『わけのわからない連中がこそこそやっていることが、ＭＥＩの推進する基幹プロジェクトだ、などと国民に誤解されることのないように』」

「なんや」汐理が嘲るように言う。「天木、びびってるんや」

「びびってるって？」準平は訊いた。

「そうやん。わたしらのプロジェクトが軌道に乗って、国民に知れわたる。みんながそれに喝采して、こっちに流れが来たら、天木の立場はどうなる？　アホみたいにお金のかかる海底ケーブル観測網はどうなる？」

「まあ、困るだろうね」

実際のところ、天木の目的は津波防災だけではない。「地震村」のインフラとして、広大な海域地震観測網を整備することでもある。

「困るだけじゃ手ぬるい」汐理は怖い顔で腕組みをした。「いつか、腰が抜けて立ち直られへんようになるぐらい、びびらせてやりたいわ」

武智は口もとだけを緩めたまま、カップに唇をつけている。その表情を見て、準平は思った。天木が恐れているのは、このプロジェクトではない。武智要介という男なのだ。

「川元さんは、どう答えたんでしょうか？」武智に訊いた。

「もちろん地震本部の方針にしたがう、と答えたそうだ。彼女は私にはこう言った。『研究を止めろとは言いません。ただし、ＭＥＩとしてバックアップはできないものと理解してください』と」

バックアップというのは、研究費のことだけではない。川元は企画や広報も所管している。要するに、ＭＥＩは武智のプロジェクトを完全に無視すると公言したわけだ。

「やっぱり気が合いそうにないわ、あのおばはん」汐理は息をついた。

「落ち込むようなことじゃないさ。今までもそうだったじゃないか」武智はこともなげに言って、冷めたコーヒーを飲み干した。「ただ、来年度もＭＥＩの船は使えそうにないな」

「そう言えば、あれはどうなったん？」汐理がこちらに顔を向けた。「元ヒルズ族の船の話」

「ああ、若松さんか」

「瀬島さんが、今度その人と会うって言うてたけど」

「そう、それ今日なんだ。若松さん、先週から東京にいるらしくてね」準平は腕時計に目をやった。「五時に『海燕』に来ることになってる。そろそろ行かなきゃ」

「デプス・スーツじゃん！」

瀬島は、手渡されたタブレットの動画を見て、声を張り上げた。

「もう十回ほど潜りました」隣で若松が言う。「見た目はそんなですが、海の中ではスキューバ装備よりはるかに快適ですよ」

「すげえ！　超カッケー！」瀬島は目を輝かせ、食い入るように画面を見ている。「いいなあ。俺もこれで潜ってみたい」

「いいですよ。高知まで来ていただければ、いつでも」

竜串海岸で会ったときとは違い、今日の若松はやけに明るい。どこか空元気にも見えるほどだ。ジーンズにスニーカーを履き、十月になったばかりだというのにニット帽をかぶっていた。同い年であることがわかったせいか、若松と瀬島はすぐに打ち解けた。

「こないだ、デプス・スーツを開発したカナダの会社のエンジニアと連絡をとったんですが、あなたのことを知ってましたよ。『スクリプスにいたドクター・セジマか』って」

「ふうん」瀬島は生返事をしながら、他の動画をあさっている。

「行田君からあなたのことを聞いて、頼むならあなたしかいないと思いました」

「何を？」瀬島は顔を上げない。

「作ってほしいものがあるんです」若松は画面を指差した。「このデプス・スーツを着たまま乗れる、水中スクーターです」

「ああ、なるほどね」

「それがあれば、効率よく海底を移動しながら、遺物を探し回ることができる」

「それって、こう、つかまるタイプでいいんでしょ？」瀬島は作業台にあった紙をつかむと、さらさらとイラストを描いた。「スラスターの付いた筒状のボディに、ハンドルがあって、それをハサミ型のマニピュレーターでつかめるようにしておくと。前面にビデオカメラを内蔵しておくのもいいかもね」

「素晴らしい」若松が嬉しそうに言う。「いつ頃なら形になりそうですか？」

けど」

「うーん」瀬島は腕組みをした。「金さえ出してくれたら、四、五ヶ月でできると思う

「できるだけ早く作ってほしい」若松の声が真剣味を帯びる。「急いでるんです」

「でも」瀬島が準平の顔を見る。「今はダメだよね?」

「まあ……ちょっと難しいでしょうね」少し含みをもたせて同意した。

「タケちんていう、クソ真面目なくせにムチャぶりのきつい男がいてさ」瀬島は若松に向き直った。「そいつが俺に、とにかくウミツバメに専念しろって言うわけ。寝ずにやれ、ぐらいの勢いで」

「ウミツバメ? ああ、あの装置ですね?」若松はスタンドに載せられたフリッパーに視線をやった。スプリングの調整のために、羽が一枚取り外されている。「その仕事が終わらない限り、私の水中スクーターには取りかかれないということですか?」

「そ。タケちんに怒られちゃう」

「――なるほど」

「少なくとも、本体ぐらいは完成させちゃわないとね。今、これまたガンコなじいさんと一緒に、新しいタイプのアンビリカルを作ろうとしてるんだけどさ」

武智は、すぐに流線形アンビリカルの開発に取りかかるよう、照井に指示した。請求書はすべて自分のところへ回せと言ったらしいが、研究費はもう底をついている。武智は自分の貯蓄を取り崩すつもりなのだ。

打ち合わせたとおりに、瀬島が続ける。「それができたら、次はいよいよ海で試験だ。ところが哀しいかな、使える船がない。チャーターしようにも金がない」

「そうなんです」準平はすかさず口をはさんだ。深く頭を下げながら言う。「ですから、どうか船だけでも。何とか若松さんの船を僕たちに――」

「もういい、頭を上げてくれ」若松がうんざりしたように顔をしかめる。

「どんな船なの？」瀬島が訊いた。

「写真がありますよ」

若松はタブレットを取り、画像ファイルを開いた。横からのぞき込んだ瀬島がにんまり笑う。

「『クストー号』ときたか。シャレてるな」

若松が眉を持ち上げた。「クストーをご存知ですか」

「『The sea, once it casts its spell, holds one in its net of wonder forever』――」瀬島が言った。

「『いったん海の魔法にかかった者は、永遠にその不思議さにとらわれ続ける』――」

若松が訳して繰り返す。

「海洋学をやっている人間で、〝海の恋人〟ジャック＝イヴ・クストーを知らないやつはいない。海の魔法にかかった身としては、ぜひその船に乗ってみたいねえ」

若松はもう準平たちの目論みに気づいているようだ。準平はすがるような思いで若松を見つめた。瀬島はにやけ顔で肩をすくめている。若松は二人の顔をしばらく交互に見ていたが、やがて深くため息をついた。

「わかりました。土佐清水沖でよければ、その装置の試験に協力しましょう。ただし、一度きりです――」

鎌倉の街で夕食でもと誘ったが、若松は所用があるからと帰っていった。都内にもマンションを持っているそうだ。美しくレストアされたポルシェの旧車で走り去るのを見届けると、瀬島が言った。

「まずは第一段階成功ってとこか」

「ですね。次は、高知での試験のときに、どれだけあの人の心を動かせるかです。そのあとも船を使わせてくれるとか、少しでも寄付を考えてくれるとかすれば、大成功なんですけど」

「それにしても」店舗に戻るなり、瀬島が表情を曇らせる。「ずいぶんやせたな。昔はもっとむっちりしてたのに」

「よく知ってますね。あのころ日本にいなかったでしょ?」

「逮捕されたときのニュースを、アメリカで見た」瀬島は工具を手にフリッパーの前に立ち、作業の続きを始める。「やっぱり、病気のせいかな」

「病気?」

「東京に来たのも、治療を受けるためじゃないの?」

「いや、何も聞いてませんけど」

「気づかなかったか？　後頭部から首の後ろにかけて、火傷みたいに赤くなってただろ？」

「日焼けじゃないんですか？」

「日焼けなら、あんな風に右半分だけ赤くなったりしない。それに、ニット帽で隠してたけど、その部分だけ髪がなくなっていた」レンチを握った瀬島が、顔を上げる。「あれはたぶん、放射線治療のあとだ」

「放射線――てことは……」

「普通に考えれば、がんの類いだろうな。俺の親父も、がんだった。脳に転移したので、頭部に放射線治療を受けた。放射線を当てたところは、あんな風に皮膚が赤くなって、毛が全部抜け落ちたよ」

「そんな……」とつぶやきはしたものの、若松の瞳にさすかげりと、刹那的な言葉の数々が、そこにすとんとはまった。十年後ですら生きているかどうかわからないと言った若松の台詞が、息苦しくなるほどの重みを帯びて甦る。

「急いでるというのも、あながち大げさな話じゃないかもな」瀬島が抑制の利いた声で言った。

4

小森は、以前と同じようにコーヒーにたっぷり砂糖を入れ、念入りにかき混ぜた。

こうして恩師と対面するのは三年ぶりだが、見慣れたその手つきを目にしただけで、心安らぐ場所へ帰ってきたような気がする。

たくわえた口ひげも、しわの深い目尻も変わらない。変わったのは、目の前に灰皿がないということだけだ。新宿駅東口の古めかしい喫茶店には煙草の匂いが充満しているが、小森は平気な顔をしている。

「禁煙、やっと成功したんですね」小森の目を見て言えた。一年前の自分なら、顔を上げることもできなかっただろう。

「会議漬けの毎日から解放された途端、美味いと思わなくなるんだから、不思議なもんだ」

地震研究所時代の小森はヘビースモーカーで、灰皿がある彼のオフィスは喫煙者の学生や若手研究者のたまり場だった。本人が不在でもドアはたいてい開け放たれていたので、皆勝手に入り込み、喫煙室のように使っていた。小森がそれを狙っていたとは思えないが、彼のオフィスを訪ねるたびに、普段接点がない人々と知り合うことができた。

「お世辞じゃなく、若返ったように見えますよ」

「禁煙と、山登りのおかげだな」小森はまだスプーンを回している。

「山梨だったら、南アルプスですか」

「その辺はだいたい登ったから、最近は北アルプスだ。やっぱりいいんだよ、穂高は」

小森からメールが送られてきたのは昨日のことだ。地震学会の秋季大会に参加するために上京しているので、どこかで会えないかとのことだった。

震災の三週間後に定年を迎えた小森は、夫婦で故郷の山梨に帰っていった。東都大学の教授にしては珍しく、私立大学に再就職することもなかった。退官後は学界から完全に身を引き、登山と畑仕事をして暮らすと決めていたらしい。

小森は準平の近況を訊ねることもなく、ひたすら北アルプスの話をした。それが一段落したところで、今度は準平が口を開く。

「学会にはずっと出ておられたんですね。知りませんでした」準平自身は、震災の年の秋季大会を最後に、一度も出席していない。

「講演はどっちでもいいんだけど、ミーティングがあってな」

「委員会か何かですか」

「いやいや、引退した年寄りの会合だよ。ほら、被災した子供たちへの学習支援」

「学習支援？」驚いて、口にやりかけたカップを置いた。

「知らないか。まあ、大学生のボランティア団体に協力する形で、有志が細々と続けているだけだからな。言ってみれば、地震学会版シルバー人材センターだ」小森は照れたように口ひげをつまんだ。「僕の担当は福島の南相馬市でな。月にいっぺんは訪ねるようにしている」

「地学を教えるんですか？」

「理科でも数学でも英語でも、必要とあれば何でもだ。ただ、せっかく我々が行くんだから、毎回少しだけ研究の話をする。教科書に載っていないことや、まだわかっていないことをしゃべる爺さんたちがいてもいいんじゃないかってことだ」

「いいと思います。思いますけど……」

現地には、複雑な思いを抱く人々もいるだろう。準平が濁した言葉を察したのか、小森は苦笑いを浮かべた。

「確かに、罪滅ぼしのつもりか、なんて渋い顔をする保護者もいる。だけど、鼻をへし折られた地震学者たちと、辛い目にあった子供たちという組み合わせは、そう悪くないと思うんだ。お互いにな」

「その活動、小森先生が始められたんですか？」

「いやいや、僕はただの一兵卒だよ。代表は別の人間がつとめているが――」小森は音を立ててコーヒーをすすった。「発案者は武智君だそうだ」

「武智さん？　あの人、そんなことひと言も――」

「自分が活動に参加できていないから、引け目を感じてるんだろう。いずれにせよ、彼らしいアイデアだよ。自分の境遇と重ね合わせるところがあったのかもしれん」

「武智さんの昔のこと、よくご存じなんですか」

「まあ、ある程度はな」

「板橋の都営団地で育ったと聞きました」小森になら、話してもいい気がした。「母子家庭だったって。やっぱり、いろいろ苦労したんですね」

「本物のプリンスには想像もできないような苦労だよ」

「そんなにですか」

「武智君が高校生のとき、お母さんが体を壊されてな。看護師として勤めていた総合病院を、夜勤ができないということで辞めざるを得なくなった。それからは、町の小さな医院でパートの看護師をするのが精一杯だったらしい。武智君も部活動を辞めてアルバイトを始めたんだが、やはり暮らし向きは厳しい。三つ下の妹さんを大学までやるために、彼は一度、自分の進学をあきらめようとした」

目に浮かんだのは、日が暮れた団地の片隅で母の帰りを待つ幼い兄妹の姿だ。そのころから抱き続けていた焦がれるような科学への想いを、高校生が、しかも準平などより遥かに優秀な高校生が、自ら断ち切ろうというのだ。その辛さはいかほどだったろう。

「だけど彼は最終的に、何もあきらめない道を選んだ」小森は続ける。「もらい物の参考書だけで東都大に現役合格し、大学院まで進みながら、妹も大学へやった」

「妹さんの学費まで稼いだってことですか？　いくら必死にバイトしたって、普通そこまでのお金は――」

「必死に働いたんじゃない。必死に勉強したんだ」小森が珍しく厳しい声を出した。「武智君の成績は、常に理学部でトップ3に入っていた。それだけの成績を取り続ければ、授業料は全額免除されるし、奨学金も得られる。学部でも大学院でも、彼はいろんな財団の奨学生に重複して選ばれていた。もちろん、東都大の学生であることを生かして、時給の高い家庭教師のアルバイトをいくつも掛け持ちしていた」

「……すごい」ため息が漏れた。「いつ寝てたんでしょうね」

「寝なかったんだろうな。まったく感心な男だよ」小森は目を細めて斜め上を見やる。「あれからもう――二十五年か。早いもんだ」

二十五年前といえば、武智は十七歳、高校二年生だ。やはり小森はそのころから武智を知っていたということだろうか。それを確かめようとしたとき、小森が視線をふと準平に戻した。

「そう言えば、あれ、どうなった？」

懐かしい台詞に、思わず頰が緩む。大学院時代、研究に行き詰まってどうしようもなくなると、決まって小森がかけてくれた救いの言葉。小森はこれを言うために、心を病んでリハビリ中の弟子を呼び出したのだ。

「あれって何ですか？」さすがに今回ばかりはわからない。

「流線形のアンビリカルケーブルだよ」

「え？　なんでそんなこと――」

「武智君から聞いたに決まってるだろう。ちょくちょくメールをくれるんだ」

違うと直感した。おそらく、小森のほうから定期的にプロジェクトの状況を訊ねているのだ。準平の様子を知るために——。

胸に温かいものが広がるのを感じながら、答えた。

「ケーブルはテスト用が二種類出来上がってきました。どちらもゴム製で、中にピアノ線を埋め込んだタイプと、炭素繊維を編み込んだタイプです」

「どっちがねじれに強いか試してみようってことか」

「そういうことです。あとは、フロート、フリッパーとケーブルを接続する部品ですね。照井さんの知り合いにユニバーサルジョイントが得意な町工場の社長さんがいて、その人と一緒に新しいタイプのジョイントを考案したそうです。そっちの試作品も来週には出来上がるはずなんですが」

「さすが照井さんだな。難しい難しいと言いながら、あっさりやってのける」

「本人は、『これでうまくいくと決まったわけじゃねえ』って、まだ難しい顔してましたけど」

「次は実地試験か。船は何とかなりそうなんだろう?」小森がにんまりと笑う。「有名人と知り合いになったそうじゃないか」

「若松さんですか」曖昧にうなずく。「ええ、船は使わせてもらえるはずなんですが——」

気がかりなことがあって、歯切れの悪い言い方になった。瀬島ハイツで会ってから三週間、連絡が取れていない。電話はつながらず、メールにも返信がないのだ。

喫茶店を出ると、二人で新宿駅へ向かった。地震学会は昨日で終わっていて、小森はこのまま中央本線で山梨に帰るという。

小さなキャリーバッグを引いて雑踏を縫いながら、小森が思い出したように言った。

「そう言えば、彼のことは聞いたか？　ほれ、君たちのチームで津波のシミュレーションをやってる、台湾の」

「李君ですか？　いえ、何も」

「僕はその場にいなかったんだけど、昨日の津波のセッションに出ていた連中が、みんな彼の話をしていたぞ」

李が学会に出席していたのは知っている。本職の〝津波屋〟たちの研究発表を聞くだけでも勉強になるからと、武智が半ば強制的に参加させたのだ。

「李君は何も発表していないはずですけど――」嫌な予感がした。「何かやらかしたんですか？」

小森はなぜか嬉しそうにうなずいた。「シミュレーション関係の発表があるたびに、片っ端から噛みついたそうだ」

「え！　ほんとですか？」李らしくない行動だ。

「生意気なのは構わん。僕も生意気な学生だった。いい気になって学会で発表して、最前列に陣取った重鎮たちからこてんぱんにやられたもんだ。誰だ貴様は、とばかりにな。最近は生意気な若手も減ったが、そういう年長者も減った」

小森は口ひげをつまみ、付け加えた。

「その李君とやらも、次は客席からじゃなく、演壇から生意気を言うべきだな」

研究室のテーブルに地震学会のプログラムを開いて、汐理が言った。

「最初はこれ。土木系の津波研究者が発表したときや。質疑応答が始まると、端っこの席で真っ先に手を挙げて、確かこう言うた。『3・11の津波は、波源も浸水域もよくわかってる。それさえうまく再現できないようなシミュレーションに、何の意味があんの？』」

「なるほど」準平はため息まじりに言った。

「李君が来てるとは知らんかったから、びっくりしたわ」

学会に参加した汐理は、津波セッションの会場で一部始終を見ていた。金策のために大阪へ出張中だった武智に、情報収集を頼まれていたらしい。

「次は西都大の准教授に、『その程度のモデルなら、スパコンじゃなくてその辺のパソコンでやればいいじゃん』と言うた」

「言いたい放題だな」

「さすがにまずいと思って、発表の合間にあの子のところへ行った。ええ加減にしときやって言うてんけど、聞くような子じゃないし」

「だろうね」

「案の定、次の発表でも手を挙げた。よりによって発表者はＭＥＩの主任研究員。『その計算手法だと時間ばかり食って精度は上がらない。もっとテラ・シミュレータを有効活用できる人間に計算リソースを譲るべきじゃないすか？』って」

「あいつ、何考えてんだ」李の机に目をやった。当人はまだ姿を見せていない。

「もちろん、それなりに理にかなった指摘をした上でのことやけど」汐理はプログラムをもてあそびながら言う。「新顔の大学院生にいきなりこんなこと、言われたほうはキレるわな」

「そりゃそうだよ。半分八つ当たりじゃん」

「向こうは大人や。聴衆の前で学生とケンカはできへん。でも、セッションが終わるや否や、李君は怒り心頭の津波屋さんたちに取り囲まれた」

「何を言われたの？」

「所属はどこだとか、指導教官は誰だとか、研究テーマは何だとか。ある教授からは怖い顔で、『君はシミュレーションというのがどういうものか、よくわかっていないようだな』って」

そのとき、廊下で声がしたかと思うと、閉まり切っていなかったドアが勢いよく開いた。まず李が、続いて武智が入ってくる。

「わかってるっつーの。あのジジイの百万倍」李は汐理をにらみつけて言った。ヘッドフォンは首にかけている。準平たちの会話が漏れ聞こえたようだ。

「気持ちはわからないでもないが、ケンカを売ってこいとは言ってないだろう」武智が後ろから李に言った。子供に言い聞かせるような口ぶりだ。「勉強してこいと言ったんだ」

どうやら二人は廊下で出会い、その話をしながらここまで来たらしい。

李がシッと口の端をゆがめる。「まったく勉強になんなかったけど？」

「何かを吸収しようという気がなければ、何を聞いても勉強にはならない」

「説教ならさ、俺にテラ・シミュレータを使わせてからにしてくんない？」

「交渉が難航していることについては、申し訳なく思っている」武智は神妙に言った。

「約束が違うじゃんよ」李が険のある目を武智に向ける。「どこの教授か知んないけど、えらそうなジジイにど素人呼ばわりされたんすよ？」

「あんたが先に噛みついたからやろ」汐理が口をはさんだ。

「あんなしょぼい発表、ただおとなしく聞いてられるかっつーの。とにかく、こっちのほうが上だってことをさっさとわからせてやんないと、俺、ただのイタいやつじゃん」

李はふてくされた顔で金髪にヘッドフォンをかぶせると、足早に部屋を出て行った。

その姿を見届けて、汐理がつぶやく。「なんや。あいつ、ようわかってるやん」

「だいぶフラストレーションが溜まってるみたいですね」準平は言った。

「彼自身は順調に仕事を進めてくれていたからな」武智が小さく息をつく。「そろそろ、テラ・シミュレータでプログラムのテストを始めたいようなんだ。少しのノードでも使わせてやれたらいいんだが」

スーパーコンピューターは、ノードと呼ばれる無数の計算機の集合体だ。多くの場合、複数のプログラムでノードを分け合って計算を実行している。

「やっぱり、難しそうですか」

「誰にかけあっても、MEI内部の利用枠には空きがないという答えしか返ってこない。課題公募にも応募したが、今年度下半期分はだめだった」

「それ、川元が手を回してるな」汐理が毒づいた。「絶対そうや」

準平も同じことを考えて武智を見た。武智は準平と汐理の顔を交互に見ると、さあな、とでも言わんばかりに眉を上げた。

コーヒーを淹れ始めた武智の横で、準平は自分のノートパソコンを開いた。

「あ！　来てる――」

新着メールの中に、待ちわびていた若松からの一通があった。

港区の高級タワーマンションになど、足を踏み入れるのも初めてだった。

待ち合わせ場所に指定されたのはコンシェルジュがいるロビーで、若松は約束の時間に五分遅れて現れた。外出していたらしく、白いポリ袋を提げていた。その中に、病院の名前が印刷された薬の袋が透けて見えた。

若松の部屋は最上階の角部屋だった。リビングだけで軽く三十畳はあるだろう。南東に向いた大きな窓から、東京タワーが間近に見える。

「すごいところですね」準平は窓に近づいて言った。

「広いだけで、殺風景な部屋だろう」若松は薬の入ったポリ袋をダイニングテーブルに放った。「テレビもソファも、友だちにやっちまった。どうせ寝るだけだからね。コーヒーも紅茶もないんだが、水でいいか？」

若松はカウンターキッチンに入り、こちらに背を向けた。ニット帽をかぶった後頭部に目が行く。やはり、耳の後ろから首の付け根まで、右側だけが痛々しくただれている。

振り向いた若松と目が合った。準平の視線が肌に刺さったかのように、首の後ろをさする。

「そんなに目立つか。自分ではよくわからないんだが」

若松は瓶入りの炭酸水をカウンターに置くと、ためらうことなくニット帽を脱いだ。脱毛がひどいのか、髪は短く刈ってしまっている。その自然な振る舞いのおかげで、準平の口からもすんなり言葉が出た。

「今日も、病院だったんですね」

「四週間の放射線治療が昨日終わったので、今日は診察だけだ。やれやれだよ」

「やっぱり、腫瘍か何かですか」がんという言葉を口にすることはできなかった。

「悪性リンパ腫」若松は今夜の献立でも告げるように言った。「リンパ節にできるがんだ。最初に病気がわかったのは、二年前。海洋考古学に本腰を入れ始めた矢先のことだった。皮肉なタイミングだろう?」

どう答えていいかわからないまま、小さくかぶりを振った。若松がキッチンから出てくる。

「世間に知れたら、また俺のことを思い出して、いい気味だと嗤うだろうな。楽に儲けた金で遊びほうけているから、ばちが当たったんだと」

「そんな、刑務所にまで入ったのに」

「出所してすぐ、元麻布のバーで飲んでいたら、カウンターにいた二人組が俺が近くにいることも知らずにこんなことを言っていた。『若松みたいに、一年半刑務所に入る代わりに何十億か手に入るとしたら、どうする?』と。俺は帰り際にそいつらのところへ行って、金の桁が一桁違うと教えてやった」

笑えるだろうとでも言いたげな若松に、話を戻して問いかける。

「二年前からずっと治療を続けているんですか」

「いや。まだ早期だったのが不幸中の幸いでね。そのときは放射線治療だけで寛解した」

「治ったということですか?」

「がん細胞が、検出されないほど減ったということだよ。そのまま五年間何もなければ、

『治った』と言えるらしいが、そうはいかなかった。夏前から体調がおかしくなってね。先月、再発したことがわかった」

「先月――」

準平のつぶやきに、若松がうなずく。竜串の海を見つめていたときと、同じ目をしていた。

「君と土佐清水で会った翌日に、精密検査の結果が出たんだ。すぐに東京の病院で治療を始めることになった」

「でも、きっと今回も放射線で良くなるんですよね？」そう訊くしかなかった。

「いや」若松がかぶりを振る。「再発した悪性リンパ腫はかなり厄介らしい。放射線はあくまで補助的な治療で、本来は化学療法や造血幹細胞移植を先にやるべきだと言われた」

「じゃあ、これからその治療に入るわけですか」

「化学療法では大量の抗がん剤を投与することになるから、激しい副作用との闘いになる。造血幹細胞移植も過酷な治療で、場合によっては長期入院が必要になるらしい。始めるのは少し待ってくれと主治医に頼んだ。どうしてもやってしまいたいことがあるからと」

「黒田郡ですか」確かめるまでもなかった。いったん息をついたが、すぐに言葉が口をつく。「それはわかりますけど、命には――」

さえぎるように若松が腕を伸ばし、指を二本立てた。

「二十パーセント」

「二十……何の数字ですか」

「俺の五年生存率だそうだ」若松は首をかしげて問いかけてくる。「医者にそう言われたら、君ならどうする。なるべく心残りをなくしておこうとは思わないか？」

言葉を失った準平を見て、若松がわずかに目もとを和らげる。

「もちろん、絶望するにはまだ早い数字だ。これから一ヶ月で調査を終わらせて、また治療に戻る。だからなるべく早く、君たちの装置の試験をやろう」

5

低い堤防のふちに腰かけた準平のパーカーを、ひんやりした海風がはためかせる。午後四時を回り、水平線の上で白くかすんだ空には、うっすらピンクが混ざり始めていた。

クストー号は今、竜串海岸の沖に浮かぶ小島、弁天島の西にいる。ここからは遠くてよく見えないが、場所を移動してきてしばらく経つので、そろそろ潜行に入るだろう。

目の前に広がる粒の粗い砂浜を、汐理がこちらに歩いてくる。コンクリートの階段で堤防に上がり、準平のそばまでやってきた。

「武智さんは？」準平は訊いた。

「照井さんから電話がかかってきて、しゃべってる。組み立て方法の最終確認やって」汐理が一メートルほど離れて座る。「照井さん、心配でしゃあないみたい」

「苦労して完成させたマシンの進水式だもんね。娘の入学式に出られなかったときより悔しいって言ってたよ」

明日、いよいよウミツバメを海に投入することになっている。水槽で試験をしている余裕はなかったので、新しいアンビリカルケーブルがうまく機能するかどうかはまだわからない。

照井は急な仕事が入り、東京を離れられなくなった。ある大学からメンテナンスを請け負っていた観測システムにトラブルが起きたらしい。

汐理がクストー号を見つめて言う。

「瀬島さん、潜ったんかな。そのナントカスーツ着て」

「一回ぐらいは試させてもらったんじゃない。若松さんにしつこく言ってたし」

瀬島は今、クストー号に乗っている。誘ったのは若松だ。明日の準備にいそしむ準平たち三人を置いて、小躍りしながら調査についていった。

「それにしても、頑張るな、若松さん。もうすぐ日が暮れるで」

「うん」それは、準平も感じていたことだった。「やっぱり、あせってるのかもしれない」

「わかるけど、相当体力も落ちてるはずやろ。無茶したら、調査どころやなくなるで」

「そうなったらそうなったで、いいと思ってるのかもしれない」

正面を見て言ったが、汐理がこちらに顔を向けるのがわかった。

「まだ悩んでんの？」

「悩んでるというか——」投げ出していた足を上げ、膝を抱える。「どういう言い方をしても、だめだなと思って。今の若松さんに資金提供を頼んだりしたら、そのつもりはなくても、別の意味が付け加わってしまうっていうか」

「あの世にはお金なんか持っていけませんよ、てか」

「はっきり言うね」苦笑いもうまくできなかった。

「そんなに悩むんやったら、武智さんに任せたら？」

「そういうわけにはいかない。これは僕の仕事だよ」

「だったら、無理やな」

汐理があまりにあっさり言ったので、さすがにむっとした。

「無理って何だよ」

「うまいこと言うのが無理ってこと。あんたの頭の中のモヤモヤも含めて、ぶつけてみるしかないやん。相手の心の中を精一杯想像しながら」

汐理は視線を海に向けて、静かに言い添えた。

「今までだって、そうしてきたやろ」

　昨日空を覆っていたもやを強い風が吹き飛ばし、朝から透き通るような秋晴れとなった。しかも、その風のせいで適度に波がある。ウミツバメの性能を確かめるには絶好の海況だ。

　クストー号がエンジンを止めたのは、竜串海岸から南に四キロの地点。なるべく潮の流れがない海域を船長が選んでくれた。西の方角に、足摺岬がくっきりと見える。

　この船は、準平がこれまで乗ってきた調査船よりずっと小さく、揺れが大きい。出航してから一時間も経っていないのに、胃が不穏な動きをし始めている。舷側の手すりに寄りかかり、大きく深呼吸をした。

「準平ちゃん、吐くなら反対側で吐けよ」隣であぐらをかいた瀬島が、ノートパソコンの画面を見たまま言う。「ゲロがブイにつくだろ」

「吐きませんよ。だいたい、つくわけないでしょ、あんな遠くにあるのに」

　五十メートルほど先の海面に視線を戻す。波間に浮いているのは、小型波浪計測ブイ――瀬島が以前ＭＥＩでもらい受け、サーファー向けビジネスのために修理を施した、あの装置だ。先ほどから、波浪データを瀬島のもとへ送ってきている。

「お、出たぞ！」瀬島が画面をのぞき込み、グラフの横の数値を読み上げる。「有義波高、五十センチ！」

　有義波高とは、波高を一定の時間連続的に測定し、高いほうから三分の一を選んで平均した値のことだ。気象情報でいうところの「波の高さ」も、この有義波高で表されている。

甲板の中央でウミツバメの最終チェックをしていた武智と汐理が、瀬島の大声を聞いてやってきた。若松も操舵室から出てくる。

「水槽でテストしたときの最大波と同じやな」汐理が言った。

「いい波ですか?」若松が訊く。

「リベンジにはぴったりの波だよ」瀬島はにやりと笑った。「さあ、始めようぜ」

「こっちはスタンバイOKだ」武智が動き出す。「若松さん、クレーンの準備をお願いします」

今日乗り組んでいる若松の仲間は、船長の男だけだ。手慣れた動きでクレーンを操作し、ウミツバメを吊り上げた。黄色いフロートの下に、黒光りするフリッパーが金具で固定されている。そのわずかな隙間から、とぐろのように巻かれた新しいアンビリカルケーブルがのぞいた。まずは炭素繊維を編み込んだタイプを試すことになっている。

クレーンが回転し、ウミツバメを左舷側から船の外へ持っていく。フロートとフリッパーを仮留めしている金具からは金属のワイヤーがのびていて、その端を瀬島が握っていた。武智の合図で、ウミツバメがゆっくり海面に下ろされる。

静かに着水した。フロートの舳先はクストー号に対してほぼ九十度の方向を向いている。武智と瀬島が互いに目で合図を交わす。

「行くぞ!」かけ声とともに、瀬島がワイヤーを力強く真上に引いた。

金具がはずれ、フリッパーだけがゆらりと沈む。ワイヤーを使ったこの仕掛けも、照井が考案したものだ。フリッパーは水深五メートルまで沈む前に、見えなくなった。

誰も言葉を発しない。濃紺の海に放たれた黄色いフロートに、じっと視線を注いでいる。細かな波に洗われながら、ただ上下左右に揺れているように見えるウミツバメは、着実に船から離れていく。

「――進んでる」映像ではない実際の動きを目の当たりにして、準平はつぶやいた。

「動くんだな、本当に」若松も口を半開きにしている。

「なんか、水槽のときより頼りなく見える」汐理が心配そうに隣の武智を見上げる。

「海が広いから、そう見えるんだ」武智は励ますように言った。

「速度も遅いみたいやけど」

その間にも、ウミツバメはどんどん遠ざかっていく。

「さて、いよいよお待ちかね、速度計測の時間だぜ」

固まったままの準平の横で、瀬島がノートパソコンを開く。今回のテスト航走のために、無線式のGPS速度計をフロートに載せてあるのだ。

「へい、若大将。ぼちぼちこの船も動かしてよ」瀬島が若松に言った。「あんまりウミツバメに離されると、速度計からの電波が届かなくなる」

どういうわけか、昨日から瀬島は若松のことを「若大将」と呼んでいる。「海が好きだし、『若松』だし」と瀬島は言っていたが、準平にはよくわからなかった。

クストー号はウミツバメのあとについて航行を始めた。進路は東南東。舵を握る船長が、百メートルほどあけた距離を保ちつつ、慎重に船を進める。

あぐらをかいた瀬島を皆で取り囲み、パソコンの画面に注目する。

「時速で表示されるんですね」準平はソフトウェアを見て言った。

「二・七ノットは、ちょうど時速五キロメートルだ」

武智が確認したこの数字は、シミュレーションがはじき出した波高五十センチにおける速度だ。前回の水槽試験では、一・九ノットという結果に終わっている。

瀬島は珍しく緊張した面持ちで手のひらをこすり合わせ、エンターキーを押した。

「五・二、五・一、五・三、五・二――」刻々と変わる値を瀬島が読み上げる。「よっしゃ、五キロ超えてきた！」

「すごいやん！」汐理も声を高くする。「平均時速五・二キロとして、二・八ノットぐらい？」

「上等な速度計ではないから、一割程度は誤差があるかもしれない」武智が冷静に言う。

「低く見積もっても、二・五ノットは出ていることになるか」

そのとき、操舵室のほうで声が響いた。船長が窓から顔を出している。

「いや、二・八ノットぐらい出ちゅうろう」控えめな笑みを浮かべて言う。「船を二・五ノットで走らせると、ちっとずつ離される。三ノットで行くと、間がつまってくるき」

それを聞いて、やっと皆の顔が輝いた。気づけば準平は、手を叩いていた。汐理もそれに続く。武智が口もとだけを緩めたあの顔で、瀬島に右手を差し出した。瀬島は照れ隠しのように鼻にしわをよせ、ぱんと音を立てて握り返す。

「やりましたよ、師匠」瀬島は空いた左の拳を上げ、東の空に向かって言った。

「健気(けなげ)やのう」隣で若松が言った。

「ほんとに」準平も小さく応じる。

大海原をよちよちと進んでいくウミツバメの後ろ姿を、舳先(へさき)から二人で見つめている。

ここから見るウミツバメは、本当に小さな黄色い板きれだ。燃料も電源も持たず、波の力だけを借りて必死に水をかいている。大小の波に絶え間なく翻弄され、水をかくのを止めるとすぐに溺れてしまいそうだ。

「大波で転覆したりはしないのか？」

「フリッパーが錘(おもり)として働いて、フロートを安定させているんです。瀬島さんの話だと、台風が来てもひっくり返らないそうですよ」

「嵐の夜も、雪の日も、ずっと津波を見張っていてくれるわけか。人間たちのために、この広い海に一人ぼっちで」

「なおさら健気ですよね」

「うん。だが――」若松が後ろを見やる。「君たちも、健気じゃないか」

武智と汐理は甲板でもう一本のアンビリカルケーブルの準備を始めていた。瀬島は操舵室の前の壁にもたれて座り込み、ノートパソコンをにらんでいる。

「どういう意味ですか？」

「瀬島さんから聞いたよ。君たちのチームは、ＭＥＩで孤立無援だそうだな」

「もしかしたら、それ以下です」自嘲を浮かべて言った。「そのうち研究室を召し上げられるかもしれません」

「教えてくれないか。よくわからないんだ」

「何をです？」

「理由だよ。津波観測の専門家でもない君たちが、嫌がらせを受けながら、ときに自腹を切ってまで、こんなことをやる理由」

「難しい質問ですね」

「昨日、同じ質問を瀬島さんにもぶつけてみた」若松がこけた頬を緩める。「彼は真面目な顔で、『そう、あいつらちょっとおかしいだろ？　みんな変わり者なんだ』と言っていたよ」

「よく言いますよ、一番の変人が」

瀬島のほうを見て言った。武智と何やら話し込んでいる。

「君たちを誘ったのは武智さんだろう？　彼はなぜこのプロジェクトを始めたんだ？」

「武智さんは、たぶん――」その白く端正な横顔に視線を移す。「科学のために、始めたんだと思います」

「新しい技術を確立したいという意味か？」

「違います」小さく首を振る。「あの人、前にこんなことを言ってたんです。科学は自分の住む大切な世界だ、だからそれを守らなければならないって」

「科学への信頼を取り戻すということか」若松も武智を見つめている。

はずれてはいないが、やはりどこか違う気がした。

「というか――」言葉を探しているうちに、津波で跡形もなくなった南三陸町の景色が浮かんだ。「被災地の人たちが、めちゃくちゃに傷んだ自分たちの町を、捨てることなく守り抜こうとしているのに似ている気がします」

操舵室の前の二人に、汐理が加わった。きれいに巻いたアンビリカルケーブルを両手で重そうに抱えている。

「彼女はどうだ」若松が訊いた。「なぜ参加した？」

「二宮さんは……そうですね――」考えながら答える。「なぜと言われると、正直よくわかりません。ただ、もしかしたら、彼女の意志とはあまり関係がないのかもしれない」

「どういうことだ？」

「彼女は、自分の身に降りかかることを、すべてそのまま受け入れようとしているように、僕には見えるんです。まるで、そうやって自分に罰を与えているみたいに」

「罰？」

「古地震学者として、人々を守れなかった罰です。もちろん、そんなものを彼女が一人で引き受ける必要はないのに」

「ふん」若松は鼻を鳴らし、黄色みがかった目を向けてくる。「じゃあ、君は？」

「僕は――」思わず顔をそむけた。震えそうな声に力を込めて言う。「僕は、このプロジェクトを利用しているだけです。自分が立ち直るために」

「よくわからんが」若松が醒めた笑みを浮かべる。「要はみんな、自分のためか」

「そうですね。そのとおりだと思います」

「てっきり、世のため人のためとでも言うのかと思ったが」

「少なくとも僕はそんな」ゆっくりかぶりを振った。

「いいじゃないか。俺もそういうのは信じない」

若松は正面に向き直り、足摺岬のほうを指差した。

「専門家に一度訊いてみたいことがあったんだ。南海トラフ地震の津波が来たら、ここ土佐清水が一番大きな被害を受けるというのは、本当か？」

いつその話を切り出そうかと思っていたので、驚いた。それを表情に出したまま、答える。

「確かに、そう想定されています。内閣府の試算だと、津波高は最大で三十四メートル。黒潮町と並んで全国で最大です。そんな大津波が真っ先に押し寄せてきて、市街地はほぼ完全に壊滅する可能性が――」

「やっぱりそうか」若松は顔色一つ変えない。「ま、今さら郷土愛もくそもないがな」

「え――？」

肩の力が抜ける。意外なことの連続に、もう笑うしかなかった。

「また予定が狂いました。若松さんといると、こんなことばっかりです」

「何のことだ？」若松が首を回してこちらを見る。

心の中で、何かが吹っ切れた。

「ほんとは、ここでもう一度若松さんに資金提供をお願いするつもりだったんです。土佐清水が一番危ないという話をしたら、生まれ故郷のために考え直してくれるんじゃないかって」

「ああ、それは悪いことをしたな」

「でも、その話を切り出す勇気が、なかなか出ませんでした」

「どうして」

「病気のことを知ってしまったので」

「確かに」血色の悪い若松の顔から、ふっと笑みがこぼれる。「知ったら遺産目当てに近づいてきそうな女が、何人も思い浮かぶよ」

苦笑いを返すのが精一杯の準平に、若松が唐突に訊く。

「君はどこの生まれだ？」

「山口ですけど」

「長州か。長州人は小賢しくて弁が立つというが、君はだいぶ違うな」

若松は体を左に向けた。竜串海岸がある方角だ。

「いいことを思いついた。何年後か何十年後かわからんが、ウミツバメが土佐清水の人々を津波から守ったら、竜串の浜に銅像を建てさせる。どうだ？」

「銅像って、若松さんのですか？」

「ああ。桂浜の龍馬像みたいなやつさ」

まだきょとんとしている準平に、若松が鋭い眼差しを向ける。

「君がこのプロジェクトを利用していると言うのなら、俺も利用させてもらおう。俺がこの世に生きた証を残すために。本当は黒田郡の謎を解いて名を残したいが、それがうまくいかなかったときの保険だ」

「ちょっと待ってください。どういう意味ですか？」

「金はいくら要るんだ」

「システム一式の開発に、五千万だそうですけど……」

「出してやる。一億でも二億でも」

「え——？」

その意味を咀嚼（そしゃく）する間もなく、若松が「そうか」と眉をひそめる。

「銅像なんか建てたって、また百年か二百年すれば、次の大津波が来るな。流されてしまうか」

「――かもしれません」とにかくそれだけ言った。

「ほいたら、またその時代の海洋考古学者が、海の底で俺の銅像を見つけてくれるちや」

若松は海ではなく、空を見てまぶしそうに目を細めた。

「それもまた、ロマンぜよ」

第五章　漁師の論理

1

それからの三ヶ月は、嵐のように過ぎ去った。

瀬島は若松から一億円の出資を受けて会社を設立した。会社登記の手続きも、ウミツバメの特許申請も、若松が知り合いの司法書士と弁理士に依頼してきぱきと済ませてしまった。社名を「瀬島技研」に決めたのも若松だ。これは嫌だ、あれはダサいと悩んでばかりの瀬島に業を煮やし、勝手にその名前で書類を作らせたらしい。瀬島は当初こそ「こんなの昭和の社名じゃん」と文句を言っていたが、今ではすっかり馴染んだようだ。

そこまでしておきながら、若松自身は取締役に名を連ねようとしなかった。お膳立てはもう十分だろうと言い残し、入院生活に入ったのだ。残念ながら、それまでの調査で黒田郡の所在地を突き止めるには至らなかった。

武智のチームは、ＭＥＩの規定にのっとり、受託研究という形で瀬島技研から研究費を受けることになった。要するに、先方が費用を負担する共同研究だ。川元理事らＭＥＩ上層部も、民間企業からのオファーを理由もなく拒絶することはできなかったらしい。

瀬島はウミツバメを完成させることに注力し、準平と汐理はそのサポートについた。まず、フロートにＧＰＳナビゲーションを組み込み、指定された緯度、経度に向かってフリッパーが自律的に舵を切るシステムを実装する。さらには、衛星通信装置を搭載し、津波計データと位置情報をイリジウム衛星を経由して地上まで送れるようにした。

通信会社との契約からＧＰＳデータの補正まで、慣れない仕事に追われているうちに年が明け、準平は正月に山口に帰ることもできなかった。

武智と照井は、ダイナモ津波計とウミツバメの間の音響通信システムを完成させた。津波計の音響トランスデューサーが送信する観測データを、フロートの底の音響モデムで受信する仕組みだ。この技術に関しては二人にノウハウの蓄積があったので、比較的スムーズに進んだ。

一番の難題は、オペレーションソフトウェアの開発だった。研究室のパソコンでウミツバメの位置と観測データをモニタリングし、様々な指示が送れるようなシステムを構築する必要がある。外注先を探していると、入院中の若松がまたもや手を差し伸べてくれた。友人の凄腕システムエンジニアを紹介してくれたのだ。フリーで仕事をしているその男は、たった一ヶ月で、見栄えも使い勝手もよい見事なソフトウェアを組み上げた。

こうしてシステム全体が形になったのが、二月の初め。すぐに土佐清水沖でウミツバメの運用試験を開始した。一定期間、指定した海域に留まっていられるか確かめるのが目的だ。ある地点を中心に半径二百メートルの円周上を航行し続けるようプログラムし、クストー号から海上に投入した。

それから三週間、ウミツバメはその円軌道をほぼ忠実にたどり続けてきた。波がない時間帯には経路を逸れることもあったが、いずれの場合も半日ほどで正しい位置に復帰した。

ウミツバメの動きがおかしい——汐理からそう連絡を受けたのは、今朝早くのことだ。当番の汐理がモニタリングを続けていたところ、夜半から目に見えて失速し始めたという。

研究室に飛び込むなり、パソコンをにらんでいた汐理がうめいた。

「あかん。どんどん遅くなってる」

画面の海図が示すのは、足摺岬から南に百キロメートルの海域だ。過去七十二時間のウミツバメの軌跡が赤い線で描かれている。定点の周りにいびつな円を重ね描きしていたウミツバメは、その軌道から大きく外れ、東のほうへ離れていこうとしていた。

「対水速度は今どれぐらい？」

「一ノットあるかないか」

「ずいぶん落ちたな」昨日まで平均速度は二ノットを超えていたはずだ。「波はあるんだろ？」

「うん。一メートル近くある」

「海流の速度は？」

「一・二ノット」これらは気象庁による解析データだ。

「差し引き〇・二ノットで黒潮に流されてるわけか」

「八時間で三キロほど流されてるから、だいたいそんなもん」

試験海域は、黒潮の南のへりに当たる。流軸（りゅうじく）ほどの勢いはないが、それでも東向きの強い流れを持っている。

「ここまで外れたのは初めてだよね。今回ばかりは戻って来られないか」

「海況の問題やないからな。ウミツバメ自体にトラブルが起きてる可能性が高いと思う」

「武智さんたちには連絡した？」

「した。今日いっぱい様子を見て、あかんかったらクストー号の船長と相談しようって」

「ちょっとのん気過ぎない？」

「GPSで位置が把握できている限りは大丈夫やって言うてた。まあ、今日明日のうちに和歌山まで流されるわけやないしな」

武智、瀬島、照井の三人は今、相模湾に浮かぶ船の上だ。水深一千メートルの相模トラフにダイナモ津波計を沈め、長距離音響通信のテストをおこなっている。ウミツバメに搭載したものと同じ音響モデムを海面に浮かべ、深海から送られてくる津波計データを受け取ることができるか、確認しているのだ。

「どっちにしても」汐理が眠そうにあくびをした。「早く三人に帰ってきてもらわんと、体がもたへん」

「確かに。僕ら二人だけで二十四時間監視を続けるのは、さすがに限界だよな」

「ほんまにもう」汐理が李の机をにらむ。「猫の手も借りたいときやっちゅうのに」

「二、三日前にもメールを打ってみたんだけどね。手が足りないから、数日だけでも手伝ってくれないかって」そう言ってかぶりを振った。

「期待するだけ無駄や、あんな子」汐理は短く息をつく。「ちょっと思いどおりにいかへんかったら途中で投げ出すやなんて、やっぱりただのガキんちょや」

年が明けてから、李はぱったり姿を見せなくなった。いつまでたってもテラ・シミュレータが使えないことに嫌気がさしたのか、あるいは津波に飽きてしまっただけかもしれない。とにかく、誰が電話をかけようが、どんなメールを送ろうが、一切応じようとしないのだ。

「でも、シミュレーションができる人間がチームからいなくなるのはまずいじゃん」

「そんなん、探せば他になんぼでもおるやろ」

「武智さんはまだ李君をあきらめてないみたいだよ。こないだも、彼の指導教員に話を聞きに、わざわざ東都工科大まで行ってたし」

「何かわかったん？」

「大学の研究室にも顔を出してないから、自宅に引きこもってるんじゃないかって」


職員食堂で日替りランチをかきこみ、急ぎ足で研究室まで戻ってくると、作業着姿の若者が扉の前に立っていた。準平に気づいて慌てて帽子を取ると、頭は丸刈りに近い短髪で、顔は高校生のようにあどけない。上着の胸に〈北上通輸〉と刺繡があった。

「配達ですか？」とりあえずそう訊いたが、心当たりはない。

「いえ、すみません、違うんですけど……」若者は遠慮がちに言った。「武智先生のお部屋は、ここでいいんでしょうか？」

「武智先生？」耳慣れない呼び方だ。それに、彼が武智の教え子とも思えない。「研究室はここですが――武智さんは今いないんですよ」

「何時に来られますか？」言葉に東北のアクセントがある。

「あいにく明日まで船に乗っていて――」

「ああ……そうなんですか……」若者は、失望したようにもほっとしたようにも見える、不思議な表情を浮かべた。

「もしかして、武智さんと約束ありました？　電話してみましょうか？」

「いえ、いいんです」後ずさりしながら言った。「たまたま仕事で近くまで来たんで、ちょっと寄ってみただけですから。僕が勝手に」

そのまま逃げるように踵を返した若者が、数歩進んで立ち止まり、振り向いた。

「すみません、一つだけいいですか」上目づかいにおずおずと言った。「武智先生が今、津波の研究をしてるって、ほんとですか？　ＭＥＩのウェブサイトを見ても、武智先生の名前がどこにも載ってないし──」

準平は、戸惑う若者を半ば強引に研究室に招き入れた。柄にもなくそんなことをしたのは、彼が思いつめたような目をしていたからだ。

モニタリングを準平と交替した汐理はいったん帰宅したので、他には誰もいない。若者を手近な椅子に座らせてから、モニターでウミツバメの動きに大きな変化がないことを確認する。その間に少しずつ聞き出したところによれば、若者の名は市川直紀、二十一歳。岩手の運送会社で働いているという。

「神奈川まで来ることは滅多にないんですけど、珍しく横須賀の倉庫に運ぶ荷物があって」市川はとつとつと話した。「そろそろこっちを出なきゃいけないんですけど、気がついたらＭＥＩの前まで来てたっていうか……」

「ここへは来たことあるんだ」

「はい、中高生のときに何度か。一般公開には毎年来てましたし、高校二年の夏休みはサイエンススクールにも」

どちらもＭＥＩの広報アウトリーチ活動だ。調査船の中が見学できる一般公開は大変な人気で、年によっては抽選がおこなわれるほど申し込みが多い。それにしても、毎年参加していたとは相当なＭＥＩファンだ。

サイエンススクールというのは高校生向けの研究体験プログラムだと聞いているが、詳しいことは準平も知らない。

「サイエンススクールって、確か講義を受けたり船に乗ったりするんだよね？」

「そうです」市川のつぶらな瞳が途端に輝いた。「研究者の方々の授業を受けたあと、自分たちで研究テーマを設定して、船に乗ってデータを取って、最後にＭＥＩ主催の研究集会で発表するんです。プロの研究者たちに混ざって」

「すごい、本格的じゃん」

「僕、部活が科学部だったたんで」市川は小鼻をふくらませて言う。「部員たちと参加したんです。めちゃくちゃ楽しかったです」

「武智さんとはそのときに知り合ったの？」

「はい、武智先生が僕らの班を指導してくださったんです」

緊張が解けてきたのか、市川は室内をゆっくり見回した。準平の前のモニターに目を止める。

「それ、津波観測に使うソフトですか？」

「そうだよ」

ウミツバメとダイナモ津波計による津波監視システムについて準平が説明するのを、

市川はときおり的確な質問をはさみながら熱心に聞いた。

「——ほんとだったんだ。あの武智先生が、津波を……」市川は独り言のようにつぶやくと、顔を上げた。「その装置、日本海溝の上にも置きますか？」

「いずれは置きたい。でも、まずは南海トラフの上だね」

「ですよね」市川はいっぱしの専門家のようにうなずく。「リスクの大きさを考えれば、僕もそのほうがいいと思います。地元ではそんなこと絶対言えませんけど」

「市川君、岩手だって言ったよね。岩手のどこ？」ずっと訊きたかったことだ。

「大槌町です」

その名を聞くだけで、息苦しいような気持ちになる。釜石の北にある町だ。

「じゃあ、震災では——」

市川は小さくかぶりを振った。「両親が家ごと流されました」

それは、拍子抜けするほど短く端的な言葉だった。同じ説明を嫌になるほど繰り返しているうちに、もっとも少ない語数で事態を言い表す台詞を見出したに違いない。

「——そう」喉のつまりを感じながら、それだけ言った。

準平もまた、似たような話を数えきれないほど聞いてきた中で、自分にはそれ以上のことが言えないことをよくわかっていた。

「今は仮設に住んでます。じいちゃんと弟と、三人で」

さしたる感情を込めずに言う市川の顔を、あらためて見つめる。

今二十一歳ということは、震災が起きたのは高校二年の終わりということになる。その夏休みにはここＭＥＩで研究者たちに囲まれ、希望に満ちた笑顔を見せていたであろう市川が、今は作業着に身を包み、トラックで荷物を運んでいる。あの地震が彼の進路を大きく揺るがしたであろうことは、想像に難くなかった。

市川は腕時計に目をやり、「やべ」と立ち上がる。

「僕、もう行きます。いろいろ教えてくださって、ありがとうございました」

「残念だったね。武智さんがいたら、喜んだだろうけど」

廊下まで見送ると、市川が恥ずかしそうに言った。

「武智先生が帰ってきたら、伝えていただけますか。僕、頑張ってますって。あきらめてませんからって」

「あと……」市川がわずかに目を伏せる。「あのときのこと、すみませんでしたって」

言いたいことが何となくわかったので、うなずいてみせた。「わかった。伝えるよ」

「あのときのことって？」

「そう言えばわかると思います」

市川はぺこりと頭を下げると、帽子を深くかぶった。つばの下の顔つきが、プロの運転手のものに変わった気がした。

結局、その夜までにウミツバメの速力が回復することはなかった。一ノット前後の対しまった。

水速度は保っていたものの、保持すべき定点からは十キロメートル近く東まで流されて

船上の武智と電話で相談した結果、明朝、クストー号の船長にウミツバメの緊急回収を依頼してみることになった。場合によっては、準平自身も高知へ飛ぶ必要が生じるかもしれない。

夜九時に再びやってきた汐理と交替し、準平は瀬島ハイツに帰った。念のため、二泊分の着替えと洗面用具をバッグにつめ込み、早めにベッドに入った。

その何時間後かはわからない。枕もとに置いたスマートフォンの振動に起こされた。寝ぼけたまま電話に出ると、汐理のかん高いわめき声が響く。

「すごいねん！　すごいスピード！」

「スピードって、何の」かすれた声で言いながら、窓のほうに目をやる。まだ明け方らしく、外は薄暗い。

「ウミツバメに決まっててる！」

「ああ、回復したんだ。よかったじゃん」

「それが全然よくないねん！　八ノットやで！」

「すごいじゃん。八ノットもか——」そこでようやく覚醒した。「八ノット⁉」

あり得ない数字だ。ウミツバメの最高速度は四ノット強とされている。

「GPSデータの異常じゃないの？」

「わからん。でも、それだけちゃうねん。真っすぐ一直線に、陸に向かって進んでる！」

「陸ってどこだよ？」

「ちょっと待って。このまま行くとどこに着くか、画面に物差し当ててみる――」

かちゃかちゃという音のあと、汐理が言った。

「わかった！　高知市のほうや！」

2

宇佐漁港に到着したときには、夜八時を回っていた。

辺りはしんとして、どこも真っ暗だ。高知県内でも有数の漁港だというが、とてもそうは見えない。倉庫や作業場などはまばらにあるものの、どれもひどく古びている。

準平は岸壁に向かってゆっくりトラックを進めていく。左手に三階建ての小さなビルが見えてきた。正面の駐車場に軽トラックや乗用車が数台停まっている。

「あれだな」助手席で武智が言った。

「まだ明かりがついてますね」

宇佐の漁業協同組合――正式には高知県漁業協同組合宇佐統括支所だ。その向こうには魚市場の屋根らしきものが見える。

昨日の早朝、異常な速度で走りだしたウミツバメは、正午になって高知市の西隣、土佐市の宇佐漁港に到達した。出港地の土佐清水からは直線距離で八十キロメートル以上離れている。汐理と手分けして漁港や周辺施設に電話をかけ、情報を集めた。事態を把握するのに夜までかかった。

武智とともにトラックで横須賀を発ったのは、今朝のことだ。長時間の運転で疲れはピークに達している。昨日航海から戻ったばかりの武智はもっと疲れているはずだが、そんな素振りは一切見せない。

建物のそばにトラックを停め、車を降りた。南国とはいえ、まだ二月だ。海に向かって吹く夜風が、冷たく頬を刺していく。ダウンジャケットのファスナーを上げる準平の横で、武智が電話をかけている。相手は尾関（おぜき）という漁師だ。「今着きました」と武智が言うと、短い返事だけで切れてしまった。

準平は座席に置いていた一升瓶を取り、脇に抱えた。手みやげなら、お酒やろな——そう助言してくれたのは汐理だった。古地震の調査で田んぼに穴を開けさせてもらえるよう農家に頼むときも、酒に助けられることが多いのだという。

建物から一人の男が出てきた。がっちりした体に黒いジャンパーを羽織り、ゴム長靴を履いている。髪は明るい茶色に染めているが、短く刈り込んである。準平と同世代に見えた。

尾関は仏頂面でこちらにやってくると、何も言わずに煙草をくわえた。あらためて身分を告げる武智を横目にライターで火をつけて、岸壁のほうへと歩き出す。

「流し網で獲れるんは、カツオ、マナガツオ、サワラあたりの回遊魚や」尾関が前を向いたまま言った。「日が暮れてから網を入れて、明け方に引き揚げるがよ」

「でしたら、もう漁に出ている時間では……」武智が心配そうに言う。

「今夜は出んき」

岸壁に出ると、並んで係留された漁船の中に、ライトが煌々と灯ったままのものがあった。白い船体の側面に〈第七幸進丸〉と書かれている。尾関の船だ。

それに近づいていきながら、尾関が続ける。

「昨日の朝四時ごろや。網を巻き上げようとしたら、何か重いもんが引っかかっちゅう。なんとか引き揚げてみたら、あれよや」

尾関が指差した第七幸進丸の甲板で、黄色い楕円形の板がライトに照らされていた。

準平と武智はそのそばへ駆け寄った。フロートの隣にはフリッパーも横たえられている。

「よかった、両方ある！」思わず声を上げた。

「壊れたりもしていないようだな」武智も安堵の声を漏らす。

「二つをつないじょったゴムのケーブルは切らいてもろうたぜよ」尾関が後ろで言った。

「ええ、それはもちろん。ケーブルは交換すれば済む話ですから」

「船に揚げるのが大変やったきに」

「流し網は船から流すだけやき、深くは沈まん。せいぜい数メートルまでや。海面近くのもんは、根こそぎ引っかけてきゆう」

「ということは、フリッパーが――黒いパーツのほうが引っかかったのかもしれませんね」

尾関は甲板に飛び乗った。準平たちもあとに続く。

「この黄色いほうは、サーフボードに見えるろう？」尾関がフロートを見下ろして言う。「新しいマリンスポーツか何か知らんが、オモチャの類いやろうと思うたちや。このシールに気づかんかったら、捨ててしまうところやったき」

尾関が指差したのは、フロートの尾部に貼られたステッカーだ。ＭＥＩのロゴマークの下に〈海洋地球総合研究所〉と印字されている。

「よかった、貼っておいて」それは投入直前に準平が思いつき、慌てて貼ったものだった。

目を細めてうなずいていた武智が、「あれ？」と眉根を寄せた。甲板にひざをつき、フロートの裏側をのぞき込む。

「手を貸してくれ、底に何かついてる」フロートの両端を抱えて、裏返しにする。

「何だこれ……」たまらず低くうめいた。

フロートの尾部を中心に、得体の知れない突起物がびっしりへばりついている。個々の大きさは数センチ。先の尖った白っぽい物体だ。

「エボシガイぜよ」何を驚いているのかわからないという顔で、尾関が言った。

「エボシガイ？　貝か！」

「貝じゃない」武智がかぶりを振る。「フジツボなどと同じで、甲殻類だ。船の底や漂流物に集団で付着する性質がある」

「ということは、これが――」

「速度低下の原因だろうな」

要するに、何らかの理由でエボシガイの付着が一気に進行し、フロートに対する水の抵抗力が急増したというわけだ。武智によれば、この厄介な生物は世界中の海に生息しているという。

ウミツバメを船から下ろすために、尾関が甲板の漁具をわきにどけ始めた。それに手を貸しながら、武智が訊ねる。

「そう言えば、船のほうは大丈夫だったのでしょうか」

「船は何ともないが、網がねゃ」尾関は手を止めずに言った。

「破れたんですか？　もしかして、今夜の漁もそのせいで――」

「網は破れるもんやき」

「重ね重ね、本当に申し訳ありません。網は弁償させていただきますので――」

「破れるもんやと言うちゅうろうが」尾関がいらついた声を出す。「繕うがも仕事のうちや」

頭を下げたままの武智には目もくれず、尾関は「ただのう」と息をついた。

「親父が怒っちゅう」

尾関は父子で漁に出ている。第七幸進丸の船長は父親だそうだ。

「お父さんにもひと言お詫びを申し上げたいのですが」武智が言った。

「一杯やって、もう寝えちゅうき」

その言葉に、準平は一升瓶を持ったままだったことを思い出した。おずおずと尾関の前に進み出て、両手で差し出す。

「これ、よかったらお二人でどうぞ。僕の地元では人気の銘柄で、父もよく飲んでます」

尾関は裏のラベルに目をやり、「山口か」とつぶやいた。

三人がかりでフロートとフリッパーを岸壁に上げ、トラックの荷台に載せた。その上にビニールシートをかけている横で、尾関がまた煙草に火をつける。

「こんなもんで、ほんまに津波が見張れるかや」荷台に向けて紫煙を吐いた。

「正確には、ダイナモ津波計という装置とセットで見張ります」

武智がそのシステムを簡単に説明する間、尾関はずっと煙たそうに顔をしかめていた。

「その津波計いうんは、海の底にあるがやろう」煙草を足もとに捨てて言う。「曳き網や刺し網に引っかからんがかえ」

「それは大丈夫だと思います。設置するのは、水深数千メートルの深海底ですから」

「――ほうかよ」尾関はしかめ面のまま、吸い殻を踏みつけた。

運用試験は中止し、このままウミツバメを積んで横須賀へ帰ることになった。アンビリカルケーブルを交換する必要があるし、エボシガイ対策も講じなければならない。

だが、引き続き九時間のドライブはさすがに厳しい。ひとまず高知自動車道に乗り、最初のサービスエリアに入った。レストランで遅い夕食を済ませたあと、トラックに戻って仮眠をとることにした。

運転席のシートに体を預け、武智が缶コーヒーをすする。

「尾関さんのお父さんにも、いつかきちんと謝罪しないとな」

「ですね。漁協の有力者みたいですから」

「そうなのか？」

「宇佐の支所長をやっていたこともあるそうですよ。昨日、漁協の人から聞きました」

この時間になると、サービスエリアに出入りするのは長距離トラックばかりだ。遠くで唸るエンジン音とともに、サイドミラーをヘッドライトの光が断続的に流れていく。はるか前方の自動販売機の明かりに、ポケットの小銭を数える若いトラック運転手が照らされていた。

その様子に、ふとあの若者の姿が重なる。今回のトラブルのせいで、彼のことはまだ武智に伝えられていない。

「一昨日のことなんですけど」武智の横顔に言った。「市川という人が研究室を訪ねてきたんです」

「市川？　市川直紀か？」武智が体を起こし、こちらに身をよじる。

「そうです」

彼とのやり取りを話して聞かせ、最後に付け加えた。

「僕は頑張ってます、あきらめてませんから――と武智さんに伝えてほしいと」

「そうか」武智は正面に向き直った。

「それから――あのときのこと、すみませんでした――と」

武智は今度は何も答えなかった。

「彼と、何かあったんですか？」

「いや」武智が短く否定する。「ただ私が、小森さんと同じようにはできなかった、というだけのことさ」

「どういう意味です？」答えてくれない気がして、問いを重ねる。「もしかして、武智さんが高校生のときの話ですか」

武智がこちらに目を向けた。なぜ知っていると言いたげに、眉を上げている。

「小森先生と、少しだけそんな話をしたことがあって」

武智は缶コーヒーを飲み干すと、それを手のひらで転がしながら語り始めた。

「高校に入学して最初の担任が、地学の教師でね。東都大の地球物理を出た、博識な人だった。本人は、研究者くずれのでもしか教師だ、とよく言っていたが」

「でもしか教師？」

「教師でもやるか、教師しか仕事がない。そんな教師不足の時代があったんだよ」武智は懐かしそうに微笑む。「とにかく、その教師の教科書そっちのけの授業がめっぽう面白かった。何週間もかけてバイン・マシューズ理論の原著論文を読まされたりしてな」

「一九六三年のですか。確かにあれなら高校生にも理解できるし、よくできた推理小説みたいに興奮しますもんね」

それは、バインとマシューズという二人の研究者が海洋底拡大説を見事に論証した有名な論文で、プレートテクトニクスの大きな礎の一つとなった。

「私はあっという間に地球物理学という学問に魅せられた。もっと話を聞きたくて、地学準備室に入り浸った」

「武智さん、もしかして部活は地学部ですか？」

「いや、うちの高校には地学部も科学部もなかった」武智は弓を引くしぐさをした。「これだよ。途中で辞めてしまったが」

「ああ、弓道部」言われてみれば、白い道着と紺の袴がよく似合いそうな気がする。

「将来は東都大で地球物理をやりたいと言うと、大学時代の同期だという地震研の助教授を紹介してくれた。それが小森さんだ」

「なるほど、だから高校生のときから知り合いなんですね」

「私は今度は地震研に入り浸るようになった。小森さんの口利きで、学生の巡検や観測に連れていってもらったりもした。今ならそんなこと、とても許されないだろうが」

「ひとり地学部ですね。しかも部室が地震研なんて、贅沢」

武智は小さく声をたてて笑い、すぐ真顔に戻った。

「母が倒れたのは、高校二年の冬だった。家のこととアルバイトに追われて、地震研に顔を出す暇はなくなった。それなのに、二、三ヶ月に一度、思い出したように小森さんから電話がかかってくるんだ」武智が小森の口調を真似る。「『そう言えば――』『あれ、どうなった?』――でしょ?」

武智が目を細める。「実は今もわからない。『あれ』が具体的に何を指していたのか」

「武智さんのこと、丸ごと全部ですよ」

武智は小さくうなずくと、手の中の空き缶に目を落とした。

「三年生になったとき、大学進学をあきらめる決心をした。私の妹は子供のころから絵ばかり描いていてね。都のコンクールで賞をとったこともある。将来は美大で絵やデザインの勉強がしたいと言っていた。自分が就職すれば、その夢を叶えてやれると思った。私はそれを、小森さんに伝えた」

「小森先生は、何て――?」

「一字一句覚えているよ。あの人は、私がデータを見せたときのような口ぶりで、こう言った。『なるほど。自分にできることを、ちゃんと数えたようだな』」

「え?」意外な言葉だった。

「続きがあるんだ。『だけど、やれることは、ちゃんと数えてみたのかい？』」

「それは、どういう……」

「私もそのときは意味がわからなかった。すると何日か経って、小森さんから段ボール箱が送られてきた。ずっしり重くてね。開けてみると、大量の受験参考書と書類の束が入っていた。参考書は、彼が東都大の学生からかき集めてくれたお古。書類の束は、ありとあらゆる奨学制度の資料だった」

「――そういうことだったんですか」

「私はそれからずっと、できることではなく、やれることを数え続けている」

小森は準平に、武智は何もあきらめない道を選んだ、と言った。だが、その道の入り口を照らしたのは、小森だったのだ。

武智もまた、暗闇に放り出された市川のために、明かりを灯そうとしたということか――。

「市川君も、本当は地球科学の研究者になりたかったんですね」準平は言った。

「ああ。でも意外と気が多いやつでね。私のところへ来るたびに、違うことを言うんだ。深海潜水艇に乗りたいとか、マントルの掘削をやるんだとか、海底地球物理観測に興味があるとか。震災直後は、地震予知に挑戦したいと言っていた」

「あんな目に遭ったんです。当然かもしれない」

「だが直紀は、両親と家を突然失って、私とは比べ物にならないほど厳しい状況に陥っていた。おじいさんは足が悪くて働けない。弟は当時小学生だった。残された三人の生活が、彼の肩にのしかかった」

「まだ十七だったのに――」今でさえあどけないその顔を思い出すと、胸がつまった。

「当人は、もう十七だと思ってしまうものさ」武智が肩をすくめる。「夏になると、直紀がメールに返事を寄越さなくなった。さすがに心配になってね。たまたま被災地を訪ねる機会があったので、大槌まで会いに行った。やっと仮設に入れたというのに、疲れ切った顔をしていたよ。あの天真爛漫だった直紀が」

「避難所で五ヶ月も過ごせば、誰だってそうなります」現地で見聞きしたことを思い出し、唇を噛んだ。

「私は直紀に自分の経験を話して聞かせた。彼は少しやる気を取り戻し、受験勉強を再開した。そんなとき、直紀の伯父――亡くなったお母さんの義理の兄にあたる人が、学費を出してもいいと言ってきた。釜石で水産加工会社を経営している人物で、直紀と同い年の息子さんを津波で亡くしたそうだ」

「もしかしたら、その子のために用意していた学費だったのかもしれませんね」

「工場も津波で流されたというから、その人物も何重もの意味で被災者だ」

「でも、だったらなんで――」彼は進学しなかったのか。

「伯父さんに希望の進路を訊かれた直紀は、東都大の理学部に入って地震学をやりたいと答えた。伯父さんは激怒して、それだけは絶対に許さないと言ったらしい」

「そんな……」

「地元の大学で、もっと社会の役に立つ勉強をする。それが学費を出す条件だと」

伯父の心にあったのはおそらく、科学というものに対する拭いようのない不信だ。地震学者たちに対する抑えようのない怒りだ。準平には、その言い分を理不尽なものだと切り捨てることができなかった。

「冬にさしかかるころ、直紀は就職が決まったと報告してきた。私は彼に言った。あきらめるなと。やれることはまだあると。そうしたら、直紀に言われたよ」

窓の外を見つめる武智の瞳に、サービスエリアを出ていくトラックのヘッドライトが映る。

「『僕は武智先生とは違うんです。いくら勉強したって、東都大に入れるかどうかわからない。もし入れたとしても、奨学生になんてとてもなれない。みんながみんな、武智先生と同じことができるとは限らないんです。そんな簡単なこともわからないんですか』――となし

準平は何も言えなかった、市川の気持ちが痛いほどわかったからだ。

「直紀と言葉をかわしたのは、それが最後だ」

市川が働きながら学費を貯めているのかどうか、はっきりしたことはわからない。ただ彼は、武智が灯し続ける明かりを見失わないようにしながら生きているのだと思った。そう口にしかけたが、やはり余計なことのような気がして、止めた。

そんなことは武智にもわかっているはずだ。その証拠に、今は口もとだけを緩めたあの表情を浮かべている。

「そうか。あいつ、元気そうだったか」

武智はそうつぶやくと、静かに目を閉じた。

3

深呼吸をしてみたが、嫌な動悸はおさまりそうにない。準平は下腹に力を入れて、地震研究所本館の自動ドアをくぐった。

足を踏み入れるのは、退職して以来のことだ。当時と何一つ変わらない玄関ホールの様子を見ても、懐かしいとは思わなかった。

階段へ向かうと、上から声が聞こえた。数人で談笑しながら下りてくる。どこかに隠れたくなったが、そうもいかない。現れたのは、見たことのない学生たちだった。

顔をふせて彼らをやり過ごし、足早に三階まで上がる。今年度から准教授になった谷のオフィスは、場所が変わっていた。ノックして中に入ると、谷があせって言った。

「やばいだろ、早く閉めろ」廊下のほうを指差し、声をひそめる。「さっきまでその辺に天木さんがいたんだ。こんなところを見られたら、俺がやばい」

「すぐ出ていきますから」準平も声を低くした。「でも、どういうことなんですか？

あいつ、ここで何をしてるんです？」

「何って、D論の研究だろ？　津波のシミュレーションだろうが」

地震研究所で李を見かけた——照井からそんな電話があったのは、昨夜のことだ。装置の修理を依頼されてある研究室を訪ねた際、廊下でその後ろ姿を見たという。金髪にヘッドフォン、おまけに大きな黒いリュックとくりゃあ、見間違いようがねえ——照井はそう言っていた。

「ですから、どういう経緯で？」

「んなこと、本人に訊けよ」谷がうんざりしたように言う。「とにかく、あの金髪君は今、うちの津波グループの預かりだ。彼、秋の地震学会で津波屋たちにケンカ売りまくったんだろ？　そこで津波グループの准教授に見初められたらしい。面白いやつがいるって」

その准教授のことならよく知っている。天木の腰巾着のような男だ。準平がここで広報を担当していた頃は、ずいぶん嫌味を言われた。

「うちの津波グループは今、海底ケーブル地震・津波観測網を使ったリアルタイム津波予測の研究を始めている。もちろん、天木さんの指示でだ。金髪君もそれに加わったんだよ。彼、惑星業界では有名人らしいじゃん。変わり者だけど、頭は切れるって」

本人に訊けと言っておきながら、谷はしゃべるのを止めない。知っていることはすべて吐き出さないと気がすまない質なのだ。

「それにしても、金髪君が武智さんのところに出入りしてたとはねえ。誘った准教授も知らなかったんだろうな。知ってたら、とても声なんかかけられないよ」

それは違う——準平は確信していた。その准教授はそれをよくわかった上で、李をグループに引き入れたのだ。もちろん、天木に命じられて。

「それにしても、お前たち、最近動きが派手だな。あちこちで噂を聞くぞ。いい加減、津波屋たちにも仁義を通しとかないと、やばいぜ？　天木さんのほうはもう手遅れだろうけどな。最近は、武智のたの字も口に——」

「李君の部屋はどこですか？」さえぎって訊いた。

「四階の客員研究員室」

谷のオフィスを飛び出して、階段を駆け上がった。

その部屋のドアを叩いてみるが、返事はない。明かりがついていたので、扉を開けた。がらんとした部屋の一番奥に、李がこちらに背を向けて座っていた。ノートパソコンにコードを打ち込んでいる。

後ろから肩を叩くと、ようやく振り向いた。さして驚きもせずヘッドフォンをはずす。

「久しぶり」準平は言った。

「何すか」

「メールの返事ぐらい寄越しなよ。武智さんだって心配してるんだからさ」

李はシッと口の端をゆがめ、再びキーボードを叩き始める。

「なんでこんなとこにいるんだよ」なるべく穏やかに訊いた。

「『極光』を使わせてくれるって言うから」

「『極光』って、東陽マイクロシステムズの？」現在、世界三位にランキングされているスーパーコンピューターだ。

「ここの津波グループが、東陽マイクロシステムズと共同で、『極光』を使った津波予測システムをつくろうとしてる。大規模流体計算ならテラ・シミュレータのほうが速いけど、まあ、日本じゃ『極光』がその次だろうし、しょーがねーかなって」

「うちのチームは抜けるってこと？　約束が違うだろ」

「約束を守らなかったのは、そっちが先じゃん」

「武智さんだって精一杯のことをやってる。高知から帰ってきたばかりなのに、今日もまた――」

「あのさ」李がくるりと椅子を回した。「何か勘違いしてない？　ウミツバメだか何だか知んねーけど、そんなのはどうでもいい。俺がやりたいのは、津波との勝負だ。シミュレーションを走らせるためのパラメータを与えてくれるなら、津波計は何だっていいわけ」

「ゲームをしてるってわけか」

「あんたらは、そうじゃないっての？」李は嘲るように言うと、またパソコンに向かった。「てか、武智さんもよく言ってたじゃん。目的のためには手段を選ぶなって」

「僕たちとは、目的からして違うってことだね」準平は小さく息をつき、言った。「わかった。武智さんにそう伝えておく」

李は何も答えずに、ヘッドフォンをつけた。

部屋を出て、足取りも重く階段を下りる。君は天木さんに利用されているのだ――李にそう伝えなくてよかったのか、自問していた。だが、李のことだ。伝えたところで、だったらそれを逆に利用してやるよ、ぐらいのことは言うだろう。今回ばかりは、説得の材料が何一つ思い浮かばなかった。

一階へ着き、玄関ホールに向かおうとすると、すぐ左手にある会議室の扉が開いた。書類を抱えた事務長に続いて出てきたのは、天木だった。

目が合っただけで、胃がぎゅっと締めつけられる。だが、気持ちがささくれ立っていたせいか、逃げずに足を止めることができた。何を言われようが構わないと思った。

「ご無沙汰しています」声が震えないよう力を込める。

「今日も武智君の使い走りか」天木の低いしわがれ声が廊下に響く。

「いえ、ちょっと李君に話がありまして」あえてはっきり言った。

「あまりうちの連中の手を煩(わずら)わせんでくれよ」天木が白い前髪を横に撫でつける。「うちだけじゃなく、最近はあちこちに迷惑をかけているようだな」

天木はおそらく、武智が船や実験水槽、テラ・シミュレータなどを求めて関係各所にしつこく掛け合っていたことを指して言っているのだ。

「そんなにご迷惑だったのでしょうか」

「皆それぞれの仕事に忙しいんだ。遊びに付き合わせるのはほどほどにしておいたほうがいい。それに、君たちだけで遊ぶのは構わんが、遊びにもルールぐらいはあるだろう」

「ルール？」

「業界内にルールを破る人間がいると、我々全体がそうだと世間に思われる」

「僕たちが何か違反をしたとおっしゃるんですか？」

天木はたるんだ下まぶたにしわを寄せ、冷淡に言った。

「今さら和を乱すなとは言わん。だが、最低限のことも守れないのなら、学問の場を出ていきたまえ。君たちの存在は、サイエンスにとって不利益だ」

電車に揺られている間、天木の言葉がずっと頭の中を巡っていた。

思い当たることといえば、ウミツバメが流し網に引っかかった件ぐらいしかない。研究の過程で一般市民に損害を与えたことが、ルール違反だというのだろうか。だとしたら、天木はなぜそのことを知っているのだろう。あのトラブルが起きたのは、たった四日前のことなのだ。

ＭＥＩに戻り、研究室のドアを開けると、汐理がはじけるように立ち上がった。

「あ、帰ってきた！」手にスマートフォンを握っている。「今あんたに電話しようとしててん。すぐあのおばはんの――川元理事の部屋に来いって、武智さんが」

「川元理事？　なんで？」

「わからん。なんか深刻な話みたい。武智さんが先に行ってる。あんたも呼ばれてるんやって」

荷物も置かずに理事室へと急いだ。胸の鼓動がやけに激しいのは、走っているからだけではない。川元と言葉を交わす天木の姿が頭にちらついていた。

「失礼します」と声をかけ、理事室のドアを開ける。

武智がこちらに背を向けて立っていた。その奥にいる川元は、革張りの椅子に座り、執務机の書類に目を落としている。

「お呼びだと聞きましたが」武智の隣まで進んだ。息を整えようとして、充満する香水の匂いにむせ返りそうになる。

「あなたからも事情を聞く必要がありますから」顔を上げた川元は、口角の下がった唇をほとんど動かさずに言った。

「事情と言いますと――」冷たい汗が背中をつたう。

「ウミツバメが第七幸進丸の流し網に引っかかった件だ」武智が言った。「宇佐漁港の――」

「わたしから説明します」川元がぴしゃりと言って、書類を手に取る。「今朝、高知県漁業協同組合から、代表理事組合長名で、抗議文書が届きました。宇佐漁港の支所長から本部の組合長に強く要請があったようです」

　尾関の父親が支所長にはたらきかけたに違いない――準平は直感した。日本酒一本で収まるような怒りでは到底なかったということか。

「網を破損させてしまったことへの抗議でしょうか」準平は言った。

「違います。あの海域で洋上観測器の運用試験をおこなうという連絡を事前に受けていなかった、という抗議です」

「え？　でも――」

「今回の運用試験に際して、許可申請や届け出をおこなったのはあなたただそうですね。届けはどこに出しましたか？」

　川元の言うとおり、そうした事務手続きはすべて準平に任されていた。

「第五管区海上保安本部と、高知県漁協の清水統括支所です」清水統括支所は、土佐清水一帯の漁港を取りまとめている。

「私がそう指示したんです」武智が横で言った。

「わたしは彼に質問しているのです」川元はたるんだあごの先を準平に向けた。「清水統括支所へは、文書で提出したのですか？」

「はい、試験の概要を書いた資料にウミツバメの写真を貼付して。文書を送ったあと、確認の電話もしました」

「高知県漁協の本部には、何も送っていないのですね？」

「送っていません。ですが、清水支所に電話をかけたとき、担当のかたが『本部にも資料をファックスしておくから』とおっしゃったので——」

「私がそれでいいだろうと言ったんです」また武智が口をはさんだ。

川元が書類を手で叩いた。

「本部に何も届いていないから、こういう抗議文書が来る。違いますか？」

黙り込む準平を見据え、早口でたたみかける。

「本部に何も届いていないから、各支所に連絡が行き渡らない。離れた漁港の漁船に損害を与えるようなことが起こる。すべてあなたが連絡と確認を怠ったからです」

確認を怠ったことは事実だ。言い訳の余地はない。「——申し訳ありません」

「だいたい、もし観測器が漂流すれば、土佐清水以外の海域の漁業にも影響を与える可能性があることぐらい、少し考えればわかることでしょう？」

「私の認識が甘かったのです」武智も頭を下げる。「私の責任です。申し訳ございません」

「こういうことが起きるたびに、社会のMEIに対する評価が、ひいては地震学を含めた地球科学全体の評価が下がるのです。地球科学研究者などという存在は、役に立たないばかりか、世間知らずで社会のルールも守れない、と。あなた方は、先の震災で完全に国民の信頼を失って以来、何一つ挽回していないのですよ？」

川元の淀みない叱責を聞きながら、誰より彼女自身がそう考えているに違いないと思った。

「先ほど、理事の間で話し合いを持ちました。先方には理事長名で謝罪文を送ります」

武智と準平を交互に見て続ける。「ある理事から、そもそも簡単に漂流するような未熟な装置を海上に浮かべたことに問題がある、という意見が出ました」

その先を察して、武智が口を開く。「それにつきましては、すでに漂流の原因も特定できています。適切な対策を取りさえすれば、何も問題は――」

「その判断は、わたくしと研究担当理事がいたします。まずは、今回の事故のレポートを提出してください。我々が判断を下すまで、研究活動はすべて停止です」

「そんな……」

思わず漏らした準平に冷たい一瞥を投げ、川元が言った。

「あなた方のプロジェクトは、瀬島技研とかいう会社からの受託研究ですね？　場合によっては、許可の取り消しもあり得ると考えておいてください」

4

午後になって急に気温が下がり始めた。山手から瀬島ハイツに吹き下ろす北風も厳しさを増している。三月に入ったというのに、南岸低気圧のせいで今夜は湘南地方も雪になるかもしれないという。

「うー、さみ」瀬島が首をすくめ、刷毛を握った手に息をはきかける。

準平はその様子を見て初めて、自分の手がひどくかじかんでいることに気づいた。だが不思議なことに、痛みは感じない。心だけでなく、皮膚の感覚まで鈍くなっているらしい。手を止めることなく、フロートの底面に刷毛を滑らせる。

「なんでこんな日に吹きっさらしでペンキ塗りなんだよ」瀬島は大声で文句を言い続ける。「もう手が凍えた。指が動かない。やっぱり中でやろうよ」

路上の瀬島に向かって、「海燕」——今はもう「瀬島技研」だが——の中から汐理が言う。

「あかんよ。その塗料、めっちゃシンナーくさいもん」ガラス扉は開け放ったまま、机でノートパソコンに向かっている。「だいたい、真冬の海で毎日サーフィンしてた男が、何を情けない声出してんねん」

「俺の場合、サーフィンとペンキ塗りじゃ、体感温度が違うの。たぶん自律神経の関係で」

「アホなこと言うてんと、手を動かす。さっさとやらんと、雪が降り出すで」

「じゃあ、しおりんも手伝ってよ」

「手伝いたいのはやまやまやけど、刷毛が二本しかないもん」

そんな二人のやり取りに、口をはさむ気も起きなかった。むっつり黙り込んだまま、フィンに朱色の液体を塗っていく。

　これは、船底防汚塗料——船の底に貝や海藻が付着するのを防ぐ特殊な塗料だ。塗膜が海水に触れると化学反応を起こし、防汚成分が少しずつ溶け出していく。へばりつこうとした生物が滑って落ちるというわけだ。エボシガイ対策に、国内の塗料メーカーが開発したばかりの新製品を試してみることになった。摩擦抵抗が小さく、長期間の連続航行にも耐えられるという触れ込みだが、ウミツバメにどれだけ有効かはまだわからない。

　ＭＥＩで何もできへんのなら、瀬島ハイツでやればええやん——そう言い出したのは、汐理だ。半ば放心状態だった準平の尻を叩くようにして、仕事を再開させた。

　とりあえずこうして体は動かしているものの、気持ちまで前向きになったわけではない。あのとき確認の電話を一本入れていれば——と自分のミスを毎日幾度となく悔やみ、仲間たちへの申し訳なさに押しつぶされそうになっている。

　その後三十分ほどで一回目の塗装を終えた。まだシンナー臭が強いので、ガレージの中で乾燥させることにした。換気のために、がらくたの山に隠れた窓を開けようと苦戦している瀬島を置いて、先に店に戻った。

「お疲れさま」汐理が顔を上げて言う。「乾いたら重ね塗りするんやろ？」

「——うん」

「明日までに乾くとええけどな」

「——うん」

「もう！」汐理が机を叩いた。「ええ加減にしてくれる？　いつまでも辛気くさい顔して。今回のことが全部あんたのせいやなんて、誰も思てへんわ！」

「——うん」

汐理はため息をつく。「そんなに自分が悪いと思うんやったら、高知まで出向いて土下座でも何でもしてきたらええやん」

「でも……」

準平がわずかに口をとがらせたのを、汐理は見逃さなかった。

「あんた、もしかして」眉をひそめて言う。「これは高知の人たちのためになることやのにって、心のどこかで思てない？　なんでそこまで目くじら立てられなあかんのかって」

図星だった。どん底まで落ち込んだ挙げ句、胸の底に顔をのぞかせたのは、彼らに対する反感にも似た感情だ。黙り込んだ準平に、汐理が続ける。

「うちらにはうちらの論理があって、漁師には漁師の論理がある。海は漁師さんの聖域、田んぼはお百姓さんの聖域や。うちらがずっと科学のことを考えて生きてきたのと同じように、彼らはずっと海や田んぼのことを考えて生きてきた。だから、古地震の調査で田んぼに入るときも、まずはこっちが頭を下げるねんで。うちらの論理なんか、あと回しや」

「——わかるけど」年下の汐理に説教された上、ふてくされた顔でそんなことしか言えない自分が、心底情けなかった。

「そうだぞ、準平ちゃん」瀬島が両手をこすりながら入ってくる。「俺だってこのプロジェクトをとっとと終わらせて、おもにサーフィンのことを考えて生きていきたいんだ。自分が悪いとわかったのなら、罰としてみんなに熱いコーヒーを淹れてこい」

軽口に付き合うのも面倒で、おとなしく奥で湯を沸かし始めた。

川元から呼び出しを受けたあと、武智は高知県漁協本部の組合長と宇佐漁港の支所長に電話をかけ、謝罪した。そのときの話によれば、抗議の声の中心はやはり尾関の父親なのだという。準平とて、尾関の父親にあらためて詫びに行こうと考えなかったわけではない。だが準平はおろか、武智がそれを申し出ても、父親は頑として応じてくれないのだ。

マグカップを三つ持って戻ると、瀬島が汐理のノートパソコンをのぞき込んでいた。

「しおりんは、さっきから熱心に何を見てるわけ?」

「明神新島の最新データ」汐理は画面から目を離さずに答える。「総合観測班が先月やった、海底地形観測の」

「ああ、MEIの無人探査機やら海保の無人調査艇やら、いろいろ駆り出したやつか」

「来週、火山噴火予知連絡会に観測結果の報告が上がるらしいねんけど、一足先に送ってもらった。総合観測班に大学の先輩がおってな」

準平も瀬島の肩越しに目をやった。明神新島とその周辺海域の地形図が、カラーで立体的に描かれている。海底の地形は、無人機に搭載されたマルチビーム音響測深装置によって測量されたものだ。

現在、新島の直径はおよそ三キロメートル。面積は八平方キロメートルを超えた。島を形作っている溶岩などの噴出物は、海面上の体積だけで二・八億立方メートルに達している。この噴出量は、桜島の大正大噴火に次いで、過去百年間で二番目の規模だという。

その一方で、海面下に噴出した溶岩の様相についてはこれまでほとんど情報がなかった。火山活動の全容を知るためには、海底地形の変化を詳細に調べる必要があるということで、今回の観測が実施された。

マグカップを受け取った瀬島が、ひと口すすって汐理に言う。

「でもこの海底地形図、島の南側しかないじゃん」

「北側のデータは、まだまとめてる途中やねんて。そっちが大事やのに」

「なんで大事なの？」

「――うん」汐理がやや間を置いて答える。「ちょっと気になることがあってな」

「そう言えば、ここんとこ噴火してないらしいね」

「でも、マグマの移動にともなう地震活動はむしろ活発になってる。逆に心配や」

「火山性地震で津波なんか起きんの？」

「普通は起きへん。地震の規模が小さいから」

二人の話を聞き流しながらコーヒーを飲み干すと、準平は上着を取って出入り口に向かった。

「どこ行くん？」汐理が訊く。

「照井さんのところ。フリッパーの舵、修理できたって言ってたから、取ってくる」

「今から新宿まで？　わざわざ行かんでも、送ってもらえばええやん」

「いいんだよ。ちょっと寄りたいところもあるし」

それだけ言い残して、外へ出る。今はなぜだか、都心で人ごみに紛れたい気分だった。


照井の工場で部品を受け取ると、その足で四谷にある大学病院に向かった。西病棟を最上階まで上がり、病室が並ぶ廊下を進む。つきあたりの自動ドアをくぐると、内装が木目調に一変する。この先には特別個室しかないのだ。どの部屋も一泊十五万円は下らないという。

高級ホテルのスイートルームのような病室で、若松はベッドに体を起こしていた。大きなマスクで顔の下半分を覆っている。

「降り出したな」窓に目をやった若松が、マスクの下からくぐもった声を出す。もう外は真っ暗だが、風に舞う雪が屋上のライトに照らされて、黄色く光って見える。

「ええ、もううっすら積もってます」

「こんなところに寄っていていいのか。早く帰らないと、電車が止まったりしたら面倒だぞ」

「そうなったら、ネットカフェにでも泊まりますよ」投げやりに言った。

「看護師に頼んでやるから、ここに泊まっていけばいい」

若松は応接セットのほうへあごをしゃくった。七、八人は座れる革張りソファと瀟洒なテーブルが置かれている。壁の大きなテレビには、音声を消した状態でＮＨＫが映っていた。

「どうですか、調子は」準平は訊いた。

「まあ、一進一退というところだな」若松はビジネスの話でもするように言った。「血液の数値がなかなか安定しない」

若松は、抗がん剤の大量投与に続いて、造血幹細胞移植を受けた。正常な血液を作ることができるようにするための治療だという。無菌室を出ることができたのは、三週間ほど前のことだ。準平にとっては、これが移植後二度目の訪問になる。

「どうやら当分ここから出られそうにない。主治医からも、気長にやりましょうと言われたよ」

「そうですよ。黒田郡はどこへも逃げないんですから」

なるべく軽い調子で言ったが、心には不穏なものが広がった。前回ここへ来たときは、順調にいけば三月初めにも退院できるかもしれないと言っていたのだ。

テレビに目を向けた若松が、「おっ」と上体を乗り出した。見れば、明神新島の空撮映像が映っている。夜七時のニュースだ。〈気象庁・海上保安庁　立ち入り禁止区域を半径六キロメートル以内から十キロメートル以内に拡大〉とテロップが出る。

若松が手もとのリモコンでボリュームを上げた。画面が切り替わり、男性アナウンサーが原稿を読み上げる。

〈――これは、現在海上に現れている新島だけでなく、周辺の海底での火山活動も警戒しての措置ということです。火山噴火予知連絡会は、より激しい噴火の可能性が高まっているとして、今後の火山活動の変化を厳重に監視する必要があるとの見解を示しました。海上保安庁では、付近を航行する船舶に対して、最大限の警戒を呼びかけています〉

準平は、さっき汐理が言っていたことを思い出した。あれはどうやら杞憂ではないらしい。次のニュースに移ったところで、若松が言った。

「火山と言えば、最近、面白い本を読んだよ」ベッドサイドに積まれた本の山を指差す。ほとんどが考古学関連のものだ。「サントリーニ火山とアトランティス伝説の本だ」

「サントリーニ島というと、エーゲ海ですね。でも、アトランティスとの関係は知らないな」

サントリーニ火山の本体は、大部分が海中にある。カルデラの外輪山だけが海上に顔をのぞかせていて、サントリーニ島をはじめとする島々となっている。

「今のカルデラの形は、三千六百年前の大噴火でできたものだ。当時のエーゲ海にはミノア文明が栄えていて、サントリーニ島にも大きな都市があったらしい。だがその噴火によって、島は火砕流に飲み込まれた。同時にカルデラ陥没が起きて、島のかなりの部分が海に沈んだ」

「それがアトランティスだっていうんですか？」

「そう。大噴火の千三百年後、プラトンがこの出来事をアトランティス伝説として書き記した。その大噴火はミノア文明が滅んだ一因だという説もあるらしい」

「へえ、なかなか面白い話ですね」

若松は大きく息をつき、マットレスに体をあずける。「沈没船に、アトランティス伝説。デプス・スーツで潜らなきゃならん場所は、増える一方だよ」

「うれしい悲鳴じゃないですか。ここにいるうちに、いろいろ下調べしておかないと」

若松は小さくうなずくと、準平の目を真っすぐ見つめてきた。

「そっちはどうなんだ。まだ落ち込んでるのか」

「ああ……もう聞いてるんですね」

「瀬島さんと照井さんが一昨日、その二、三日前には武智さんと二宮さんがここへ来た。みんな同じことを言って帰ったよ。行田君が来たら励ましてやってくれと」

「――そうなんですか……」四人が見舞いに来ていたことさえ知らなかった。

「がんで入院中の人間に向かって他人を励ませとは、どういう了見だと思ったがな」若松はことさら苦々しげに言った。「第一、そんなこと俺の柄じゃない。病気をしているせいで、俺がいい人に見えるらしい」

四人の顔が次々に浮かび、胸が熱くなる。準平は頭を垂れて、その熱が目頭まで伝わろうとするのを必死で堪えた。

準平が顔を上げるのを待って、若松が言う。

「よく、ピンチはチャンスと言うだろう？」

「――言いますね」

「そんなことを言って張り切っている経営者がいるとしたら、そいつは本物のバカだ。ピンチはピンチに過ぎない。会社の危機を乗り越えようと無い知恵を絞り、それまでのやり方を変えようとするだろう？　九十九パーセントは失敗に終わる。傷口はもっと深くなって、俺のような人間に会社ごと乗っ取られちまう」

「変えないとダメ、変えてもダメなら、どうすればいいんですか」

「そんなものに正解はない」若松の目に不敵な笑みが浮かぶ。「ただ一つ言えるのは、こうだ。結果だけを見る限り、発想の転換に成功したごく一部の会社だけが、以前よりよい状態で甦っている」

「発想の転換――」

「ただし、成功したからこそ『発想の転換』と呼べるのであって、失敗に終わった場合、それはただの思いつき、あるいは苦し紛れの愚策ということになる」

「それはわかりますけど」

「君は、今回のピンチにどう対応しようとした?」

くよくよするばかりで何もしていないに等しかったが、そう口にする勇気もなかった。

「——とりあえず、武智さんと一緒に、もう一度高知まで謝罪に行こうと……」

「ただの思いつき以下だな」若松は渋い顔で吐き捨てる。「ピンチの前と同じことをなぞるのは愚の愚だぞ。発想の転換をしろ。成功するとは限らんが、それをしない限りノーチャンスだ」

「そう言われても、簡単にはできませんよ」

「とくに、高知の漁師となると、筋金入りのいごっそうだろう」

「いごっそう?」

「頑固者。土佐の男の気質だよ。豪快で気骨はあるが、気乗りしないとてこでも動かない。人に強制されるのを何より嫌う。自分が悪いとわかったときでさえ、非を認めようとしない」

「ってことは、いくらこっちが謝ったって——」

「事態が動くとは思えない」若松はかぶりを振った。「本音では許してやろうと思っていても、なかなか矛(ほこ)を収められないだろうからな」

「……参りましたね」

「だからこそ、まだ彼らにアプローチするつもりなら、こちらの考え方を変える必要がある」

「つまりは、発想の転換か――」

何か打てる手はないか、若松を前に考えてみたが、そう簡単に妙案が浮かぶはずもない。やがて、看護師が面会時間の終了を告げにきた。いつの間にか、外の雪はちらつく程度になっている。電車も動いているようなので、鎌倉へ帰ることにした。

病室を出ようとすると、「待て」と若松に呼び止められた。

「励ましの代わりだ」とマスクをあごまで下げる。艶のない、こけた頬が露わになった。

「組織や制度に絶望したとしても、人に期待することだけはあきらめるな」

「人に期待する――どういう意味です？」若松らしくない言葉に思えた。

「俺は今まで、人に期待せず生きてきた」若松は言葉を区切りながら言う。「人は、裏切るからだ。俺自身、何度も裏切られたし、裏切りもした。だから、俺にとって人間関係とは、利害関係に他ならなかった。だが、この数ヶ月の間に、考えが変わった」

準平は若松の黄色みがかった目を見つめた。その言葉をひと言も聞き漏らすまいと、口はきつく結んだままだ。

若松が続ける。「俺の間違いは、常に相手に百パーセントを期待していたことだ。例えば、君たちはこうして俺を見舞ってくれる。その動機の九割は、俺がプロジェクトのスポンサーだからということかもしれない。でも一割ぐらいは、掛け値なしに俺を心配してくれているのだろう。俺は、その一割の気持ちを百パーセント信じているし、その一割の気持ちを心の底からありがたいと思っている」

一割なんかじゃありませんよ、と言いかけたが、止めておいた。割合など、たぶん大した問題ではない。若松はその思いを察したかのように、かすかに微笑んだ。

「人に期待するというのは、そういうことなんだと今は思う」


JR中央線の車内はこみ合っていて、湿度が高かった。乗客たちがシャーベット状の雪を踏んできたせいで、床もひどく濡れている。

吊り革につかまり、空いた手でスマートフォンを操作する。調べているのは、土佐人の気質についてだ。一本気で頑固。反骨精神に富み、権威を嫌う。型にはめられるのを好まず、独立心が強い――。出てくるのは、若松が言ったようなことばかりだ。

いずれにせよ、こちらの大義を振りかざして上からものを言うのはもってのほかだ。かといって、下手に出て許しをこうだけでもいけない。ではいったい、どうすればいいのか――。

車窓に映る自分の顔を見て、はっとした。真剣にプロジェクトのことについて考えたのは、久しぶりだった。鬱々とした気持ちも、刺々しいいら立ちも、いつの間にか消えている。

人に期待することをあきらめるな――。若松の言葉を反芻する。自分は今、誰に期待を持ち続けているだろう。まずは、チームの仲間たち。みんなも同じように、こんな自分にまだ何かを期待してくれているだろうか。そうであってほしい、と思った。

最後に、尾関の顔が浮かんだ。とにかくもう一度、高知まで尾関に会いに行こう。それだけ心に決めて、また思考に没頭した。

5

尾関に指定されたのは、宇佐町の西のはずれにある飲み屋だった。カウンターだけのせまい店で、準平の他に客はいない。

約束の六時を五分過ぎたが、尾関は現れない。厨房の店主が時おり訝しげな視線を向けてくるので、とりあえずウーロン茶を注文した。

薄汚れた壁に、メニューが書かれた紙が貼られている。横の小さな黒板には〈本日の魚〉とあって、〈ドロメ〉や〈ネイリ〉など、聞いたことのない名前が並んでいる。

運ばれてきたグラスに口をつけたとき、引き戸が開いた。尾関があの仏頂面で入ってくる。父親はともなっていない。

準平は立ち上がり、「すみません、お時間作っていただいて」と頭を下げた。

尾関は明るく染めた短髪をひと撫でして、隣に座った。無言のまま、店主に向かって人差し指を立てる。瓶ビール一本と小さなグラスが二つ、カウンターに置かれた。尾関はビールを注ぎながら、準平のウーロン茶をちらと見る。

「飲まんがかえ」

「じゃあ、一杯だけ」準平はグラスを手に取り、杯を受けた。

「おまんにもろうた山口の酒、なかなかうまかったで」尾関がにこりともせずに言う。

「結局、親父は一滴も飲まざったき」

「――そうですか」出ばなをくじかれるようなひと言に、顔が強ばる。

尾関はビールをひと息にあおり、唐突に訊いた。

「高知でカツオの一本釣りをやりゆう船が、どこの港に水揚げするか知っちゅうがかえ」

「いえ、知りませんけど……」何の話が始まるのか、見当もつかない。

「カツオの群れいうんは、黒潮に乗って移動しゆう。それを追いかけて北まで上がっていくときは、水揚げはたいてい気仙沼ぜよ」

「気仙沼――」無惨に破壊された港町の光景が瞬時に甦る。「そんな遠くまで――」

「親父も若いころは、一本釣りの船に乗っちょった。気仙沼に何度も通ううちに、親しくなった地元の漁師連中がおってねや。向こうへ行くたんびに、毎晩のように飲んだそうや。そのうちの一人が、津波に飲まれて死んだ」

「――そうでしたか」グラスを握る手に力がこもる。「逃げ遅れたんでしょうか」

「いや、沖出しをしようとしたらしい」

「沖出し？」

「津波が来るとわかったとき、港に留めちゅう船を沖へ出すことや」

「ああ――」震災当時、報道でよく見聞きした話だ。危険をともなう行為で、犠牲者も多く出たはずだ。

尾関はあっという間にビール瓶を空にすると、店主に「酒」と言った。黒板を見ながら肴を三品ほど注文する。店主はろくに返事もせず、一升瓶をカウンターに置いた。そのふたを抜きながら、尾関が言う。

「あのとき、最初に出た津波警報やと、高さ六メートルとか三メートルとか、あやかしいことを言うちょったろうが。すぐ近くの大船渡では、第一波二十センチいう情報も流れたき。それを聞いて、飛び出していったらしい。周りは止めたそうやが、水深五十メートルのところまで出すだけやき、言うてな」

「水深五十メートルというのは？」

「俺らもそれが沖出しの目安やと聞いちょったき。けんど、高さ十メートルの津波となると話はちごうてくる。水深五十メートルじゃとても足らん。もっと深いところまで行こうにも、もう間に合わん」

確かに、水深が浅くなるにつれて、津波は高さを増す。だから、船を沖へ出すという行為自体は理にかなっている。ただし、安全圏とする水深は、津波の規模に応じて設定すべきだろう。水深五十メートルあれば大丈夫という認識は、あまりに危険だ。

尾関はグラスの酒をなめ、煙草に火をつけた。ひと口吸って、苦い顔で言う。

「漁師にとって、船は命ぜよ。何としても守りたいいう気持ちは、ようわかる」

準平は黙ってうなずくしかなかった。尾関が吐いた煙が、目にしみる。

「親父は、友だちが死んだのはおまんらのせいやと思おちゅう。親父にとっては、あの津波警報を出した連中も、おまんら学者も、同類やき」

「それは……そうだろうと思います」そう答えるのが精一杯だった。

「おまんらにしてみたら、なんであんなこまいことでここまで怒りゆうか、と思うかもしれん。けんど、親父がおまんらを許そうとせんがには、親父なりの理由があるがちや」

そのとき、カウンターの上で尾関のスマートフォンが短く震えた。尾関はそれを手に取り、「うるさい嫁や」とつぶやいてすぐに置いた。何かメッセージが届いたらしい。

ふと、待ち受け画面が目に入った。幼稚園児ぐらいの女の子と二、三歳の男の子が、頬を寄せ合って笑っている。二人とも尾関にそっくりだ。尾関も笑えばこんな顔になるのかと思った。

その写真を見ているだけで、不思議なほど胸が熱くなった。尾関には、命に代えても守らなければならないものがある。絶対にあきらめられない、かけがえのないものたちだ。その事実一つで、この若い漁師に期待しようと思った。

準平はグラスを置いた。体ごと尾関に向けて、自らを奮い立たせる。

「それでも僕は、あなたのお父さんに会わなきゃならない」

「会うてどうする」

「お願いしたいことがあるんです」

「どういても会いたいがか」

「どうしても」

尾関と視線がぶつかる。尾関は小さく息をつき、煙草をもみ消した。

「――わかった。もういっぺんだけ、親父に頼んじゃる。おまんが宇佐まで会いに来ちゅうと言うてみるき。それで親父が首を縦に振らんかったら、あきらめや」

準平はわずかに顔を伏せた。膝にのせた両の拳を、強く握りしめる。

「――あきらめません」声を絞り出した。

武智の透きとおった瞳が、チームの仲間たちの姿が、若松の真っすぐな言葉が、市川のあどけない微笑みが、そして被災地で出会ったたくさんの顔が、ひっきりなしに脳裏で明滅する。

「あきらめてどうするんですか」顔を上げて強く言った。「誰もあきらめていないのに、僕が――僕なんかが先にあきらめてどうするんですか」

尾関は瞬きもせず、こちらを見つめている。漁師の目で、準平の中に何が潜んでいるのか見透かそうとしているようだった。

「僕は、あなたのお父さんや漁協の皆さんに、僕の考えを伝えたい。そのためにも、まずあなたに、僕の話を聞いてほしいんです――」

準平は、まずプロジェクトの始まりから、たどたどしく丁寧に説明を始めた。

このアイデアは、まだ武智にしか話していない。武智はただひと言、「思い切りぶつけてこい」と言ってくれた。何より心強い言葉だった。

尾関もまた、じっと準平の話に耳を傾けてくれた。一時間に及んだ説明の間、尾関は絶え間なく煙草をくゆらせていたが、酒には一度も口をつけなかった。

畳敷きの研修室には、煙草の煙と重苦しい空気が充満していた。夜九時を回った今、宇佐統括支所で明かりがついているのは、おそらくこの部屋だけだろう。

準平は息苦しさに耐えながら、何とか津波監視システムの仕組みを説明し終えた。ノートパソコンの画面から目を離し、顔を上げる。

「——ここまでで、ご不明な点はありませんでしょうか」二十畳ほどの和室を見渡して言う。

長机を囲んでいるのは、支所長はじめ十人の漁師たちだ。その奥にも五人の男があぐらをかいている。集まったのは六十代が中心の古参組合員で、役員経験者ばかりだという。

支所長の隣で腕組みをしている角刈りの男が、尾関の父親だ。準平が話し始めてからずっと、険しい顔で目を閉じている。準平が示したスライドはおそらく一枚も見ていない。小柄だが、体つきは息子同様たくましい。えらの張った大きな顔が、いかにも頑固者に見える。

どういうわけか、必ず行くと言っていた息子のほうが、まだ姿を見せていない。そのことが準平をますます緊張させていた。

あらためて見ても、ベテラン漁師たちの表情はさまざまだ。眉間にしわを寄せている者もいれば、うすら笑いを浮かべている者もいる。共通しているのは、値踏みするような目だ。

一人だけ、奥の壁にもたれて居眠りをしている漁師がいた。この中では飛び抜けて年配で、おそらく八十歳を超えている。頰に大きな傷跡のある、やせた老人だ。

準平はこめかみに汗がつたうのを感じながら、反応を待った。

沈黙を破って、支所長が口を開く。

「そのウミツバメとかいう装置のことは、ひとまずわかったきに」どこか腑に落ちないような顔をしていた。「それよりのう――」

続きをさえぎって、太った漁師が「ほうや」と声を張る。

「機械の説明はもうえい。聞きたいがは、こないだみたいなことが起こらんように、おんしらがどうするか、いうことじゃき」

「それにつきましては、まず、フロートにフラッシャーとレーダーリフレクターを取り付けました。周りの船から見つけやすくなるはずです」

「サーフボードみたいな板きれにそんなもんつけたち、時化(しけ)たら役に立たんぜよ」男は冷たく吐き捨てた。

ます」

「それに加えて――」準平は唾を飲んで続ける。「ＡＩＳを導入することも検討してい

ＡＩＳ――船舶自動識別装置とは、船舶の位置や針路を自動的に電波で送受信するシステムだ。衝突事故などを防ぐために、一定以上のトン数の船には搭載が義務づけられている。

「ＡＩＳらぁ、こんまい漁船には関係ないわぇ」別の漁師が嘲るように言う。

他の男たちも口々に何か言い始めた。尾関の父親はまだ目を閉じたまま、口を真一文字に結んでいる。

「まあまあ」支所長が場をおさめる。準平の目をのぞき込み、諭すように言う。「謝罪なら、おたくの理事長さんにしてもろうた。今後の具体的な対策についても、理事長か理事か、上の人間からいずれ書面でもらえることになっちゅう。こっちとしては、話はそれを見てからぜよ」

「わかっています。でもその前に――」

「それにのう、話をつけるがはわしらじゃのうて、県漁協本部の組合長やき。今さらおまさんに宇佐まで来てもらうようなことでは、もうないんや」

支所長の言葉に漁師たちがうなずいた。数人が早々と腰を上げ、部屋を出て行こうとする。

「待ってください」慌てて立ち上がった。

先頭の男が出入り口のふすまに手をかけようとしたとき、それが勢いよく開いた。尾関だ。七、八人の仲間を引き連れて、中に入ってくる。二十代から三十代の、若い漁師たちだ。

「まだ終わっとらんと言うちゅうろうが」尾関はそう言って畳にあぐらをかく。他の若者たちもそれにならい、部屋はいっぱいになった。

準平は腹をくくった。もっと順序立ててしゃべるつもりだったが、こんな雰囲気になっては仕方がない。

「もう少しだけ聞いてください」直立したまま言った。「僕がここへ来たのは、謝罪のためでも、対策を説明するためでもないんです」

全員の視線がもう一度準平に集まる。尾関と目配せを交わし、正面を向いた。

「僕は、皆さんにお願いに来たんです。僕たちの仲間に加わっていただきたいと」

「仲間？」誰かが小さく言った。

「このプロジェクトを、僕たちと一緒にやっていただけないでしょうか」深く頭を下げた。「皆さんの力が必要なんです」

呆気にとられているベテラン漁師たちの真ん中で、支所長がうめきにも似た声を発する。

「そりゃあ……どういうことかや」

準平はノートパソコンに向かおうとして、やめた。画面を示しながらではなく、彼らの顔を見て語るべきだと思った。

「ご存じのとおり、南海トラフ巨大地震が起きれば、その震源域にかかわらず、西南日本の太平洋沿岸は大津波に襲われます。ですから、我々の当面の目標は、南海トラフに沿って十台程度のダイナモ津波計を設置し、それらの真上にウミツバメを浮かべることです。

ですが、どれだけ対策をしても、たぶんウミツバメは完璧な装置にはなりません。エボシガイや海藻がはりついたり、羽や舵の調子がおかしくなったり、黒潮の流軸にぶつかって流されたり――いろんなトラブルが起きると思います。たとえトラブルがなくても、部品の交換やクリーニングなど、定期的なメンテナンスが必要です」

ベテラン組合員たちの表情には、不審の色が浮かんだままだ。一方、遅れてやってきた若い漁師たちは、時おり小さくうなずいている。どうやらすでに尾関から話を聞いているらしい。それに力を得て、核心に入った。

「ここ高知沖にも、数台のウミツバメを浮かべます。皆さんは、土佐の海のことを誰よりたくさん考えてきた人たちです。誰より知りつくした人たちです」

赤黒く潮焼けした面々を見回し、尾関の父親のところで視線を止めた。きつく閉じられたまぶたの奥に、言葉をぶつける。

「ですから、どうかお願いです。この津波監視システムを滞りなく動かし続けていくために、皆さんの力を貸していただけないでしょうか。ウミツバメの近くを船で通ることがあれば、点検をお願いしたい。修理やメンテナンスが必要なときは、回収をお願いしたい。流されることのないよう、潮流や海況の情報提供をお願いしたい。それでも漂流してしまったら、捜索をお願いしたい。皆さんの手で、土佐の海のウミツバメたちを守ってやってほしいんです」

二十人以上の海の男たちが身じろぎもせず、準平を見つめていた。瞳に込められた感情はさまざまで、一度に読み取ることはできない。

彼ら漁師に許しを得よう、理解を求めようと思ってしまうのは、彼らが自分たちと対立する立場にあると見なしているからだ。そこをあえて、両者が同じ立場にあると考えてみたらどうなるか――。それが準平なりの「発想の転換」だった。彼らをうまく巻き込むことができれば、プロジェクトを大きく推し進める力が得られるだろう。

だがこれは、賭けでもある。起死回生の一打となるか、怒りを買い増して取り返しのつかないことになるか――。

反応を待つ準平の首を、静寂がじわじわと締めつけてくる。耐えきれずにもう一度口を開きかけたとき、塩辛い声が部屋に響いた。

「ずいぶんと都合のえい話じゃのう」尾関の父親がやっと目を開ける。「面倒なことは全部漁師に押しつけようという腹かよ」

刺すような眼差しを正面から受け止め、反論の代わりに言う。

「それだけではありません。このシステムがとらえた津波情報をどのように地元の皆さんに伝達すれば被害を最小にできるか、一緒に考えてほしいんです」

皆が固唾を飲んで見守る中、尾関の父親がすごみを利かせる。

「わしらをあごで使うつもりかえ。呆れてものが言えんぜよ」

支所長は困ったように目を瞬かせ、口をはさむべきか迷っているようだ。ここでひるんではいけない——準平は声を落ち着かせて続ける。

「津波に備えるということは、国や自治体や研究者だけの課題ではありません。この国に生きるすべての人々の問題です。ですから、青臭いことを言うようですが、僕はこの津波監視システムを、みんなのものにしておきたい。いろんな形で地元の人々にもコミットしてもらって、地域の実情に合った運用法を見つけたい。そうすることで初めて、ウミツバメが届けてくれるデータが、生きた情報になると思うんです。

宇佐の皆さんが仲間に加わってくだされば、その動きはきっと全国に波及します。鹿児島の漁師さんも、和歌山の漁師さんも、静岡の漁師さんも、このプロジェクトに——」

「もうえい」尾関の父親がさえぎった。「学者か何か知らんが、今さら何をえらそうなこと言いゆう。できもせんことをできると言い、わかりもせんことをわかったように垂れ流しちょったおまんらが。今ごろになって、津波をちゃんと見張る方法があると言うがかえ。ほいたら、どういてあの震災が起きるまでにやらんかった」

「——それは……」

言葉を探す準平を上目づかいに見据え、父親がさらに質す。

「おんしゃあ、そのウミツバメとやらを守るために、わしら漁師に船を出せと言う。なら訊くが、そのウミツバメで、わしらの船は守れるがかよ」

胸を衝かれた。やはり彼は、気仙沼の出来事にこだわっている――。

「残念ですが――」小さくかぶりを振った。「試算によれば、ここ土佐市には地震発生から最短十六分で津波が到達します。たとえ我々のシステムが数分で警報を出したとしても、とても沖出しをしている余裕はありません」

「ふん」父親は煙草の箱をつかみ、シャツの胸ポケットにねじ込む。「話にならん」

父親が腰を上げるより先に、息子がその場に立ち上がった。

「船は守れんかもしれんが、命は守れるぜよ」尾関は父親を見下ろして言う。「俺らには、まだ小さい子供たちがおるき。船より家より仕事より、まず守ってやらんといかん命があるき」

父親は浮かした腰を下ろし、憮然として息子を凝視した。尾関は準平に目を向ける。

「俺は昨日、この行田さんの話をじっくり聞いた。この人らは、もともと津波の専門家じゃあないが。たった三、四人のはみ出しもんでこのプロジェクトを立ち上げて、ようようここまでこぎつけたそうや。話を聞く限り、リーダーの武智いう人は、なかなかのいごっそうもんでねゃ。科学の領分でやるべきことは絶対に譲れん、人任せにもできん、いう質らしい」

眉根を寄せた父親のほうに向き直り、尾関が語調を強める。

「ゆんべ寝んと考えて、思おたちや。それはこっちも同じやいか。漁師は海に生かされちゅう。土佐の海は俺らの領分やき、誰にも譲れん。この海のことだけは、絶対に人任せにせられんぜよ。ほいたら、どうするか――」

尾関は一同を見回した。

「行田さんらと一緒にやってみるしかないわえ」

尾関の周りの若い漁師たちがいっせいにうなずいた。それを見た支所長が驚いて口を開く。

「何や、おまさんら若い衆は――」準平のほうへあごをしゃくる。「この人が言いゆうことを引き受けてもええ言うがかや？」

「うちも赤ん坊がおるきにゃあ」まだ二十歳そこそこに見える若者が頭をかいた。「俺らにもできることがあるなら、やってみたほうがえい思う」

「それに、一つ思いついたことがあるき」尾関が言う。「さっき行田さんは、この港で沖出しは難しいと言うた。それはそうやろうと俺も思う。けんど、すでに海に出ちゅう船はどうや。ウミツバメからの情報がすぐ船に届けば、十分な水深の海域まで避難できるかもしれん。乗組員の命が助かるかもしれん。その方法を考えるがは、俺ら漁師の仕事やき」

「おんしゃあ」尾関の父親が息子をにらみつける。「こんなあやかしい連中に、わしらの命を預けえ言うがかえ。てんご言うな！」

「えいか、親父」尾関は静かに言った。「次に大津波が来るとき、親父らはもう生きとらんかもしれん。この先三十年、四十年とここで漁をして生きていくがは、俺らの世代ぜよ。この件については、俺ら若いもんに決めさせてくれ」

顔を紅潮させた父親が口を開こうとしたとき、後ろで「あーあ」と間の抜けた声がした。奥で居眠りをしていた老人があくびをしたのだ。壁の時計に目をやって、かすれた声を出す。

「おーの、はや九時半かや。ねぶたいはずじゃ。もうちっくとで、あの日じゃのう」

「あの日？」訊き返した支所長が、すぐ膝を打った。「ああ、言われてみれば——」

準平もすっかり忘れていた。あと二時間半で、日付が三月十一日に変わる。部屋にいる全員がその事実に気づき、どこか神妙な顔つきになった。

「寝ぼけ頭で聞かいてもろうたがねゃ」

間延びした老人の言葉に、ベテラン漁師たちがじっと耳を傾ける。老漁師は頰の傷跡を掻きながら、顔じゅうしわくちゃにした。

「東北であれだけのことがあって、わしらが何ちゃあ変わらんというのは、まあ、嘘じゃろうのう」

翌朝、高知空港まで尾関が車で送ってくれた。

県道は海岸沿いを走っている。テトラポッドの向こうはすぐ海だ。煙草に火をつけた尾関が、運転席の窓を半分ほど開けた。入り込んでくる潮風に冷たさはない。春の匂いを感じたのも、今年に入って初めてのことだ。

「居眠りしちょったじいさん、おっつろう」尾関が煙を吐きながら言った。

「ええ、最後にいいことを言ってくださった──」

「顔に大きな傷跡があったが、気づいたかえ」

「ありましたね、ほっぺたに」

「あの人はもともとクジラ漁師でねゃ。南氷洋まで行く捕鯨船の砲手をやっちょった」

「砲手？」

「捕鯨砲でクジラに銛(もり)を打ち込むんや。高知船団一の名手として、全国の捕鯨関係者に名前が知れ渡っちょったが」

「へえ、そんなすごい人なんですか。じゃあ、あの傷も──」

「暴れた銛綱にやられたらしい」

「──そうだったんですね」

それを聞いて、昨夜のことが何となく理解できた。あの老漁師が発したひと言で、部屋の空気が明らかに変わったのだ。結論には至らなかったものの、もう他の組合員たちから強い反対意見が出ることはなかった。尾関の父親も再び目を閉じて、考え込むように沈黙した。

「伝説の鉦打ちが言いゆうことやき、役員連中も少しは聞く耳を持つかもしれん」尾関は前を向いたまま、力強く言った。「それでだめなら、若手だけで何とかするき」

空港へ到着すると、尾関は正面玄関に車をつけた。バッグを抱えて車を降りた準平は、ドアを閉める前に、運転席の尾関に言った。

「よかったです」

「何がや」尾関が顔をしかめる。「喜ぶがはまだ早いぜよ」

「そうじゃなくて」笑いながら言った。「ウミツバメが引っかかったのが尾関さんの網で、ほんとによかった」

尾関は新しい煙草を口にくわえた。

「結局のところ――」準平をじっと見つめて言う。「一番のいごっそうは、おまんかもしれんねゃ」

尾関の笑顔を、初めて見た。

6

羽田空港に到着すると、武智からメッセージが入っていた。午後からＭＥＩの研究室で緊急ミーティングを開くという。内容はわからない。

高知での顛末は昨夜のうちにメールで伝えてあるが、それをチームの皆に報告するためだけなら、「緊急」などと言うはずがない。何か別の問題が起きたに違いなかった。胸騒ぎを覚えながら、その足で横須賀に向かった。

ＭＥＩに着くと、本部棟の前に民放テレビ局のワゴン車が停まっていた。玄関ホールを行き交う人々の動きもどことなく慌ただしい。昨日おこなわれた火山噴火予知連絡会の会見と関係があるのかもしれない。明神新島総合観測班が先月実施した海底地形観測の結果が報道発表されたのだ。

発表の主旨は、海面下に予想を大きく上回る量の溶岩が噴出していたということだ。陸上の噴出物と合わせると、雲仙普賢岳が平成噴火で放出した体積の二倍以上に達しており、今回の火山活動が百年に一度という規模のものであることは間違いないという。ことさら危機感を煽るような論調ではなかったが、今後さらに激しい噴火が続く可能性が高いことが繰り返し強調されていた。

研究室に入ったときには、李をのぞく全員がテーブルを囲んでいた。汐理と照井が準平を見上げ、何か言いたげに微笑んでいる。高知でのことはすでに武智から聞いているらしい。妙に照れくさくなって、そそくさと瀬島の隣に座った。工具箱のニッパーで手の爪を切っていた瀬島は、顔も上げずに「遅いぜよ、準平ちゃん」と言った。

汐理の隣に、知らない男の顔がある。目が合って会釈を交わすと、汐理が言った。

「わたしの先輩で、西都大の三宅（みやけ）さん。専門は火山学。明神新島観測班のメンバーやねん」

そう聞いて思い出した。汐理が先日、一足先に観測データを見せてもらったと言っていた人物だろう。

武智がわずかに身を乗り出し、テーブルの上で両手を組んだ。皆が注目する。

「行田君のお手柄についてじっくり話を聞きたいところだが、それはあとにしよう」口角を上げていた武智が、一瞬で顔を引き締めた。「今日の本題は、明神新島。この件を私のところへ持ち込んでくれたのは、二宮さんだ。彼女と三宅さんに話を聞くまで、私はことの重大さを認識していなかった。どうやらもう一刻の猶予もないらしい」

「一刻の猶予もって……何のことです？　大噴火ですか？」

わかっていないのは自分だけかと、周りを見回した。瀬島がニッパーをもてあそびながら、肩をすくめる。

武智にうながされて、三宅が立ち上がった。数枚の図をテーブルに広げる。明神新島の地図上にさまざまな観測データをプロットしたものだ。

「報道などでご存じだと思いますが、ようやく海域のマルチビームデータが出そろいまして、明神新島の陸海統合地形図が完成しました」

三宅はカラーの地形図を示した。島の外側まで等高線がびっしり描かれている。

「これから見積もった海面下の溶岩噴出量は、およそ三・三億立方メートル。陸上よりも多く出ていることになります」

「噴火予知連の会長も、予想以上だと言ってたな」照井が言った。

「ええ、我々も正直驚きました。ですが、それ以上に肝を冷やしたことがあります。これです」

三宅は島の北縁部を指差した。海に入った途端、等高線が異常なほど密になっている。

「ここ――崖ですか」準平が確かめた。

「そうです。もともと、この海底火山体の北斜面はとくに傾斜が急でした。そこへ溶岩が流れ出ると、急斜面上に溜まります。海水に冷やされてすぐ固まるからです。その上にまた溶岩が溜まり、積み重なってこんな崖をつくったわけです。高さは最大で二百メートル」

「二百メートル⁉」思わず声が高くなる。

「しかも、崖はほぼ垂直で、ところどころオーバーハングになっています」

オーバーハングとは、岩壁の上部が下部よりもせり出した地形のことだ。

「極端に言うと」汐理が口をはさむ。「三角コーンの上にかまぼこ板を載せたみたいな状態や」

「そいつは危なっかしいな」照井があごを撫でた。

三宅がうなずく。「重力的に不安定な上に、急冷した溶岩は破砕されていますから、非常に崩れやすいんです。地震や地殻変動をきっかけに、大規模な崖崩れを起こす可能性が高い」

汐理と三宅が何を危惧しているのか、準平にもうっすらわかり始めた。

「それだけでは終わらないんだ」

武智が厳しい声で告げ、三宅に目で合図を送る。三宅は別の図を真ん中に置いた。

「人工衛星のＳＡＲ画像です。去年十月と先月のデータを使って、干渉ＳＡＲ解析をおこないました」

ＳＡＲ――合成開口レーダーとは、電磁波を照射して地表を観測する技術だ。異なる時期に得られたデータを解析することで、その間に起きた地表の細かな変化を知ることができる。

三宅が島の一ヶ所を指差した。そこだけ色が赤く変わっている。島中央の火砕丘から北西に一キロ強、海岸線にほど近い地点だ。

「最近数ヶ月の間に、この部分が隆起していることがわかります」

「マグマだまりの膨張でしょうか？」準平は顔を近づけた。例の崖まで数百メートルしかない。

「その可能性もありますが、私はこのすぐ下に、潜在ドームがあると見ています」

「潜在ドーム――」

粘性の高い溶岩が火口から押し出されて半球状に固まったものを溶岩ドームという。雲仙普賢岳で多くの犠牲者を出した火砕流も、溶岩ドームが崩壊して生じたものだ。溶岩が地表まで出て来ずに、地下浅いところで溶岩ドームを形作った場合、それを潜在ドームと呼ぶ。

「そんな話は報道発表に出てこなかったぜ？」照井が言った。

「これが本当に潜在ドームかどうかは、観測班内でも意見が割れています。ですが、航空磁気測量や重力異常のデータから見ても、まず間違いないと私は考えています。この潜在ドームの場所に、新しい火口が生まれようとしている。ここ三ヶ月ほど、噴火が止まっていますよね？」

準平と照井がうなずくのを見て、三宅が続ける。

「それはおそらく、マグマの出口に潜在ドームがふたをしてしまっているからです。内部の圧力は非常に高まっていて、マグマは外に出たがっているはずです。もし、先ほどの崖で大規模な崖くずれが起きれば、潜在ドームも壊れるでしょう。ふたと荷重が取り除かれて急激な減圧が起こり、マグマが火道を駆け上って大噴火を起こす危険性がある。それも、プリニー式噴火に近いような大爆発を」

瀬島がだらしなく足を組んだまま、ひゅうと口笛を吹いた。汐理がそれに冷たい一瞥を投げ、あとを引き取る。

「爆発の衝撃で、山体崩壊は一気に拡大する。最悪の場合、島の北半分が崩れ落ちてもおかしくないらしい。膨大な量の岩石がなだれとなって海に流れ込み、北斜面を駆け下る。そしたら何が起きるか、わかるやろ？」

準平は唾を飲んでつぶやいた。「――津波」

「そう、いわゆる火山性津波や」

「津波にもいろいろあるんだねえ」瀬島がとぼけた声を出す。

「何をのん気なこと言うてんねん。山体崩壊による津波は桁違いの高さになることがあるんやで。例えば一九五八年、アラスカのリツヤ湾に面した斜面が地震で崩落して、大量の土砂と氷が湾内に流れ込んだ。対岸に押し寄せた津波の遡上高は、観測史上最大の五百二十四メートル」

「マジ⁉」

「インドネシアのクラカタウ火山のケースも悲惨や。一八八三年の巨大噴火で最大三十五メートルの巨大津波が発生。三万六千人以上が犠牲になった。日本でも起きてる。北海道駒ヶ岳とか渡島(おしま)大島とか。一番有名なのは、江戸時代の『島原大変肥後迷惑』

「俺の歴史の教科書には載ってなかったな」

瀬島の軽口を、もう汐理は相手にしない。

「一七九二年、雲仙岳の火山性地震で眉山が山体崩壊を起こした。三億立方メートル超の土砂が有明海に流れ込んで、大津波が発生。島原や対岸の熊本県側の浸水高は最大二十メートル以上、一万五千人が死んだと言われてる」

そのやり取りの間に、武智がテーブルに大判の地図を開いていた。関東沿岸から伊豆・小笠原諸島までの海底地形図だ。準平はその上に身を乗り出し、武智に訊いた。

「明神新島で火山性津波が起きたら、危ないのは伊豆諸島でしょうか」

伊豆諸島で人が定住しているのは、北から、伊豆大島、利島、新島、式根島、神津島、三宅島、御蔵島、八丈島、青ヶ島の九つだ。明神新島は、最南の青ヶ島のさらに南にある。

「山体崩壊による津波は波長が短いので、減衰するのも速い。警戒を怠ってはいけないが、本州沿岸まで大津波が押し寄せるような事態にはならないだろう。危ないのは最寄りの二島、青ヶ島と八丈島だ」

明神新島から青ヶ島までは約六十キロメートル、八丈島までは約百三十キロメートルだ。武智は二つの島を指しながら続ける。

「青ヶ島は、高さ二百メートルもの断崖に囲まれた島で、海沿いに平地がない。百七十人ほどが暮らす集落も崖の上にあるので、津波には強いと思われる。心配なのは八丈島のほうだ。八千人近い人口の多くが、海沿いの平地に住んでいる。港もいくつかあるし、海のレジャーを楽しんでいる観光客も大勢いるはずだ」

「俺もサーフィンしに行ったことあるよ」瀬島が言った。「汐間海岸ていったかな。なかなかいい波が来てた」

「問題は、どれぐらいの津波が起きるかってことだよな」照井が腕組みをする。

「今、数値計算による見積もりを頼んでいます」武智が応じた。

「誰にですか？」汐理が訊く。「もしかして——」

「うちのメンバーに決まってるじゃないか」

「李君？」準平は驚いて確かめる。「あいつ、引き受けたんですか？」

「一昨日メールで頼んだところだ。勝負のときが来たぞと書いておいた。彼は必ず戻ってくる」

「ってことは、まだ――」

「まだ返事はない」

「やっぱり。あんな子、あてにならへん」汐理が吐き捨てた。「待ってられませんよ。よそに頼みましょう」

そのとき、廊下側の壁が、ドン、と震えた。外で何かがぶつかったか、誰かが蹴ったようだ。

「意外と、もうできてたりして」瀬島がにやりとした。出入り口に向かって声を張り上げる。「なあ！　そうじゃねーの？」

数秒して、ドアが静かに開いた。李が立っている。

「何だよ、ずっと廊下にいたの？」準平が訊くが、答えない。今度は瀬島に目を向けた。

「瀬島さんは、知ってたんですか？」

「うん、ここへ来るとき、バス停で見かけたから」

「なんで言わへんのよ」汐理がとがめる。

「いや、こういう演出かもしれないと思ってさ」

「うぜーよ、あんた」李は瀬島をにらみつけた。

「本当にもう計算できたのか？」武智が李を見据えて質した。

李はシッと息を漏らす。「あんなのに三日もかかるかよ」

その目はひどく充血していた。ほとんど寝ていないのかもしれない。

「さすが、我らがジェット・リー」瀬島がにやついたまま言う。

李はつかつかと中に入ってくると、リュックからノートパソコンを取り出し、テーブルの上で開いた。画面に次々とグラフを表示させながら、不機嫌な声でまくし立てる。

「岩屑なだれによる津波は、地震によるものと計算方法が違う。密度流が海に流れ込むわけだから、二層流モデルを仮定しなきゃなんない。今回はそれを有限差分法で解いてる。崩壊する体積を変えて、四つのケースを計算した。そのうち、中くらいのと最大のを説明する」

前面が鋭く立ち上がった波形が二つ示された。ある時刻のスナップショットらしい。

「まず、波源近傍の波形がこれ。噴出した溶岩の約二十パーセント、一億二千万立方メートルが崩壊するケースだと、明神新島のすぐ北で最大十六メートルの津波が起きる。これが、五十パーセント、三億立方メートルが崩壊する場合、波高は最大で二十三メートルになる」

準平は瀬島と顔を見合わせた。瀬島は口をへの字にして、小さくかぶりを振る。向かいの席から、「そんなにか……」と汐理がつぶやくのが聞こえた。

李が素早く別のグラフを映し出す。ある地点における津波波形の時間変化だ。

「津波は進むにつれて減衰するけど、青ヶ島と八丈島の近くでまた波高が高まる。青ヶ島のほうが波源に近いのに、島のきわまで水深が深いせいで、波は大きくならなかった。二十パーセント崩壊の場合、青ヶ島沿岸における津波の高さは、最大二メートル。五十パーセントだと、三・五メートル」

「八丈島は？」汐理が前のめりで急かす。

「二十パーセント崩壊のケースで、最大四メートル」李は淡々と告げた。「五十パーセントの場合は、六・五メートル」

「六・五――」汐理が声を絞り出す。

「大津波警報が出るレベルだな」照井が低い声で続いた。「出せれば、だがよ」

「ただし」李が鋭く言う。「今回、八丈島の細かな地形は計算に入れてない。岬や入り江で波が集中する効果を考えると、場所によって浸水高はもっと高くなる。十メートルを超えても不思議じゃない」

誰もが四年前の東北の光景を思い浮かべたのだろう。束の間、研究室が静まり返った。

沈黙を破り、武智が訊く。「二島への到達時間は？」

「津波発生後、青ヶ島までは十一分。八丈島までは二十五分」

「――時間はある」

言い切った武智と目が合った。準平もうなずき返す。

明神新島から八丈島にかけての海域は、水深千メートル前後と、そう深くない。伝播時間に関しては、それが幸いしたようだ。

「で、噴火予知連のお歴々はよ」照井が三宅に向かって言った。「そんな大津波が明日にでも来るかもしれないって認識は持ってるのかい？」

「残念ながら」三宅が首を振る。「北斜面で崖崩れが起きる危険性については認識していると思います。しかし、それが引き金となって大噴火と山体崩壊が起こり、大津波が発生するという想定まではなされていません。おそらく議論もされていない」

「噴火予知連の委員はみんな火山の専門家ですからね」準平が口をはさんだ。「どうしても噴火活動ばかりに目が行くのかもしれない」

「総合観測班でも、津波のことを真剣に考えてるのは三宅さんだけらしい」汐理も横から言う。

「班長に何度も訴えているのですが、まともに取り合ってもらえません」三宅はため息をついた。

「いずれにせよ」武智が声を張る。「今の観測態勢では、津波はおろか、山体崩壊を即座に検知することすら不可能だ」

「俺たちの出番だな」瀬島が言った。

武智が立ち上がった。あごを引き、静かに、だが力強く言う。

「至急、我々の手で津波の監視を始める。明神新島のそば——できるだけ近い場所にダイナモ津波計を沈め、その直上にウミツバメを浮かべるんだ。猶予はない。ぶっつけ本番だ」

「そうと決まれば――」瀬島も勢いよく腰を上げる。「今すぐ取りかかるぜ。俺としおりんはウミツバメの準備、師匠は津波計のセッティングだ」

「なんであんたが仕切るんよ」汐理が口をとがらせるが、瀬島は聞いていない。

「李はプログラムを完成させろ。マッハでやれよ、ジェット・リー」

「あんた、マジでうぜえ」李は顔をゆがめた。「んなの、とっくにできてるっつーの。あとは実際にテラ・シミュレータに流してみて、コードをチューニングするだけだよ」

「テラ・シミュレータなんか、使われへんやん」汐理が険しい顔で皆に問い質す。「それに、そもそもどうやって明神新島に近づくの？　活動停止中のわたしらのためにMEIが船を出すわけない。十キロ以内は立ち入り禁止や。民間の船を使うわけにもいかへん」

「心配するな、大丈夫だ」瀬島が不敵な笑みを浮かべた。

「何を無責任なこと――」

「その辺のことは全部まとめて、俺たちの頼れるリーダー、武智要介と――」瀬島がこちらに顔を向ける。「行田準平が、何とかしてくれる」

言葉がうまく出てこない。だが、熱を帯びた視線が集まるのを感じても、もう顔は伏せなかった。言われるまでもなく、それが自分の役目だと思っていたからだ。瀬島を見つめ返し、心の中でそう答える。

テーブルを囲むメンバー一人ひとりの顔を、武智がゆっくり見回した。

「くしくも、今日は三月十一日だ。そんな日にこんな言い方がふさわしいかどうか、わからない」武智は汐理に目配せをする。「だが、今はどうしても、いつかの二宮さんの言葉を借りたい気分なんだ」

武智は口もとだけ緩めるあの表情を浮かべ、「さあ」と高らかに宣言した。

「いっちょ、みんなをびびらせてやろう！」

第六章　出航

1

　あっという間に六日が経った。チームは奔走している。

　毎日一度は研究室をのぞくようにしているが、いるのはたいてい李だけだ。瀬島と汐理は、瀬島技研と照井の工場を行ったり来たりしているらしい。

　準平自身は、ずっと武智と行動をともにしている。今日はＭＥＩで落ち合って、東都大学の地震研究所へ出向くことになっている。

　研究室に着くと、もう李が仕事を始めていた。すぐに武智も入ってくる。男を一人連れていた。何者かは知らないが、くせ毛を伸ばし放題にしたその顔は、ＭＥＩで何度か見かけたことがある。

「彼が李君だ」武智は男に言った。ヘッドフォンを外した李が怪訝な顔で振り返る。

「もうコードはできてるんだよね？」男はぶしつけに李のノートパソコンをのぞき込ん

だ。「地磁気ダイナモ計算のプログラム」

「ああ？」李が疎ましげに訊き返す。「地磁気ダイナモ？」

「この男は私の大学の同期でね。今はＭＥＩのチームリーダーだ。テラ・シミュレータを使って、地磁気ダイナモシミュレーションをやっている」

地磁気ダイナモとは、地球中心核の液体金属が地磁気を発生させるメカニズムのことだ。その数値シミュレーションには複雑な電磁流体計算が必要で、しばしばスーパーコンピューターが使われる。

武智は何食わぬ顔で李に告げる。「君の地磁気ダイナモ計算プログラムを、彼が自分の計算に紛れ込ませてテストしてくれることになった」

そういうことか――準平は武智の意図を理解した。李も同じらしい。

「それはいいすけど」李はぶっきらぼうに言った。うれしそうな素振りは微塵も見せない。「コードの並列化までは終わってる。やりたいのはチューニングとロードバランスのチェックなんで、ノード時間は少しでいいから回数を試したい。あと、津波の波源パラメータを――」

突然、くせ毛の男が耳をふさぎ、「あー」とわめいた。「聞いてないよ、僕は。『津波』なんて言葉、ひと言も聞いてない。僕がやるのは、あくまで地磁気ダイナモ計算のテストだ」

武智が苦笑する。準平はさすがに心配になり、横から口を出した。

「大丈夫なんですか？　こんなこと」

「大丈夫ではない」武智は平然と答える。

「もしばれたら、テラ・シミュレータのアカウントを没収されちゃうよ」男は情けない声を出した。「でも、武智が今こそ借りを返せって言うからさ」

「借り？」

「うん。学生時代、こいつに講義ノートを山ほど借りた」

「そういうことだ」武智は大きくうなずいた。「私が彼を卒業させた」

「それにさ」男が真顔になった。「僕だって地球物理研究者の端くれだよ。こんな話を聞かされて、知らん顔できないじゃん。事態は相当ひっ迫してるみたいだし。真面目な武智がこんな無茶を言ってくるんだから、よっぽどのことだと思うんだよね」


通勤ラッシュが去った京急本線の車内は空いていた。ロングシートの端に二人並んで座る。

「さっきの話ですけど」資料をめくり始めた武智に言った。「こっそりテストはできても、本番でテラ・シミュレータが使えないと意味ないですよね」

「それも含めて昨日理事長に直談判したんだが、川元理事と話し合えの一点張りでね。漂流事故の件が落着するまでどうしようもないと言うんだ。やっと理事長をつかまえたと思ったのに、ろくに話を聞いてもらえなかった」

「その後、川元理事からは――」

「何の連絡もない」

もちろん、川元のもとへは真っ先に行った。武智と準平の懸命な訴えを聞き終えた川元は、「話はわかりました。一応、地震本部に報告しておきます」とだけ言った。食い下がる武智が調査船の話を持ち出そうとすると、「あなた方はまだ活動停止中の身なのですよ」とすげなく面談を打ち切ったのだ。

「川元理事は所詮、官僚だ。自らリスクを負うような判断はしない」武智は正面の窓を見つめて言った。「彼女を動かすことができるとすれば、地震本部だけだろう」

もっとはっきり言えば、調査観測計画部会長としてこの国の地震津波観測を取り仕切る、天木その人だ。そしてそれが、今準平たちが地震研究所に足を運んでいる理由でもある。

武智が得た情報によれば、今日は午後から地震研究所の教授会があり、天木も出席するという。この時間なら所内にいるはずだった。

到着すると、真っすぐ天木のオフィスに向かった。案の定、部屋には明かりがついていた。武智のノックに、低い声が応える。ドアを開けると、天木は奥の机で冊子を開いていた。老眼鏡を鼻までずらし、無表情に告げる。

「話なら手短にしてくれ。今日中に目を通さなくてはならん報告書がいくつもあるんだ」

室内は研究者のオフィスとは思えないほど整頓されているが、テーブルには書類の山が三つできていた。

「うちの川元理事からお聞き及びかと思いますが――」後ろ手に扉を閉めながら、武智が切り出す。「明神新島の件です」

「北斜面の崖崩れのことなら、君に言われるまでもない」天木は再び冊子に目を落とした。ページをめくりながら言う。「総合観測班からの情報は、地震本部にも上がってきている。部会でも、念のため小規模な津波を警戒しておいたほうがいいという話になったところだ」

「小規模な津波ではありません」武智が机に歩み寄る。「崖崩れが引き金になって、大規模な山体崩壊が起きる可能性があります。噴出した溶岩の五割が海に流れ込むと、最大で六・五メートルの津波が八丈島に――」

「そんなことを――」天木がとげのある声でさえぎった。「島の北半分が崩れ去るなどということを、噴火予知連が言っていたか？」

「いえ。しかし、総合観測班の中には、島の北部に潜在ドームができているという意見があります。もしそれが大爆発を起こせば――」

「たら、れば、の話はもういい。武智君ともあろう者が、仮定の上に仮定を重ねるようなもの言いはやめたまえ」天木が顔を上げ、眼鏡を外した。「いろんなデータがあり、いろんな意見がある。それを収集し、判断を下すために、火山噴火予知連絡会や地震調査研究推進本部という組織が存在するのだ」

「そんなことはわかっています」

「いや、君はわかっていない。判断を下すということは、責任を負うということだ」天木が上目づかいにねめつける。「君がいったいどんな責任を負っている？」

武智は一瞬黙り込んだ。天木がたたみかける。

「それに、何もしないとは言っていないだろう。気象庁が東北沖に展開しているブイ式海底津波計を伊豆・小笠原海域に設置できないか、部会で検討を始めることになっている」

「ＤＡＲＴシステムなんて、何ヶ月もかかるじゃないですか！」準平はたまらず声を上げた。「僕たちのシステムなら、明日にでも置けるんです！」

天木の口もとが、嘲りを含んでゆがむ。「川元理事に謹慎を解いてもらいたいのはわかるが、不純な動機で自分たちの商品を売り込むのはやめたまえ」

こみ上げる怒りに、体が震えた。怒鳴りつけたいのに、言葉が出てこない。

そのとき、机で電話が鳴った。受話器を取った天木は、「わかりました、すぐに出ます」と短く相手に告げた。電話を切るなり、部屋の隅のコートハンガーに足を向ける。

「所長と理学部長が、昼食に同席しろと言っている。ここまでにしてくれ」

天木はトレンチコートを羽織りながら、準平たちを追い立てるようにして部屋を出た。廊下を悠然と歩き去る天木を、拳を握りしめて見送る。思いを吐き出せなかった悔しさと情けなさが、マグマのように体の中でくすぶっていた。

遠ざかる天木の背中に、武智が厳しい口調で問いかける。

「我々に残された時間は、もうわずかかもしれない。検討するなどと言っている間に、もし大津波が起きたら、どうするつもりです？」

天木は答えるどころか、振り向きもしない。

「四年前のように、〝想定外〟だったとでも言うつもりですか！」

武智の声が、がらんとした廊下で反響した。

ＭＥＩの正面玄関に入ると、受付の女性が駆け寄ってきた。すぐに川元理事のオフィスへ行ってくれと言う。二人が戻ってきたところをつかまえるよう命じられていたらしい。

さっきのことがもう伝わったとは思えない。とにかくその足で理事室を訪ねると、川元は開口一番、武智ではなく準平に向かって言った。

「あなた、また高知に行ったそうですね」

「え――」虚をつかれた。

「一切活動するなと言い渡したはずですが」革張りの椅子から、射るような視線を向けてくる。「向こうで何を吹き込んだのです？」

「それは……どういうことでしょうか？」

「先ほど、宇佐漁協の尾関さんからわたくしに電話がありました。明神新島の件で話があると」

「え？　なんで理事に――」

「尾関さんに明神新島の話をしたのか？」隣の武智が訊いてきた。

「ええ、昨日電話で。彼が宇佐の状況を報告してきてくれたので、そのときに――」

チームは今そのことで必死になっていると伝えただけだ。尾関は驚きはしていたものの、「大変やな」以上のことは言わなかった。

「先方がどういう勘違いをしているのか知りませんが」川元は声に呆れをにじませる。「いきなり、明神新島に津波計を置きにいく船がないと聞いたが本当か、と訊かれました」

何かおかしい。尾関の言葉とは思えなかった。

「尾関さんがそんなことを言ったのですか？」

念を押されてむっとしたのか、川元は声を高くした。「そう言っているでしょう。あなた方が迷惑をかけた、第七幸進丸の船長です」

「船長？　あ――」思わず武智と顔を見合わせる。

「お父さんのほうか」武智がつぶやいた。

「そんなこと、どちらでも構いません」川元が苛立ちを露わにする。「とにかく、先方がおっしゃるには、ＭＥＩの船が出払っているのなら、知り合いの一本釣り漁船に頼んでやってもいい、と」

「本当ですか⁉」

「二月に高知を出た船団の中に、今ちょうど千葉の勝浦漁港を拠点に操業している船が何艘かあるそうです」

「あの人が、そんなことを――」

声が震えて続かない。驚きが喜びにまさっている。あの尾関の父親が心を動かしてくれたということが、にわかには信じられなかった。

言葉を失ったままの準平に代わって、武智が確かめる。

「で、理事は何と？」

「もちろん、丁重にお断りしておきました」川元の目に蔑(さげす)みの色が浮かんだ。「何が一本釣り漁船ですか。常識はずれもいいところです。あの船長は、火山活動というのがどういうものかわからずに言っているのです」

「そんな――」一瞬で顔が熱くなる。「そんな言い方ないじゃないですか！」

詰め寄ろうとした体を、後ろから武智につかまれた。落ち着け、とその目が訴えている。武智は抑えた口調で川元に言う。

「それが現実的でないというのはわかります。だからこそ、ＭＥＩの船が必要なのです」

「ＭＥＩに、出せる船はありません」川元は能面のような顔で言い切った。

「運航スケジュールに空きがないということですか？　もしそうなら――」

「武智さん」川元が椅子の背もたれをきしらせて、武智の反論をかき消した。「調査船を動かすのにどれだけの費用がかかるか、あなたならよくご存じでしょう？　火事場見学のようなことに出せるものではない」

「火事場見学などではありません」武智は語気を強める。「津波という炎に人々が飲み込まれてしまう怖れが、実際にある。我々は今、彼らの命を救えるかどうかの瀬戸際にいるのです」

川元は眉一つ動かさず、机の上で両手を組んだ。

「津波対策が必要かどうかは、地震本部が判断することです。あなた方がどうしても何かしたいというのなら、今すぐＭＥＩを辞めて、お友だちの会社でおやりなさい。ただし、老婆心ながら言っておきますが、民間の船をチャーターするつもりなら、よく考えてからにしたほうがいい」

武智は身じろぎもせず、川元を見つめ返している。ひと言も発しないのは、武智もその難しさをよく理解しているからだろう。

「ことに、あなた方は、明神新島で大爆発と大津波が起きると考えているのでしょう？そんなところへ民間人を行かせる覚悟と権利が、あなたにあるのですか？」

2

「いつにも増して、浮かない顔だな」

向かいに座った照井が、眼鏡のレンズを拭きながら言った。

「浮かないというか——」準平はため息まじりに答える。「自分が不甲斐なくて。武智さんにくっついてただけで、言いたいことが何一つ言えなかった」

「相手はあの天木と元文科省審議官だろ？　一筋縄じゃいかねえさ。気にするこたあない」

昨夜は一晩中、たっぷり落ち込んだ。二人と対面した場面を交互に繰り返し思い返し、あのときこう言い返せばよかった、などと悔やんでいるうちに夜が明けた。

とくに、天木に対しては、どうしても恐怖心が拭えない。その姿を前にすると体がすくみ、喉までふさがってしまうのだ。だが、天木から逃げ続けている限り、自分はあの震災を乗り越えられない——それだけはわかっていた。

ミーティングの開始時刻ちょうどに武智が、続いて瀬島と汐理が入ってきて、研究室に全員がそろった。

「何だ、すごい荷物だな」瀬島が部屋の奥を見て言う。壁際に大きな段ボール箱や木箱がいくつも並んでいる。「ダイナモ津波計か？」

いと思ってよ」

「工場から軽トラに積んできた」照井がうなずいた。「こっちにあったほうが都合がい

「てことは、もう準備完了?」汐理が訊く。

「ガラス球を封入すりゃあ、明日にでも沈められる。ウミツバメは?」

瀬島はにんまり笑って親指を立てた。「今日にでも浮かべられるぜ」

「あとは――」汐理が首を回し、ノートパソコンに向かう李に目を止める。武智が肩をたたくと、李はヘッドフォンをはずして振り向いた。

「現状をみんなに教えてやってくれないか」武智が李に言った。

「ああ」李は面倒くさそうに応じる。「今の実効性能でいくと、波源パラメータを入力してから、伊豆諸島と関東沿岸の津波高と浸水域を計算するのに、一分五十秒」

「すごいやん!」汐理は顔を輝かせた。

「相当ガリガリにチューニングしてその数字だから、あとはそこから何秒削れるかって話」

武智が席につきながら言う。「津波計とウミツバメをどこに設置できるかにもよるが、津波の発生から五分以内に警報を出すことは十分可能だろう」

「言っとくけど」李はもうキーボードを打ち始めている。「さっきの数字、テラ・シミュレータで十分なノードが使えるってことが前提だから」

「そっちのほうの進展は?」

心配そうに訊いてくる汐理に、準平はかぶりを振ってみせた。

横から武智が言う。「あちこちで説得を続けているが、ＭＥＩも地震本部も、腰を上げてくれる様子はない。調査船を出させるのは難しいかもしれない」

「ということは、やっぱり――」汐理がうかがうように武智を見た。「クストー号ですか？」

「今朝、病院の若松さんから電話があった。クストー号の船長は、そういうことなら喜んで行くと言ってくださったそうだ。外洋に出るということで、同船する機関士も探してくれているらしい」

「土佐清水から横須賀まで、三日ってとこか。ま、来るには来られるだろうけど」瀬島が武智に顔を向け、肩をすくめる。「いいのか？」

「正直に言うと――」武智はあごに手をやった。「私にもわからない」

武智が皆の前で迷いを見せるのは初めてだ。準平も昨日の川元の言葉を思い出していた。

立ち入り禁止区域のぎりぎり外側まで近づくこと自体は、民間の船にも可能だ。しかし、半径十キロメートルという数値は、当然ながら、三宅が危惧する大噴火や大津波の危険性まで考慮して設定されたものではない。万が一そこで山体崩壊に遭遇するようなことがあれば、乗組員は大きな危険にさらされることになる。

「難しいところだな」照井が渋い声を出す。「近づき過ぎるのは危ない。かと言って、あまり島の遠くに置いても意味がねえ」

「それはそうやねんけど」汐理が表情を引き締めた。「もう悩んでる時間はないみたいやで」

「何かあったの？」準平が訊いた。

「ついさっき、三宅さんからメールが来てな。明神新島で昨日からM４以上の地震が急増してるらしい」

「M４――」火山性地震としてはかなり大きい。「いつ崖崩れが起きてもおかしくないな」

「しかも、震源がだんだん浅いところに移動してるねんて。これまでも、大きな噴火の前は必ずそうなったみたいやし」

「つまり、ドカンといく前兆でもあるってことか」瀬島が言った。

「三宅さんの見立てやと、数日以内に何か起きるんじゃないかって」

「数日ときたか――」照井が低くうめいた。

張りつめた空気を、李が叩くキーボードの音だけが細かく震わせる。皆ただ息をつめ、武智の反応を見守った。

しばらく虚空をにらんでいた武智が、短く「もう一晩だけ考えさせてくれ」と言った。

その姿を見ながら、準平はある決心をした。

細かな相談をいくつかしたあと、今日はいったん解散となった。オフィスに戻る武智を、廊下でつかまえた。

「もう一度、天木さんと話がしたいです」初めてと言っていいほど、強い口調で言った。

武智が足を止め、眉を上げる。理由を訊かれる前に言った。

「あの人に、まだ言い足りないことがあるんです」

瞬きもせず武智の目を見つめる。一人でも行くという気持ちを伝えたかった。

「――わかった」武智がうなずいた。「行こう。明日の彼の予定を探ってみる」

「いえ、今夜行きましょう」


天木の自宅は、杉並区の閑静な住宅街にあった。

二階建てで、生け垣の向こうに小さな庭が見える。いかにも昭和の終わりに建てられたというたたずまいだ。門扉を開けて中に入り、石段を数段上がったところに玄関があった。

武智がインターホンを鳴らすと、天木の妻が応じた。天木は不在だが、もうすぐ帰ってくるはずだという。それまで中で待たせてもらうことになった。

天木の妻は、その年代にしては背の高い、細身の女性だった。若い頃は地震研究所で秘書をしていたそうだ。武智とは学会のパーティなどで何度か会っているらしく、コーヒーを用意しながら気安く世間話をしていた。

武智と並んでリビングのソファに腰を落ち着け、コーヒーに口をつけると、向かいに座った天木の妻が居ずまいを正した。

「武智さん」背筋を伸ばしたまま、体を折る。「本当にごめんなさいね」

「何のことでしょう?」

「天木とのこと、お話はうかがっています。地震研の事務室に、まだお友だちがいてね」そう言って、ある女性事務員の名前を挙げた。研究所内のことで知らないことはないという古株だ。

「謝らないでください」武智は微笑んだ。「天木さんには天木さんのお立場がありますから」

「主人は――本当はとても臆病な人なんです。皆さんにはそんなところを絶対に見せないでしょうけれど」

「真面目すぎるぐらいの人だとは、思います。ぶれることがない」

「いいように言ってくださるけれど」天木の妻は力なくかぶりを振った。「あの人、ずっと自分が信じてやってきたことを否定されるのが、怖いんです。間違いを認めるのが怖くてたまらないんです」

「誰だってそうですよ」

「天木は、仙台の生まれなんです」

「存じています」

「主人がずっと親しくしている幼なじみが、宮城にいましてね。石巻で小学校の先生をされているんです。とにかく子供が好きなかたで、定年まで教壇に立ち続けたいからと、教頭や校長にはならずに」

石巻といえば、大川小学校の悲劇が起きた場所でもある。何が語られるのかと身を固くしていると、彼女は意外なことを口にした。

「あの震災の二日前、三陸沖でかなり大きな地震がありましたでしょう?」地震研究所に勤めていただけあって、的確な表現だった。

「ええ」武智がうなずく。「確か、M7・3でしたか」

三月九日の正午前、牡鹿半島の東方百六十キロメートル付近を震源に発生した地震だ。宮城県で最大震度5弱、東北地方の広い範囲で震度3から4を記録した。現在ではそれが東北地方太平洋沖地震の前震の一つであったと考えられている。

「その日の夜、その先生から主人に電話がかかってきましてね。昼間の地震について詳しく教えてほしいとのことでした。いい機会なので、明日の総合学習の時間に宮城県沖地震のことを教えたいからと。以前から、『先生の親友はえらい地震学者なんだぞ』って、子供たちに自慢していたそうなんです」

宮城県沖地震とは、三、四十年間隔で繰り返し起きているM7・5クラスの地震だ。直近の地震からすでに三十年以上経っていたことから、いつ起きてもおかしくないと当時は考えられていた。

「主人はああいう性格ですから、いい意味で適当な説明というものができません。わたしは隣でやり取りを聞いていたのですが、主人は研究者でもない幼なじみを相手に、三十分もかけて専門的な話をしていました」

「昼間の地震は宮城県沖地震ではない、という話をしたのですか？」

武智の言うとおり、三月九日の地震はその発生直後から、従来の宮城県沖地震とは異なるものと判断されていた。震源が想定されている場所と違うことと、規模がやや小さいことがその理由だ。

「はい。でも、それだけではありませんでした」

天木の妻は姿勢を崩すことなく、目だけを伏せた。

「細かな言い回しまでは思い出せませんが、主人はこんなことを言ってしまったんです。『昼間の地震の震源は、宮城県沖地震が連動型になった場合の連動領域内にある。そこでM7クラスの地震が起きたということは、たまっていたひずみの一部が解消されたということだ。今日の地震のおかげで、次の宮城県沖地震が巨大な連動型になる可能性はいくらか低くなった』――と」

武智が深く静かに息をついた。「――なるほど」

「その先生が、三月十日の授業で子供たちに何をどこまで伝えたのか、わたしは聞いていません。でも、もしかしたら、話を聞いた子供たちの心に、次に来る地震を軽く見る気持ちが生まれたかもしれない。もしかしたら、その話が子供たちの家族や友だちに伝わったかもしれない。そう思うと、怖くて聞けないのです。だって、その次の日に、あんなことが――」

まつげを震わせる天木の妻を見て、準平は黙っていられなくなった。

「それは、ある意味、仕方のないことだと思います」天木をかばいたくはなかったが、事実は告げるべきだと思った。「当時僕たちが信じ込んでいた地震発生モデルに基づけば、そう考えるのは自然なことですから。僕だって、もし誰かに訊かれていたら、似たようなことを言ったかもしれません」

事実、三月九日の地震について新聞社から取材を受け、天木とほぼ同じコメントをした地震学者もいる。〈「連動型」の危険性低下か〉と見出しがついたその記事は、三月十日付けで宮城県の有力地方紙に掲載された。翌日の大惨事を目の当たりにしたその研究者の心情を思うと、準平はいたたまれない気持ちになる。地震研究所で広報を担当していた身として、他人事とは思えなかった。

「それで――」武智が訊く。「クラスの子供たちは？」

「全員無事でした。でも、親兄妹を亡くした子供が何人もいるそうです。それに、よそのクラスには犠牲になった子も――」天木の妻は言葉をつまらせた。

「そのことについて、天木さんは何か――？」準平は言った。

「ひと言も。ただ……震災から一週間ほど経ったころだと思いますけれど、夜中の三時にふと目を覚ますと、隣のベッドに主人がいないんです。そっとリビングをのぞいてみたら、主人は寝間着のままここに座って、ある新聞記事をじっと見つめていました。三十年連れ添ってきて一度も見たことがないような、うつろな顔で」

「震災の記事ですか？」

「ええ。うちでは震災後しばらく、新聞を捨てずに置いてありましてね。三月十三日の朝刊でした」彼女はソファを離れ、サイドボードの引き出しを開けた。「その記事だけは、今も取ってあるんです。主人は知らないと思いますが、わたし、どうしても捨てられなくて」

黄ばんだ新聞紙が一枚、テーブルに広げられた。紙面は胸がしめつけられるような言葉で埋めつくされている。

天木の妻が「これです」と示した見出しは、〈お母さんを捜して　泣き叫ぶ少女〉。地震から一夜明けた気仙沼の様子を、現地入りした記者がレポートしたものだ。津波と火災に見舞われた港町の状況が生々しくつづられた記事の最後に、こうあった。

〈町の惨状を見下ろせる高台で、「お母さんを捜して下さい」と泣き叫ぶ小学生の女の子がいた〉――。

続きには、がれきの山と化した町のほうから自衛隊員が拡声器で「落ち着いて待っていなさい」と応じていたと書かれている。母親が見つかったかどうかの記述はない。

あのとき、こんな経験をした子供たちが、いったい何人いたのだろう――。

「気仙沼の記事ですから、この子が石巻の小学生であるはずはありません。でも、主人があの夜、一人ここで何を思っていたかは、よくわかります」

天木の妻はもう一度頭を垂れた。

「武智さん、どうか天木を許してやってください。主人はきっと、今までの自分のやり方を変えてしまうと、自分が人の生死に関わる過ちを犯したと認めることになると思っているんです。あの人はそれが怖くて、いつまでも頑なに――」

そのとき、玄関のほうで音がした。準平たちの姿を見て、天木の妻は慌てて新聞を折りたたむ。その直後、天木が顔をのぞかせた。準平たちの姿を見て、ぴくりと眉を動かす。

「お引き取り願いなさい」天木は冷えきった声で妻に命じた。その視線が一瞬、彼女の手の新聞に向かう。「今日は疲れた。もう寝るぞ」

「天木さん」武智が立ち上がったが、天木は拒むように背を向けた。コートも脱がず、二階へ上がっていく。妻は「ちょっと、あなた」と呼びかけながら追いかけた。

何分待っても、天木は寝室から出てこなかった。準平も階段を上りかけたが、武智に止められた。やがて、妻だけが下りてきて、「本当に申し訳ありません。今日のところは――」と頭を下げた。明日地震研究所に出直すことにして、いとまを告げた。

門扉を閉め、通りに出たとき、後ろで玄関のドアが開いた。スーツを着たままの天木が、石段を下りてくる。

「家内が余計な話をしたようだな」天木は門扉の前に立った。前髪が乱れている。

「私は、いい話を聞いたと思っています」武智が言った。

「私の弱みでも握ったつもりか」

「その通りです」武智は口もとを緩める。

「冗談を言うとは、珍しいな」天木が唇をゆがめて冷笑した。「プリンスを廃業したと思ったら、ゆすりに転落か」

武智は満面の笑みを浮かべている。

「何がそんなにおかしい」天木がいらいらと前髪を撫でつけた。

「嬉しいんです。天木さんの弱みを知れて」武智は平然と言う。「あなたも結局、我々と同じだった。あなたは、我々と同じものを、ちゃんと背負っている」

天木はしばらく武智を見据え、鼻から息をもらした。

「同じなわけないだろう。君たちと違って、私には責任がある」

「地震村を守る責任ですか」準平は思い切って口を出した。

「ほう。今夜はやけに威勢がいいな」

天木がにらみつけてくる。目をそらさないようにするのに必死で、次の台詞が探せない。

「君たちは私に頭を下げにきたのかと思ったが、違うようだな。だとしたら、これ以上つき合う必要はない」

天木がきびすを返した。玄関に戻ろうとする後ろ姿に、武智が言葉を放つ。

「四年前の三月十一日、我々は背中に重いものを背負いました。何も背負わなかった地震学者など、どこにもいない。生きている限り、それを下ろすことはできません。その重みを感じたまま、歩き続けるしかない」

「私に説教する気か」天木が顔だけこちらに向けて言う。「わかりきったことを言うな。各人が黙って背負えばいいことだ」

「私もそう思います。ただ――」

武智の真っすぐな声が、夜の住宅街に響きわたる。

「私は、私が背負っているものたちに、二度と同じ光景を見せるわけにいかない！」

天木の瞳がわずかに揺れた気がした。だが言葉は発しない。再び顔を背けると、石段を踏みしめるようにして上がり始める。

これが最後のチャンスかもしれない――そう思ったときには、叫んでいた。

「天木さん！」

天木が足を止めた。その背中に向かって声を張る。

「僕は一度、背負うべきものを放り出して逃げようとしました。でも、武智さんや仲間たちのおかげで、もう一度歩き始めることができた」

喉のつかえが吹き飛んだかのように、とめどなく言葉があふれ出る。

「お願いです！　僕たちと一緒にやってください！　僕たちには今、やるべきことがある。津波から人々を守るために、やれることがあります。やれることがあったのに、それをやらなかったとなれば、我々はもう終わりです。僕たちが歩き続けようとしている大切な場所が――僕らのサイエンスの世界が、終わってしまう！」

天木はしばらくの間、微動だにしなかった。やがて、深く息をつき、また足を踏み出す。そして、そのまま一度も振り返ることなく、家の中に消えた。

「おはようございます」

翌朝、オフィスを訪ねると、武智が珍しくネクタイを結んでいた。

「考えた」結び目の位置を直しながら言う。「やはり、クストー号に頼むしかない」

「――わかりました」そういう結論になるだろうと予想はしていた。

「これから船長に出航をお願いする。どこまで明神新島に近づけそうか、検討を始めよう。みんなを集めてくれるか。できれば三宅さんにも意見を聞きたい」

「はい、連絡を取ってみます」

身を翻した準平を、「それから」と武智が呼び止めた。

「君に謝らなくてはならない。研究支援員の契約は、今月で終了だ。来年度の契約延長はできなくなった。すまない」

「武智さん――MEIを辞めるんですか」ネクタイを見たときから、それも予感していた。

「やるなと言われたことをやろうというんだ。それが筋だろう」武智が机の上の封筒を取り、上着の内ポケットに差し込む。「今から川元理事のところへ行く」

「僕も一緒に行っていいですか」

邪魔だというのはわかっている。だが、最後に川元が何を言うのか、どうしても見届けたかった。武智はしばらく考えたあと、黙ってうなずいた。

川元は理事室で事務職員と何か打ち合わせていた。職員が退室するのを待って、武智が机に歩み寄る。準平は出入り口の近くに留まった。

「これを――」武智が白い封筒を差し出した。

「退職願ですか」川元は何の驚きも示さずに受け取る。「妥当な判断ですね」

「私は私なりに、今もＭＥＩを愛していますから」武智は穏やかに言った。「最後のラブレターです」

川元は口角を下げたまま、武智を見上げる。

「確かに受け取りました」

そのとき、遠慮のないノックの音がしたかと思うと、ドアが勢いよく開いた。恰幅のいい男が大きな顔をのぞかせる。

「理事長――」川元が腰を浮かせた。

「なんだ、武智君もいるじゃないか」理事長は太い眉を上げた。準平を押しのけるようにして、ずかずかと入ってくる。「だったら話が早い」

「何のことでしょう？」川元が表情を曇らせた。

理事長は、机の上の封筒と武智のネクタイを見比べて、顔をしかめる。「それは辞表か？　だったら、まだしまっておきたまえ」

「どういう意味ですか？」今度は武智が訊いた。

「海保の『光洋』という船があるだろう」

「海洋情報部の測量船ですね」

海上保安庁には海洋情報部という部局がある。もとは海図を作成する部署として発足したが、現在では広く海洋の調査観測をおこなっている。研究者や技術者を多く擁しており、研究機関としての側面が強い。

海洋地質学者でもある理事長は、太い声でまくしたてた。

「その光洋が、伊豆・小笠原海域で地殻熱流量観測を実施することになっている。明神新島の他に火山活動を始めそうなところがないか、調べておこうってわけだ。急な話だが、その調査航海に、君たちの津波監視システムを積んでいくことになった」

「ええっ⁉」後ろで思わず声を上げた。振り返った武智と顔を見合わせる。そのそばへ駆け寄った。

理事長が続ける。「光洋にはまず明神新島へ直行してもらうことになっている。無論、立ち入り禁止区域の外までだがね。君たちも同乗して、ふさわしい場所に津波計を投入してくれ」

「待ってください」川元が声を上ずらせた。「そんな話、わたくしは聞いていませんが――」

「私もたった今聞いたばかりだ。海洋情報部長から直接私に電話があってね。新しい津波監視システムの設置に協力してほしいと、今朝早く地震本部から非公式に要請があったそうだ。急を要する事態だから、無理矢理にでも航海計画にねじ込んでくれ、と」

「地震本部から――」武智がつぶやいた。

「まさか、天木さんが――」準平も半信半疑でその名を口にする。

地震本部調査観測計画部会の構成メンバーに、海上保安庁海洋情報部の技術・国際課長も名を連ねている。部会長である天木が、その課長を通じて要請を出したということだろうか。だが、武智は今回の件で、地震本部の委員数名にコンタクトをとっている。動いたのが天木だという確証はない。

気づけば膝が小刻みに震えていた。あまりに急な展開に、それ以上頭が回らない。

「しかし、なぜ今になって急に……」川元が不服そうに言った。

理事長は、自分に訊くなとばかりに顔の前で手を振る。

「地震本部がやれと言っている以上、我々はもうつべこべ言えん。そんな暇もない」

わずらわしそうにネクタイをほどきながら、武智が鋭く質す。

「出航はいつです」

「明日の朝九時にここを出る。間に合うか」

「もちろん」

武智はそう言い捨てると、まだ呆然としている準平の肩をたたき、ドアに向かって大股で歩き出した。

3

光洋は、全長百メートルの堂々たる船体を、MEIの岸壁に横づけしていた。

測量船というとどこか素朴な響きがするが、深海用音波探査装置、偏位流速自動測定装置、海上磁力計などを搭載した、立派な科学調査船だ。真っ白な舷側に、〈JAPAN COAST GUARD〉の青い文字がよく映えている。

突如現れた海上保安庁の船に、出勤してきた職員たちがもの珍しそうな視線を向けていく。だが、これから何がおこなわれようとしているのか知っている者は、ほとんどいないだろう。

日本海を弱い低気圧が進んでいるせいで、空はどんより曇っている。明日はもう春分だ。南から吹きつけてくる風には生ぬるささえ感じる。今日の海況はけしてよくないようだが、明朝までには天候も回復に向かうらしい。

そう言えば、あの日の海もこんな色だった――鉛色の海面を見て、準平は思い出した。去年の今ごろ、武智の面接を受けにMEIを訪ねた日のことだ。この岸壁で武智の名刺をもてあそんでいるときに、偶然瀬島と出会った。その瀬島と、今こうして明神新島に向かおうとしている。それを思うと、人と出会うということの不思議さが胸に迫ってくる。

機材の積み込みを終え、武智、瀬島とともにタラップを下りると、岸壁に出てきていた汐理が驚いて言った。

「もう終わったん？」

「乗組員の人たちが、あっと言う間に運んでくれた。やっぱり、海保の船は違うよ」

「見事な働きぶりであります」瀬島がおどけて敬礼する。

今も甲板では、紺の作業服に身を包み、白いヘルメットと黄色の救命胴衣を付けた海上保安官たちが、きびきびと動き回っている。五十人ほどの乗組員に加え、海洋情報部の研究員が数名乗り込んでいるそうだ。

「照井さんは？」汐理が訊いた。

「中の作業室で津波計の封入を始めている」武智が船のほうにあごをしゃくった。「海に出て揺れたら作業がやりにくいからと言って」

船には、瀬島、照井、準平の三人が乗ることになった。装置のことを熟知している二人に、準平が加わった形だ。

武智、汐理、李の三人はＭＥＩの研究室でそれぞれの任務につく。武智は全体の指揮をとり、汐理は監視システムのモニタリングと情報収集、李はシミュレーションという役割分担だ。

「李君は？」汐理に訊いた。

「研究室。テラ・シミュレータのサーバーに、海底地形データやら初期値データやらを入れてる。最後の仕上げやって」

理事長の指示で、李にはすぐにテラ・シミュレータのアカウントが与えられた。おまけに——これは極めて異例なことらしいが——ひとまず一週間、李の計算に必要なノードを空けておいてくれるという。

「あと、オペレーションソフトのことやねんけど——」と言いかけた汐理が、口を開いたまま固まった。船のほうを見つめて言う。「天木——」

三人がいっせいに振り返った。確かに天木だ。トレンチコートの裾をはためかせながら、悠然とタラップを下りてくる。

岸壁に降り立った天木は、ゆっくりこちらに近づいてきた。

「いらしていたのですか」先に声をかけたのは武智だった。

「ひと言挨拶に来ただけだ」天木は無表情に応じる。

汐理は緊張した面持ちだ。瀬島は、これが噂の男かと、天木の全身をじろじろ見ている。

「やはり、天木さんだったのですね」武智は口もとを緩め、そんな訊き方をした。

天木は武智の顔をじっと見た。答える代わりに、船へと視線を逸らす。

「この船のキャプテンは、堤さんといってな。何年か前、地震研と海保の合同観測で世話になったことがある」

「そうでしたか」

「海ではいろんなことが起こる」天木は静かに続けた。「思い通りにはいかない。判断するのは常にキャプテンだ。調査航海の成否は、キャプテンの力量にも左右される」

「確かに」

「堤さんは優秀なキャプテンだ」天木がふと準平に目を向けた。「我々のために、最善を尽くそうとしてくれるだろう。だからといって、あまり無茶なことは言うな。彼も多くの部下の命を預かる身だ」

天木は今、「我々」という言葉を使った。その意味を噛みしめながら、うなずいた。

「——はい」

天木は、何ごともなかったかのように、本部棟のほうへ体を向けた。そして、一度も振り返ることなく、その場を立ち去った。

入れ替わりのように、若い海上保安官が駆け寄ってきた。

「武智さんという方はいらっしゃいますか？　船長が、少しお話できないかと——」

準平も一緒に、案内されるまま艦橋へ上がる。操舵装置や制御卓が並ぶ操舵室に入ると、六つボタンの制服に身を包んだ初老の男性が近づいてきた。そで章に四本線が入っている。

「船長の堤です」制帽を取って言った。小柄だが姿勢がよく、余裕のある笑顔に風格がある。

「武智です。お世話になります」武智は深々と頭を下げた。

「時間がありませんので、測器設置方法などの詳しいお話は出航してからうかがいます。ここでは基本的な事項の確認を」堤は立ったまま説明を始める。「本船はこれより伊豆諸島に沿って南下し、明神新島に向かいます。明日の夜明け前には現場に到着するでしょう」

堤は手もとの書類に目を落とした。武智が昨日提出した簡単な計画書だ。

「頂いた資料によれば、明神新島の真北、東経百四十度一分、北緯三十一度五十五分付近の海域において、水深約千五百メートルの海底にダイナモ津波計を設置。その直上に、ウミツバメという洋上ドローンを投入する、ということですね？」

「はい。実際には、現地で海底地形を確認しながら、なるべく平坦な場所を狙って津波計を沈めることになります」

「ご指定の位置は、明神新島から北に十キロの地点になります。今のところ、上からも、そこまでは行っていいと言われています」

「ただ、本来なら――」

武智が口をはさもうとすると、堤は、気持ちはわかるがとでも言いたげにかぶりを振った。

「立ち入り禁止区域内に入ることは、本船にも許可されていません」

「――わかりました」武智は、何かを飲み込むように言った。

「大きなトラブルがなければ、明日の正午までに作業を完了できるはずです」堤は制帽をかぶり直した。「そちらの準備がよろしければ、出発しましょう」

午前九時十分、光洋は岸壁を離れた。

瀬島、照井と並んで舷側から岸壁を見下ろす。武智と汐理が手を振っている。

「見送りがたった二人なんて、さびしい船出だねえ」瀬島が手すりにあごをのせて言った。

「いや、もう一人いるぜ」照井が本部棟のほうを指差す。

「ほんとだ」建物の前に、李の姿があった。両手をパンツのポケットに突っ込み、ぼんやりとこちらを見上げている。

「なんだ、あいつ。眠そうな顔しやがって」

苦笑する瀬島の横で、準平は三人に向けて手を振った。

船は船首を右に傾けながらゆっくり前進する。遠ざかる岸壁の端に、トレンチコートの男が立っているのが見えた。準平は、天木にも大きく手を振った。


出航後すぐに雨が降り出した。うねりも高く、三千トンの船体が左右にローリングした。だがそれも、夕方に三宅島の東を通過するころには、ずいぶんましになった。

緊張のせいか、あるいは単に体が慣れてきただけか、船酔いはほとんど感じない。機材の最終チェックは夕食までに終えた。二人部屋で同室になった瀬島は、仮眠をとると言ってベッドで横になっている。

研究室には六時間ごとに定時連絡を入れることになっている。そのために、衛星携帯電話を持ち込んでいた。もちろん船にも衛星通信の設備はあるが、緊急時にも使われる回線を頻繁に借用するわけにはいかない。

夜九時になるのを待ち、トランシーバーのような電話機を持って艦橋へ上がる。暗い操舵室には数人の航海士たちが詰めていた。モニターや計器類だけが明るく光っている。前方の窓に目をやると、一時の方角にかすかな光の群れが見えた。近くにいた航海士が、あれは八丈島だと教えてくれた。

その航海士にひと声かけ、操舵室後方の甲板へ出る。空が大きく開けたこの場所は、衛星通話に最適だった。

ワンコールで汐理が電話に出た。「今どの辺？」

「少し先に、八丈島が見えるよ」自分たちが守ろうとしている島だ。「今のところ、こっちはとくに問題なし。雨も上がったし、海況もだいぶよくなってきたよ。そっちは？」

「うちらの準備も完了。三宅さんからの情報によれば、明神新島で大きな動きはない、というか――」汐理はもどかしそうに言い直した。「あったと言うべきかもな。どういうわけか、今日はＭ４を超える地震が起きへんかった」

「一回も？」

「うん。Ｍ４クラスの地震が頻発してたにもかかわらず、噴火に至らず収束に向かうのは、初めてのケースやって。かえって不気味やって三宅さんは言うてる」

「確かに、ちょっと嫌な感じだね」

「とにかく、地震計か、青ヶ島の空振計が何か捉えたら、すぐ三宅さんから連絡が入る手はずになってる」

　空振計とは、噴火による衝撃波や音波などの空気振動を観測する装置だ。総合観測班が去年、最寄りの陸地である青ヶ島に設置し、常時モニタリングを続けている。逆に言えば、それぐらいしか噴火を監視する術（すべ）がないということだ。

「あと、これが一番大事なことやけど」汐理が声を高くした。「昼間、八丈町役場、それから青ヶ島村役場の人たちと、何度か電話でやり取りした。みんな、すごく真剣に話を聞いてくれた。噴火の心配ならともかく、津波が来るなんて初耳やって」

「何か対策はとってくれそう？」

「青ヶ島のほうは、港への出入りに注意するって。八丈島からの連絡船が週四日、一日一便入ってくるらしいから」

「八丈島は？」

「総務課長さんがすぐに消防本部と消防団の責任者を集めてくれてな。警戒態勢をとってもらえることになった。大急ぎで防災無線の点検もしてくれたみたい。住民にもいろんな方法で注意を呼びかけてもらってる」

「素早いね。よかった」

「ただな」汐理の声がくもる。「明日は土曜やろ。課長さんの話やと、週末は観光客が普段より多いし、海に出て遊ぶ人も少なくないみたいやねん。とくにこの土日は、底土(そこど)海岸のビーチとキャンプ場で大きなイベントがあって、島の子供たちがたくさん集まるねんて」

準平はうなった。「そのタイミングでことが起きたら、まずいね」

「だからって、イベント中止してとも言われへんしな」

何点か細かな打ち合わせをして、電話を切った。それとほぼ同時に、操舵室に通じる扉が開く。現れたのは、船長の堤だった。

「陸(おか)の態勢は万全ですか?」訊きながら、甲板をこちらに歩いてくる。

「はい、僕らのチームのほうは」

「さっき、同船しているうちの研究員から聞きました」堤は、しわの多い顔に微笑みをたたえて言う。「どこかでお見かけした顔だと思っていましたが、行田さんは、地震研の――」

「――ええ。三年ほど前まで」

「その研究員は、MEIに友人がいるそうでね。あなたたちのプロジェクトのことも、さっき詳しく教えてもらいました。私は勘違いしていましたよ」堤が目を細める。「天木さんが強引にねじ込んでくるぐらいだから、きっと大きなプロジェクトなのだろうと」

準平は苦笑いを浮かべて首を振った。「今この船に積んでもらっていること自体、奇跡みたいなものです」

「おそらく、海上保安庁の上層部も、まだ半信半疑なのですよ。海のものとも山のものともわからぬことのために、リスクをおかすなとね。ましてや我々には、明神海山と浅からぬ因縁がある」

「第五海洋丸ですか。噴火に巻き込まれたという――」

「ご存知でしたか」堤が小さくうなずく。「あの船も光洋と同じ測量船でした。私が入庁したころは、まだ当時をよく知る職員も多くてね。いろいろ聞かされましたよ」

「武智さんに叱られたことがあるんです。明神海山を甘く見てはいけないって」

「それでも、あなたたちは迷いもせずにそこへ向かっている」

「迷うなんて――とにかく一刻も早く行かなきゃって、そればっかり」

堤はゆっくり息をついた。漆黒の海に体を向けて背筋を伸ばし、腰の後ろで両手を組む。

「よく、危険をかえりみず、などと言うでしょう。だが多くの場合、実情は違う。目先のことに意識を奪われて、危険が見えなくなっているに過ぎないのです。そしてそれはときに、重大な二次災害を生む要因となる」

4

船の最頂部、艦橋の天井にあたる甲板には、準平たちの他に五、六人の乗組員が集まっていた。

空は白み始めている。まだ薄雲が広がっているらしく、東の方角にも鮮やかな色彩はない。美しい日の出は望めそうになかった。

うねりはおさまったものの、かなり波がある。乗組員によれば、この海域は年間を通して波が高いそうだ。尖った波頭が舷側で砕け続けているが、船を揺らすほどの力はない。

ここは、明神新島の北、約十キロメートルの地点。光洋は、三十分ほど前からこの位置に留まっている。

前方に目を凝らしているうちに、うっすら水平線らしきものが浮かび上がってきた。

「あれですかね」真正面を指差す。水平線に三角形の突起があるような気がしたのだ。

「あれだな」隣で瀬島がうなずいた。

「どれだい。見えねえよ」照井は柵から身を乗り出している。

明神新島の島影が、あぶり出しのようにじんわり現れてくる。中央にそびえる円錐形の火砕丘と、それを支える平らな台地の輪郭が、はっきり見て取れた。

そばにいた乗組員が双眼鏡を貸してくれた。のぞいてみるが、噴煙らしきものは見えない。ただのちっぽけな孤島に思えた。

「敵影見ゆ、ってとこだな」

照井の言葉に、胃がきゅっと縮む。そうだ。これから挑もうとする相手を、見くびってはならない。あの島の下では今もマグマが煮えたぎっているのだ。

航海士の一人が準平たちを呼びに来た。階段を下りる前に、衛星携帯電話を研究室につないだ。応答した武智に、早口で伝える。

「まだ島から十キロのところにいます。波はありますが、投入には問題ありません」

「島は見えるか？」

「はい、もうはっきり」

ふと、武智もここへ来たかっただろうなと思った。だからこそ、武智の代わりに来た自分が、中途半端なことはできない。

「予定どおり、夜明けとともに作業を開始します。これから船長たちと、投入地点の検討に入るんですが――」

「船長と話がしたい。代わってくれるか」

訊かずとも、武智の意図はわかる。覚悟を決めて、言った。

「そのことなんですが、とりあえず僕に任せてもらえませんか」

数秒間の沈黙のあと、武智は「わかった」と言った。「難しそうなら、すぐ電話をくれ。私から話す」

操舵室に入ると、瀬島と照井が海底地形データのプリントアウトを広げていた。船長の堤と、四十がらみの大柄な航海士――確か首席航海士と紹介を受けたはずだ――がそれを囲んでいる。真っすぐそこへ近づいて言った。

「船長、お話があるんですが」

堤は顔を上げ、首をこちらに回した。「もっと先まで行けないか、ということですか？」

平然と言い当てられて、顔が固まる。気後れすまいと、勢いよく頭を下げた。

「無理を承知でお願いします」そのままの姿勢で言う。「少しでも島に近い場所に置けば、それだけ津波を早くとらえることができます。それだけ避難する時間が稼げるんです」

「それは私も承知しています」

「せめて、あと二、三キロだけでも――」

「私も航海中、ずっと考えていました。ですが、結論は変わりません。私は今ここにいる全員の命を預かっています。我々警察職員だけでなく、海洋情報部の研究員やあなたたち民間人も乗っているこの船を、いたずらに危険にさらすことはできない」

準平はゆっくり顔を上げた。堤の言うことはもっともだ。海上保安庁の船とはいえ、光洋は巡視船ではない。

「この船をこれ以上進めることはできません」堤は準平にうなずきかけ、言った。「ですから、搭載艇を出します」

「え——？」一瞬頭が真っ白になる。「搭載艇？」

「ご覧になっていると思いますが、この船は十メートル級の搭載艇を積んでいます」

「もしかして、左舷にある救命ボート——」煙突の横で二本のアームに吊り下げられているモーターボートだ。もちろん何度も目にしている。

「救命ボートではないんです」隣の首席航海士がはきはきと言った。「確かに、巡視船搭載の警備救難艇とほぼ同じ型式ですが、用途が違います。あれは、狭い港内や浅瀬の調査に使う、測量艇です。音響測深機なども備えています」

「うーん、ナイスアイデア」瀬島がうなった。

まだ啞然としている準平に、堤が訊く。

「この海域だと、津波の速度はどれくらいになりますか？」

我に返って答える。「時速四百キロ強です」

「ということは、分速七キロ。ここから七キロ先——島から三キロの地点に津波計を置けば、一分早く警報を出せるわけですね？」

「そうです」あの震災では、ほんのわずかな時間が生死をわけた事例が、まさに数え切れないほどあった。「大切な——本当に大切な、命の一分間です」

「自分にやらせてください」首席航海士が一歩進み出た。「それで一人でも多く救えるのなら、自分が行きます」

堤は首席航海士を見上げ、静かに命じる。

「現場へ向かうのは警察職員四名とする。君が指揮をとれ。あと三人、航海士、機関士の中から選抜しなさい」

「僕も行きます」堤の正面に回り込んだ。

「いや、準平ちゃん、ここは俺だろ」瀬島が準平を押しのける。「すぐゲロ吐くようなやつには任せられん」

「だめですよ、投入に立ち会った経験が一番多いのは僕なんですから」

「じゃあジャンケンだ。一回勝負だぞ」瀬島は拳を振り回した。「さーいしょはグー！」

「待ちなさい」堤があきれ顔で割って入る。「あなたたちは乗せられません。危険すぎる」

「だからこそ僕も行くんです」堤の目を見て強く言った。「経験のない人たちだけで行って、投入に手間取れば、危険にさらされる時間がそれだけ長くなります」

堤は短く息をつき、首席航海士と顔を見合わせた。

午前七時十分、五人を乗せた搭載艇は母船を離れ、船首を明神新島に向けた。

全長十メートル足らずのボートだが、屋根のある立派なキャビンを備えている。キャビン前方が操舵室、後方は観測機器が並ぶ作業室になっていた。

後部甲板には津波計とウミツバメが載せられていて、足の踏み場もない。準平は三人の海上保安官とともに、船べりのせまいスペースに立っていた。他の乗組員同様、白いヘルメットをかぶり、黄色い救命胴衣を着けている。キャビンの屋根の手すりにつかまったまま、見送る瀬島と照井に手を振った。

エンジンが徐々にうなりを高くする。さすがに船足は速く、見る間に光洋が小さくなっていく。そのかわり、小さな船体は上下に激しく揺れた。

キャビン後部の出入り口から、中をのぞく。首席航海士が音響測深機を操作していた。

「目標地点まで、二十分ぐらいですか？」準平は訊いた。

「いや、十五分もかからないでしょう」首席航海士は腕時計に目を落とす。「それから三十分で作業を終えて現場を離脱できるよう、頑張りましょう。絶対無事に帰りますよ。堤船長のためにも」

「ずっと気になっていたんですが――」作業室に入って言った。「今回のことで、船長は何か処分を受けるんでしょうか」

「我々五人が無事に帰れば、訓告程度で済むかもしれません。ですが、もし何か事故でも起きたら、海保にはいられなくなると思います」

「やっぱり――」

「行田さん」首席航海士が初めて白い歯を見せた。「自分は、今回の仕事に関われて、本当に嬉しいんです。船長はもちろん、光洋のクルー全員が同じ気持ちだと思います。

みんな、津波には特別な思いがありますから」

「どういうことですか」

「実は、四年前の震災の際、巡視船だけでなく、測量船も急きょ被災地に派遣されたんです。任務は、航路の確保、海上捜索、漂流物の調査でした」

「それは知りませんでした」

「震災当日、光洋は横浜の基地に停泊していたんですが、その日のうちに非常招集がかかりましてね。翌十二日に出航して、十三日の昼に宮城の金華山沖に到着しました。海上はひどい有り様でしたよ」

「漂流物でですか」

「ええ。いたるところに家屋や漁船が浮かんでいるんです。それを避けながら航行していると、漂流している家の屋根に、二名の人影を確認しました。一人は寝そべった状態、もう一人はしゃがみ込んでいるように見えました」

「生存者ですか？」

「自分たちもそう思って、急いでその屋根に接舷し、救助にあたりました。しかし、残念ながら二人ともすでに息がありませんでした。そのあとも、漁船の中に一名、海上に浮遊していた一名の遺体を発見し、揚収したんですが――きつい経験でした」

「――そうでしたか」

「でも、自分などまるで甘い」

首席航海士は窓の外を指差した。一人だけウェットスーツを着た海上保安官の姿が見える。四人の中では最年少で、潜水士だという。

「あいつは震災当時、光洋ではなく巡視船に乗り組んでいましてね。潜水士ということで、被災地沿岸でずっと行方不明者の捜索にあたっていました。本人は多くを語りませんが、それこそ数え切れないほどの遺体を引き揚げたはずです」

準平は窓越しにその若者の横顔を確かめた。唇を真一文字に結び、潮風に目を細めて真っすぐ前を見つめている。

「だからかどうかわかりませんが、この任務の志願者を募ったとき、あいつが真っ先に手を上げたんです」

首席航海士はそう言って、どこか愛おしげな視線を部下に向けた。

キャビンを出ると、準平は思わず息を呑んだ。このわずかな間に、明神新島の姿が驚くほど大きく、明瞭になっている。

島全体が不気味な黒褐色をしている。当然ながら植生はなく、生命の息吹すら感じられない。溶岩が冷え固まった台地は荒々しくがさついているのに対し、中央にそびえる火砕丘の斜面はさらりとなめらかだ。これは、火砕丘が、火口からの噴出物が積もってできた砂山——ひと粒は砂よりはるかに大きいが——のようなものだからだ。

やはり、火口に噴煙らしきものは見えない。だが、島のふちから所どころ白い煙が立ち上っている。まだ熱い溶岩が海水と接触して、水蒸気を上げているのだ。

そして、この島の下でうごめくマグマもまた、激烈な突沸のきっかけを息をひそめて待っている。準平はその瞬間を想像して、初めて恐怖を感じた。

搭載艇が速度を落とした。そろそろ目標地点らしい。キャビンに戻り、音響測深機のモニターを確認する。

「ラッキーですよ」映し出された海底地形を、首席航海士が指でなぞった。「このあたりはずっと平坦です」

「よかった。予定どおりいきましょう」

目標地点で船を止め、作業を開始した。まずはダイナモ津波計だ。乗組員たちに指示を出しながら、本体の黄色い球に四本の電極アームを取り付ける。隣では、首席航海士が母船に無線連絡を入れていた。

問題は、搭載艇にはクレーンがないということだ。重量的には人力でも下ろすことができる。ただし、船から少し離れたところに本体を下ろさないと、二メートルある電極アームが船に引っかかってしまう。

そこで照井が急きょ考え出したのが、すべり台方式だった。搭載艇の後部甲板にはコの字型の手すりが立っていて、高さが腰まである。船のふちは膝下までしかないので、手すりと船のふちを支えにして船の外へ長い板を渡せば、海面まで続く緩やかなすべり台ができる。それを使って装置をすべり落とそうというわけだ。

乗組員たちが見事なロープワークですべり台を作った。津波計にもロープを二本くくりつけ、すべり台に載せる。皆でロープを握ったまま、じわじわとすべらせていく。そのかたわらで、タンクを背負った潜水士が背中から海に飛び込んだ。

津波計が板の端まできたところで、首席航海士が「いいぞ！」と合図した。潜水士が海の中から腕を伸ばし、ロープをほどく。二本目のロープが外れるや否や、津波計は海へとずり落ちた。電極アームが船に引っかかることもなく、黄色い球は正しい姿勢で海中に消えていった。

続いてウミツバメの投入に入る。フロートの下にフリッパーを固定してある。それを横倒しにした状態ですべり台に載せた。フロートにくくりつけたロープで支えながら、ゆっくり海へとすべらせていく。準平はロープではなく、金属のワイヤーを握っていた。フロートとフリッパーを仮留めしている金具を取りはずすためのものだ。その金具をはずさないと、フリッパーが海中に沈んでくれない。

潜水士がロープをほどくと、ウミツバメはしぶきを上げて海面に落ち、フロートが背中を見せて浮かんだ。準平はすぐさま力いっぱいワイヤーを引いたが、フロートが少しこちらに傾くだけで、金具がはずれる手応えがない。

「だめだ！　真上に引っ張らないと！」

準平が叫ぶと、潜水士がフロートに乗りかかるようにしてワイヤーをつかみ、力強く真上に引く。金具が横にはずれ、フリッパーがゆらりと沈むのが見えた。準平は大きく息をつき、手の甲で額の汗をぬぐった。

潜水士を甲板に引っ張り上げている間に、首席航海士が無線機に呼びかけた。

「測器投入作業、完了しました。ただちに現場を離脱します、どうぞ」

搭載艇のエンジンが再びうなった。明神新島に背を向けて、逃げるように走り出す。

準平は後部甲板に立ち、遠ざかる島影をじっと見ていた。島は、自分たちが仕掛けた装置のことなど歯牙にもかけず、ただ束の間の眠りについている――そんな気がした。

十五分かけて光洋へ戻った。出迎えてくれた瀬島たちとともに、真っ直ぐ操舵室に向かう。

「投入地点の緯度経度と水深は、もう研究室に伝えた」瀬島が階段を上がりながら言った。「津波計の着底が確認でき次第、しおりんから連絡が入ることになってる」

「あの水深だと、三十分もかからねえ」照井が腕時計に目をやる。「もう着いてるころだな」

操舵室に入ると、衛星携帯電話を持って後ろの甲板に出た。瀬島と照井もついてくる。

それから一分もしないうちに、呼び出し音が鳴った。

「水圧データで着底を確認した」前置き抜きに汐理が言った。

「他の計器のデータは？」勢い込んで訊く。

「大丈夫。電位差計も磁力計も、全部正常に作動してる」

「よかった！」やっと顔が緩んだ。「データが送られてきてるってことは、ウミツバメも――」

「もちろん問題なし。元気に泳いでくれてるで。あ、ちょっと待って。武智さんに代わる」

それを待つ間に、瀬島と照井にＯＫサインをつくって見せた。二人はがっちり握手を交わしている。

「――行田君」武智の声が聞こえてくる。たった数時間ぶりに聞く声が、不思議なほどなつかしい。「言いたいことは一つだけだ。よくやった」

電話を切り、操舵室に戻ろうとすると、出入り口に船長の堤が立っていた。研究室とのやり取りを聞いていたらしい。目じりにしわを寄せ、右手を差し出してくる。準平はそれを強く握り返した。

操舵室の中で、津波監視システムが無事に動き始めたことを堤が皆に告げた。待ち構えていた十数人の海上保安官たちが歓声を上げ、拍手が湧き起こった。

5

午前九時四十分、光洋は再び動き出した。大きく舵を切り、針路を北に向ける。目的地は八丈島だ。準平たち三人はそこで船を下り、飛行機で羽田まで帰ることになっている。光洋はそのまま伊豆諸島周辺で地殻熱流量調査を実施するとのことだった。

船室に戻ると、緊張が解けたせいか、どっと疲れが出てきた。ベッドに倒れ込み、五分もしないうちに意識を失った。

目が覚めたのは、正午過ぎだった。瀬島は上段のベッドで寝息を立てている。研究室に監視システムの状況を訊いてみようと、衛星携帯電話を手に艦橋へ上がった。

操舵室には首席航海士がいた。そのそばに寄って、訊ねる。

「今、どのあたりですか？」

「青ヶ島の南東、十五キロ付近ですね。ほら」首席航海士が左前方の窓を示した。かすんではいるが、台形に盛り上がった島影が確かに見える。

甲板に出て、空を見上げた。天気は少しずつよくなっている。まだ青空はのぞいていないが、南から薄日が射していた。

電話には汐理が出た。システムは順調に稼働しているという。

「今、三宅さんからメールがあってな」汐理はその続きに言った。「明神新島は今日も異様に静かやって」

「やっぱり減ってるんだ、地震」根拠はないが、やはりいいニュースとは思えなかった。

「うん」汐理の声も曇っている。「それから、さっき八丈島の様子を役場に問い合わせてみた」

「土曜だけど、誰かいたの？」

「総務課長さんがおった。週末も職員が交代で詰めることになってんて」

「ありがたいね」

「漁協と港湾関係には情報が行き渡ったみたい。今日は朝から広報車が島を回ってるし、町の公式SNSアカウントでも発信してくれた。海水浴場とかレジャースポット、ダイビングショップなんかにも個別に注意をうながしてるらしい。天気がよくなってきて気温も高いから、海辺にはかなり人出があるって」

「そういえば、今日明日と、子供たちが集まるイベントがあるって言ってたよね」

「うん。今ごろビーチでバーベキューでもしてるはず」汐理は、尽きぬ心配事をいったん吹き払うかのように、短く息をついた。「そっちは、今日中に帰ってこられそう？」

「たぶん。このままいけば、夕方の最終便に乗れると思う。八丈島に着いたらまた連絡するよ」

そう告げて電話を切ろうとした、そのときだった。

ずん、と船体が震えた。

船底を巨大なハンマーで叩かれたような衝撃が、足もとから伝わってくる。

地震――。

「切らないで！」電話機に叫んだ。「地震だ！　大きい！」

「待ってて！　三宅さんに――」汐理の声が途切れた。だが電話はつながっている。

操舵室へ続くドアから首席航海士が飛び出してきた。

「今の地震、明神新島でしょうか」緊張した面持ちで双眼鏡を南に向ける。

「おそらく。今、確認してもらってます」

船首は北を向いている。南にある明神新島の様子を確かめるには、この甲板が最適だった。この距離からでも火砕丘の頂上ぐらいは見えてもおかしくない。だが、かすんだ水平線上にそれらしき影は認められない。

すぐに瀬島と照井も上がってきた。二人とも息を切らしている。

「噴煙は見えないな」瀬島が手で庇を作る。

「陸では、何て言ってる？」照井が呼吸を整えて訊いた。

ちょうどそのとき、電話機から武智の張りつめた声が響いた。

「もしもし聞いてるか？　三宅さんと電話がつながった。震源は明神新島直下、ごく浅い。マグニチュードは5・7、今までで最大だ」

武智の後ろで汐理の甲高い声が聞こえる。三宅とやり取りを続けているらしい。武智が早口で続ける。

「ただの火山性地震じゃない。波形がおかしいらしい。まだ震動が続いている」

崖崩れだ――そう直感した瞬間、隣で瀬島が鋭く叫んだ。

「見ろ！」真っ直ぐ南の空を指差している。「噴煙だ！」

「噴きやがった！」照井が柵に走り寄った。「でかいぞ！　とてつもねえ！」

「噴火です！」準平は電話機に向かって声を振り絞る。「たった今、噴煙を確認しました！　巨大な噴煙が上がってます！」

武智が研究室で「噴火したぞ！」と繰り返すのが聞こえる。

「――すごい」首席航海士がうめいた。双眼鏡をだらりと下ろし、呆然と立ちつくしている。

灰色の煙は立体的にふくらみながら、みるみるうちに天高く昇っていく。噴煙の内部で何かが光った。噴出物の摩擦によって生じる火山雷だ。

首席航海士は我に返ったように踵（きびす）を返し、操舵室へ駆け込んでいった。本部か本庁に通報するのだろう。

「観測班が噴火による地震動を確認した！」武智の声が電話機を震わせた。汐理が後ろで何かわめいている。「揺れが収まらないと言ってる！　山体崩壊、来るぞ！」

武智の声が遠ざかった。李にスタンバイを指示しているのが聞こえる。

いつの間にか、甲板には大勢の乗組員が出てきていた。口々に何か言いながら巨大な噴煙を見上げている。出入り口の近くには、堤の姿もあった。

数秒後、鼓膜に異変を感じた。操舵室の窓ガラスがびりびり震え出したかと思うと、落雷にも似た轟音が響き渡る。衝撃波に続いて爆発音がやっとここまで届いたのだ。甲板が畏怖の声でざわめく。

地震計データのみで山体崩壊の発生を即座に判断するのは難しい。研究室内の切迫した様子が電話越しに伝わってくる。

「青ヶ島の空振計、大きく振れてるって！」汐理が三宅からの情報を伝えている。

「そっちはもういい！　モニターに着け！」武智が汐理に命じた。「海面変動に注意！」

準平は電話機を耳に押し当てたまま、甲板の最後部に駆け寄った。片手で柵を握りしめ、噴煙の下の水平線に目を凝らす。

そこにいるはずのウミツバメに、心の中で呼びかける。

もし津波を感じたら——。

鳴けよ、ウミツバメ——。

そのまま息をするのも忘れて研究室の動きを待った。

数十秒か数分かもわからない静寂のあと——。

鳴き声が轟いた。

かん高い電子音——オペレーションソフトが津波の発生を知らせる警報だ。汐理が鋭い声を発した。それを準平が大声で繰り返す。

「海面上昇確認！　津波発生！」

もはや研究室では逐一こちらに報告を寄越す余裕がない。準平は電話機から聞こえる言葉をそのまま声に出し、甲板の皆に伝える。

「海面、まだ上昇しています！　三メートル、五メートル、七メートル——」

瀬島と照井が両脇から電話機に耳を寄せてくる。数人の航海士が慌てて操舵室へと走った。残った者たちは固唾（かたず）を飲んで準平を見つめている。

研究室に武智の声が響く。「二宮は八丈島に連絡！　青ケ島へは私が！　電話はつないだままにしておけ！」

今度は李の声がした。準平はそれをなぞって叫ぶ。

「波源パラメータ、求まった！　プログラムに入力、シミュレーション開始！」

腕時計に目を落とす。秒針の動きが、壊れたのかと思うほど遅く感じられる。

頭上でブザーが鳴り、船内放送が流れた。〈明神新島で津波が発生した模様。主機を停止する〉

「まだかよ、ジェット・リー！」瀬島が舌打ちする。「いらいらするぜ！」

ちょうど一分五十秒後、電話の向こうで李が「出た！」と言った。

「結果出ました！」

数字一つも聞き漏らすまいと集中しつつ、耳と口とを直結させる。

「青ヶ島沿岸の津波高、三・七メートル！　八丈島沿岸、六・八メートル！」

何かわめいた照井を片手で制し、電話機を耳に強く押しつける。まだ終わっていない。

「八丈島、大賀郷（おおかごう）地区の浸水高、八・七メートル！　三根（みつね）地区は、七・六メートル！末吉地区――」

各地域の浸水高を読み上げたあと、李は津波の予想到達時刻を告げた。準平は息もつかずにそれをリピートする。

「青ヶ島への到達時刻、十二時三十二分！　八丈島、十二時四十六分！」

武智と汐理が電話口に取りつき、それぞれの役場に緊迫した口調で津波予測を伝えている。汐理が悲鳴じみた声で「今、底土海岸に大勢の子供たちが――」とまくし立てるのが聞こえた。

隣では瀬島が腕時計をにらんでいた。

「青ヶ島まであと七分。八丈島まではあと二十一分だ」北西の方角に顔を向けて言う。「逃げてくれよ、みんな。汐間海岸のサーファーたちも、間違っても乗ろうなんて考えるな」

「あとは陸の三人に任せるしかねえよ」

照井に肩を叩かれて、準平はやっと大きく息をついた。耳から離した電話機を、祈るような気持ちで見つめた。

堤を探したが、甲板にはもう姿がない。電話機を照井に預け、操舵室に入ると、堤のほうから声をかけてきた。

「先ほどの情報はすべて本庁に伝えました。本庁から関係機関にも届いているはずです。すぐに救援態勢がとられるでしょう。御蔵島以北の伊豆諸島と、関東地方沿岸についても、津波への警戒を要請してもらいました」

「我々はどうするんですか？　二島の一番近くにいるのは、たぶんこの船だと――」

「わかっています」堤は力強くうなずいた。「あと数分で津波がここを通過する。念のためにお訊ねしますが、ここにいる限り本船は津波の影響を受けませんね？」

「ええ、水深がありますから。せいぜい大きなうねりに乗っかるようなものだと思います。もしかしたら、それと気づかないかもしれない」

「では、このまま津波をやり過ごしたあと、北上しながら青ヶ島の被災状況を確認します。小さな島ですから、被害はすぐに把握できるでしょう。青ヶ島で何かあればそこに留まり、何もなければ八丈島に急行して、海上で救助活動に入ります」

そばで聞いていた首席航海士が、船長の決定を報告すべく、通信装置に向かった。受話器を取って勇ましく告げる。

「至急、至急。光洋から第三管区司令センターへ――」

6

ゴールデンウィーク明けの材木座海岸は、けだるくなるほどのどかだった。

五月の日差しが適度なまぶしさで砂浜をあたため、海風が優しく頬を撫でていく。波がないのでサーファーの姿は消えた。沖合にウィンドサーフィンのセイルが一つだけ見える。

目の前に広がる海の色も、湘南にしては上出来なほど青い。少なくとも、こうしてぼんやり眺めていられるぐらいには。

準平は、砂に敷いた大きなビニールシートの隅に座っている。隣でサーフボードを枕に寝そべっていた瀬島が、唐突に言った。

「八丈ブルーって、知ってる?」

「いえ」あくびをかみ殺して答える。「何すか、それ」

「八丈島の海の色を、そう呼ぶんだってよ」

「どんな青なんですか」

「さあ」

「さあって、瀬島さん、行ったことあるんでしょ？」

「滞在中、毎日曇りか雨だった。灰色の海しか見てない」

灰色の海——。

灰色どころか、あの日、八丈島の海は真っ黒に濁った。

凶暴などす黒い津波は、予想到達時刻ちょうどに、李が計算したとおりの波高で、八丈島に襲いかかった。のちの現地調査で明らかになった浸水高は、島の南部と西部で最大九メートル。つまり、李のシミュレーションはほとんど完璧だったということになる。

海上保安庁の空撮によって、明神新島はあの噴火で陸上面積の六割を失ったことがわかった。三宅が指摘していたように、地震による地殻変動をきっかけに、潜在ドームが大爆発を起こしたらしい。どれだけの量の溶岩が海中になだれ込んだのかは、まだ不明だ。

観測された津波高は、李が事前に想定した最悪のケースよりもわずかに大きかった。これは、崩壊した体積の問題というより、岩屑（がんせつ）なだれのスピードが李の仮定よりも速かったことに起因するらしい。

津波は沿岸の建物をことごとく破壊し、多くの漁船や車や貨物を台無しにした。だが、人命はただの一つも失われなかった。

武智から連絡を受けた八丈島では、警察官、消防署員、消防団員、役場の職員などが即座に島じゅうに散らばり、海岸から人々を避難させた。防災無線が大音量で津波の襲来を伝え、互いに避難をうながそうとする電話が海辺の施設や店舗で鳴り響いたそうだ。東日本大震災の映像がまだ生々しく脳裏に刻まれていた島民たちは、体一つで高台へと走った。のちに聞いた話だと、津波の高さと到達時刻が曖昧さのない数字で耳に飛び込んできたので、切迫した事態が具体的に想像できたのだという。

ビーチでバーベキューの最中だった子供たちも、港で働く人々も、沖で操業していた漁師たちも、サーファーや観光客も、誰一人として津波に飲み込まれることなく、無事に逃げのびた。そもそも八丈島は山がちなところで、海岸から少し内に入っただけで急に標高が上がる。海抜十メートル未満の土地は港やビーチ周辺のごく限られた範囲にしかなく、そこに住宅が少なかったことも幸いしたようだ。

生命の危機がもっとも間近に迫ったのは、スキューバダイビングを楽しんでいた人々だ。津波発生時にちょうど潜っていたダイバーがガイドを含め二十人近くいたというから、犠牲者が出なかったのは幸運というしかない。あるグループなどは、避難があと一分遅ければ全員が津波に巻き込まれていたところだという。

津波に流されながら、助かった者もいる。ビーチに取り残された誰かの飼い犬を助けようとした二人の消防署員だ。二人は引き波によって沖へと押し出されたものの、救命胴衣を着ていたために、近くを流されていたボートまで泳ぎ着くことができた。五時間後、それに乗って漂流しているところを、準平たちの乗る光洋が発見し、ただちに救出した。

青ヶ島の被害はさらに軽微で、島民全員の無事がすぐに確認された。津波到達時、港は無人だったらしい。御蔵島以北の島々にも、一メートルから二メートルの津波が押し寄せた。一部で漁船などに損害が出たが、到達まで時間があったこともあり、人的被害はなかった。

あのあと、光洋は八丈島沖を巡航しながら、夜を徹して要救助者の捜索に当たった。漂流する船や建物を見つけるたびに接舷したが、二人の消防署員の他に遭難者の姿を見ることはなかった。翌日の昼過ぎには被害の全容がほぼ明らかとなり、光洋はその任務を解かれて横浜に向かった。

八丈島の奇跡――世間は当たり前のようにそう言った。役場、消防、警察の迅速な対応に賞賛の声が上がり、島ならではの地域コミュニティの強さもクローズアップされた――。

瀬島が体を起こした。あたりを見回して言う。

「で、若大将はどこ行った？　どこかでぶっ倒れてないだろうな」

「あそこですよ」右のほうを指差した。「ほら、ちゃんと歩いてます」

若松はさっき、少し歩きたいと言って、由比ケ浜のほうへと一人で行ってしまったのだ。その背中が小さく見える。

若松は、五ヶ月に及ぶ入院生活を一昨日終えたばかりだった。今日は退院祝いだ。潮の香りをかぎたいという本人の希望で、材木座海岸に集まることになった。

造血幹細胞移植は何とか成功したものの、寛解ではない。若松はそれ以上のことを言わないが、再発するケースも多いのだろう。若松と病との闘いは、まだ年単位で続くことになる。

若松は十分ほどで戻ってきた。靴を脱ぎ、ビニールシートの真ん中であぐらをかく。

「みんな遅いな」マスクを下ろして言った。

「俺もう腹へって死にそう」瀬島が仰向けに倒れてうめく。

武智、汐理、李の三人は、武智の車で一緒に来ることになっている。照井は仕事があって少し遅れると言っていた。昼食はここで弁当を広げる。手料理に飢えているであろう若松のために、武智の妻が腕を振るってくれたのだ。

「瀬島技研のことなんだが」若松がぼそりと言った。「人を雇わないとな」

「まあそうなんだけど」瀬島は天を仰いだまま答える。「誰でもいいってわけじゃないしなー」

「場所も、瀬島ハイツでは手ぜまだろう？」

「まあそうなんだけど。どこでもいいってわけじゃないしなー」

「相変わらず、面倒なことは後回しか。経営者感覚ゼロだな」若松は苦笑した。「だったら、面倒なことを代わりにやってくれる人間をまず雇え」

「準平ちゃんがやってくれたら一番いいんだけど」

「まだ言ってる」

準平は瀬島を横目で見て、息をついた。

今回の出来事は、以前準平が瀬島を説得するために言った以上に劇的な形で、瀬島技研とウミツバメの名を世間に知らしめた。このところ、瀬島技研にはウミツバメについての問い合わせが引きも切らない。電力も燃料も必要としない洋上ドローンに可能性を見いだした国内外の大学、研究機関、企業などが、強い興味を示しているのだ。その用途は海洋や気象の観測にとどまらず、天然資源、海運、漁業など、海に関わるあらゆる分野に及んでいる。

ただ、ウミツバメについては津波のあとすぐに大きく取り上げられたわけではない。むしろしばらくの間、その活躍は八丈島の人々が見せた機敏な行動の陰に隠れていた。

そこに光を当てたのは、意外にも天木だった。地震本部を代表してさまざまなメディアに登場した天木は、そのたびに、明神新島沖に置かれていたダイナモ津波計とウミツバメに言及した。そして、あれは奇跡などではない、武智らの津波監視システムがなければ人的被害は甚大なものになっていただろう、と繰り返し述べたのだ。

背後の高いところで汐理の声がした。

「あ！　おったおった！」

武智たちが、石壁の上を走る国道からこちらを見下ろしている。三人は大きな紙袋や

ペットボトルの入ったポリ袋を下げ、階段で砂浜へ下りてきた。

料理が趣味だという武智の妻の弁当は、想像以上に豪華だった。定番のおかずから創作料理風の一品まで、どれも素晴らしく美味しい。若松の箸も進んでいる。瀬島と李などは、重箱を奪い合うようにしてむさぼり食べていた。

「ちょっとあんたら」汐理が怖い顔でその二人に言う。「さっきから必死にがっついてるけど、わたしの卵焼き、一個も食べてへんやん」

どういう風の吹き回しか、汐理も卵焼きとポテトサラダを作ってきていた。

「あ、ああ……忘れてた」瀬島は慌ててそれに箸をのばす。一つ口に放り込み、何ともいえない笑みを浮かべる。

「俺はいい」李はすげなく拒んだ。

「いいって何よ」汐理が口をとがらせる。

「美味いかどうかぐらい、見りゃわかる」

「はあ？　なんであんたにそんなこと」

「俺んち、中華街で昔から料理店やってるから。北京ダックで結構有名な店」

「わたしの卵焼きは中華料理ちゃう。関西風のだし巻きや」汐理は箸で一切れつかみ、

李の鼻先に突きつける。「文句は食べてから言い！」

にぎやかに昼食を終えると、李はさっさと武智の車に戻っていった。潮風で肌がべたつくのが我慢できないそうだ。今ごろ後部座席でノートパソコンでも開いているのだろう。

弁当を片付け、車座になって飲み物を飲んでいると、国道のほうで短くクラクションが鳴った。見れば、徐行して通り過ぎる軽トラックの運転席で照井が手を振っている。

数分後、照井が浜に下りてきた。細長い紙包みを抱えている。若松に「おめでとさん」と声をかけ、しばらく言葉を交わしたあと、今度は瀬島に目を向けた。

「ところで瀬島の旦那よ」その顔が妙ににやついている。「キックボードは持ってきたかい？」

「ほれ」瀬島は砂浜に転がしてあったそれに、あごをしゃくる。「何すか、俺も持っていくからお前も持ってこいって。レースでもしようっての？　もしかして、改良したとか？」

「改良じゃねえ。ニューマシンだ」

「また作ったの？」瀬島はへらへら笑って言う。「前のマシンをボロクソに言われたのが、よっぽど悔しかったたんすねえ」

照井は「ふん」と鼻を鳴らして紙包みをほどく。光り輝くシルバーのボディが露わになった。ハンドルを立てると、確かに真新しいキックボードだ。ただし、エンジンらしきものはついていない。その代わり、ハンドルの付け根にアルミのカバーで覆われた円筒形のふくらみがある。

「まさかこれ――」瀬島が唇を引きつらせた。「電動？」

「小さくてパワーのあるモーターを載せた。おごったぞ」

「素晴らしい」若松が近づいて顔を寄せる。「フォルムがいいですね。俺も欲しいな」

若松の言うとおり、すべてのパーツが美しい曲面で構成された未来的なデザインだ。比べてみると、瀬島のエンジン付きキックボードがひどく粗雑な出来に見える。

「なんだ、お前さんのはまだガソリンエンジンなんか積んでるのかい」照井はあざ笑うように言った。「前時代的だねえ、エコじゃないねえ」

瀬島は奥歯を噛みしめ、低くうなり声を立てている。悔しくて言葉にならないらしい。

「さ、あっちの駐車場で軽く走りを見せてやろう」照井が居丈高に続ける。「お前さんのも動かすかい？」

「動かしませんよ、めんどくせえ」瀬島は小声で毒づいた。

「そうだな。静かな海辺で騒音と排ガスをまき散らしちゃあ、人様にご迷惑だ」

照井は勝ち誇って言うと、電動キックボードを抱えて階段のほうへ歩き出した。新しいもの好きの若松もついていく。

瀬島はすねたような顔で上目づかいに準平たちを見た。何か言ってほしいに違いない。

「なんで僕らを見るんですか」準平はとりあえず言った。

「行ったほうがいいんじゃないか」武智が真顔でうなずく。

「行かんとほんまの負け犬になるで」汐理は冷たく突き放した。

瀬島は恨みがましい目でこちらをにらんだ。そして、ビーチサンダルを引きずるようにしながら、照井たちが向かったほうへとぼとぼ歩いていった。

ビニールシートには三人が残った。

騒がしい声が途絶えたせいで、ささやくような波音がまた耳に届き始める。

皆の紙コップに緑茶を注ぎながら、汐理に訊ねた。

「住むところはもう決まった？」

「うん。大学の近くのワンルーム」

汐理は、京都の大学に移ることになった。ポスドクの口が見つかったのだ。地質系の研究室で津波堆積物の研究をさせてもらえるという。つまり、古地震の分野に戻るということだ。

「引越しはいつだい？」武智が訊いた。

「来週です。でもその前に、宮城に行ってこようと思って。山元町」

「もしかして、お墓参り？」準平は言った。

「うん」汐理は海に目を向けたままうなずく。「こないだのこと、琹ちゃんに報告しとかんと」

「そうだね」

「いい報告が、初めてできる」優しく微笑んで、小さく付け足す。「――みんなのおかげ」

汐理は照れ隠しのように勢いよく首を回し、声を明るくした。

「武智さんは？　新しい上司とはうまくやってんの？」

「幸い、好きにやらせてもらっている」武智は緑茶をひと口含んだ。「今度、研究員を一人採れることになった」

「へえ、よかったですね。やっとチームと呼べるやん」

結局、武智はＭＥＩに残り、元いた研究プログラムに復帰することになった。すでに新しいプログラムディレクターがいるので、役職はその下のチームリーダーだ。理事長のはからいで、武智のために新しいチームが設けられたらしい。

ただし、チームの研究テーマは津波監視システムではない。コアやマントルといった地球内部の活動だ。武智もまた、以前の研究を再開したことになる。

プロジェクトを放り出したわけではもちろんない。武智個人は、自身の研究と津波監視システムの仕事を二足のわらじで続けることになっている。

武智にそう決断させたのは、準平でもあった。津波監視システムはひとまず技術的に完成し、それが極めて効果的に働くことも先日の津波で実証された。だから、それを全国に展開していく仕事は自分に任せてほしい――そう武智に申し出たのだ。

汐理がこちらを見て言う。

「武智さんもＭＥＩのほうが忙しくなるし、いよいよあんたが頑張らんとな」

「言われなくてもやってるよ」

「和歌山はどうやったん？　行ってきたんやろ？」

「とりあえず、話はしっかり聞いてもらえた。やっぱり尾関さんが一緒だと、何かとスムーズに進むよ」

「漁師同士やもんな。警戒心も解けるんやろ」

尾関とその父親の尽力で、高知県漁業協同組合からは全面協力の約束を取りつけることができた。若手漁師を中心にワーキンググループが結成され、尾関が代表に就任した。ウミツバメはまだ一台も設置されていないというのに、早くも保守管理や警報の伝達方法について検討を始めてくれている。

その動きを全国に広めるために、今、準平と尾関で各県の漁業協同組合を回っている。これまでに徳島と和歌山を訪ねたが、感触は悪くない。〝八丈島の奇跡〟を生んだ津波監視システムだと言うと、相手の目の色が変わるのだ。

「で、どういう形でやることにしたん？」汐理が言った。

「若松さんにも相談したんだけど、ボランティアと寄付でシステムを運用するなら、ＮＰＯを立ち上げるのが一番いいんじゃないかって」

「なるほどな」

「ＮＰＯに詳しい人を若松さんに紹介してもらったから、こないだ話を聞いてきた」

「何かいいこと聞けた？」

「いろいろアイデアは出たよ。例えば、ウミツバメは欲しいけど、買うお金がないっていう研究者はたくさんいると思うんだ。そういう人たちの観測装置やセンサーを、津波監視用のウミツバメに有償で相乗りさせるとかね」

「それはニーズがありそうやな」

「それから、津波に襲われたら損害を受けるような企業を中心に、寄付を募る。あとは、今流行のクラウドファンディングとか」

「でも、最初にすごいお金が要るやろ？」汐理が心配そうに言う。「瀬島さんと照井さんが儲け抜きで装置を作ってくれるにしても、南海トラフ用に十台用意しようと思ったら、相当な額になるで」

「そう、それが一番の問題だよ」準平は腕組みをした。「国や自治体からどれぐらい補助金が出るかだね。科研費を申請できる可能性もなくはない。あとは、政府の地震調査研究関係予算」

「難敵やな。ＮＰＯにお金を回してくれるとは思われへんけど」

「でも、動いてみる価値はある。今度、天木さんに話をしにいこうと思ってるんだ」

天木がどんな反応を示すかはわからない。プロジェクトごと国に委ねるべきだと言ってくる可能性もある。だが、やはりそれでは意味がない。たとえ理想論だと言われようが、準平はこのシステムを普通の人々の手で守り続けていくことにこだわっていた。四年前に東北で起きたことを、みんなで忘れないでいるためにも。

「心配いらないな」武智がぽつりと言った。

「何言ってるんですか。心配事だらけですよ」

「そうじゃない」武智はゆっくりかぶりを振る。「私が心配する必要はもう何もない。君ならやれる。最後まで」

武智と目が合った。返事に困っている準平に、武智が静かに続ける。

「今まで言ったことはなかったが、今回のことは行田君なしには成し遂げられなかった。君だからこそ力を貸してくれた人が、たくさんいた」

「――うん」汐理が膝を抱えてうなずいた。「瀬島さんも、若松さんも、尾関さんも――わたしもそう」

顔が熱くなった。何と答えればいいかわからない。そんな準平を見て、武智は口もとだけでなく、顔中を緩めた。

「これからもきっとそうだ。だから、何も心配いらない」


いつの間にか、日は稲村ケ崎のほうへと傾いていた。西から照らされてプラチナ色に輝く海面が、水平線の近くでわずかに黄色みを帯び始めている。

準平は砂浜に直に腰を下ろし、瀬島は隣でサーフボードを枕に寝そべっている。他のみんなは一時間ほど前に帰っていったので、ビニールシートは畳んでしまった。

「そろそろ帰るか」瀬島が目を閉じたまま言った。

「――そうですね」

だが、瀬島が体を起こす気配はない。準平も腰を上げることなく、海を見つめていた。遠くできらきら光るウィンドサーフィンのセイルが、三つに増えている。

「今度、サーフィン教えてくださいよ」ふと思いついて言った。

「どうした」瀬島がまぶたを開く。「船酔いを克服して、調子づいてるのか？」

「そんなんじゃありませんよ。ただ、これからも海と付き合っていくわけだし、何か楽しみがあったほうがいいかなと思って」

「教えてもいいけど、俺はスパルタだぞ。明日から毎日朝五時に起きろ」

「え！　毎日ですか？」

「当たり前だ。サーファーは海のリズムで生きるんだよ」

「僕はまだサーファーってわけじゃ――」

「いいか、準平ちゃん」瀬島が顔だけこちらに向けた。「サーファーってのは、カッコつけてボード抱えて歩いてるやつのことじゃない。そういう生き方をしてるやつのことだ」

「――はあ」気の抜けた声で応じる。

「サーフィン教わりたいんだろ？」

「まあ」

「だったら、波に乗れようが乗れまいが、お前は今日からサーファーだ。それを自覚して生活しろ」

「——はあ」

瀬島がどこまで本気かわからないが、それも悪くない気がした。

「で、さっきの話だけど」

「何の話でしたっけ?」

「八丈島だよ。明日からびっちり練習して、夏には八丈島だぜ」

「サーフィンしに行くんですか?」

瀬島はうなずいた。天頂を見上げて言う。

「八丈島の海も、いつまでも黒くはないさ」

ただそれだけの言葉が、心の芯までしみ込んでくる。この一年間の思いが、温かいものになってあふれ出そうになった。

「——そうですね」

「確かめに行こうぜ。八丈ブルー」

「いいすね」

瀬島にならって、砂の上に寝そべった。

夕凪を前に、思い出したように海風が吹き始めている。

八丈ブルー。

どこまでも澄んだ、深い青だろうか。
目を閉じてその色を想像しながら、潮の香りを胸いっぱい吸い込んだ。

あとがき

この物語は完全なフィクションですが、作中で主人公たちが作り上げる津波監視システムにはモデルが存在します。海洋研究開発機構（JAMSTEC）の浜野洋三氏、杉岡裕子氏（両氏とも現・神戸大学）が中心となって開発を進めてきた、「離島火山モニタリングシステム」です。これは、米国LIQUID ROBOTICS社の自律型海洋プラットフォーム「ウェーブグライダー」に、火山活動と地震をモニタリングする各種観測機器、海底に設置したベクトル津波計などを組み合わせたシステムです。小説に登場する「ウミツバメ」という装置は、このウェーブグライダーをモデルにしています（性能や仕様、開発の経緯は異なります）。

離島火山モニタリングシステムは、断続的に火山活動を続けている（二〇二〇年一月現在）西之島の周辺海域に実際に投入されており、噴気活動をいち早く捉えるなど、その高い有効性を実証しつつあります。インドネシアでは二〇一八年十二月、クラカタウ火山の山体崩壊によって大津波が発生し、甚大な被害をもたらしました。近い将来、このモニタリングシステムがこうした災害の軽減に貢献してくれることを筆者は願ってやみません。

第一章で言及されている海底ケーブル式の日本海溝海底地震津波観測網（S-net）

はすでに運用が始まっており、今後、南海トラフにおいても同様の観測網が整備されることになっています。

なお、作中で「明神新島」という架空の島が引き起こす火山性津波の規模は、厳密な科学的試算に基づくものではなく、多分に筆者の想像をまじえたものであるとご理解ください。

本作の執筆に際しましては、前述の浜野洋三さん、杉岡裕子さんに多大なご協力をいただきました。取材にご助力くださった海洋研究開発機構にも深く感謝申し上げます。また、慶応大学の大木聖子さん、産業技術総合研究所の宍倉正展さんに貴重なお話をうかがいました。溝淵崇子さんには土佐弁について、大石裕介さんには津波のシミュレーションについて、渡邊勇士さんには海上保安庁についてご教示いただきました。この場を借りて厚く御礼申し上げます。どうもありがとうございました。

伊与原　新

主要参考文献・ウェブサイト等

『超巨大地震に迫る　日本列島で何が起きているのか』（NHK出版新書）大木聖子、纐纈一起著　NHK出版（二〇一一）
『東日本大震災の科学』佐竹健治、堀宗朗編　東京大学出版会（二〇一二）
『巨大津波　その時ひとはどう動いたか』NHKスペシャル取材班著　岩波書店（二〇一三）
『「地震予知」の幻想　地震学者たちが語る反省と限界』黒沢大陸著　新潮社（二〇一四）
『次の巨大地震はどこか！』宍倉正展著　ミヤオビパブリッシング（二〇一一）
『日本人は知らない「地震予知」の正体』ロバート・ゲラー著　双葉社（二〇一一）
『今こそ知っておきたい「災害の日本史」白鳳地震から東日本大震災まで』（PHP文庫）岳真也著　PHP研究所（二〇一三）
『ホリエモンの宇宙論』堀江貴文著　講談社（二〇一二）
『ヨーロッパ火山紀行』（ちくま新書）小山真人著　筑摩書房（一九九七）
『海のなかの炎　サントリーニ火山の自然史とアトランティス伝説』ワルター・L・フリードリヒ著　郭資敏、栗田敬訳　古今書院（二〇〇二）
『海洋の波と流れの科学』宇野木早苗、久保田雅久著　東海大学出版会（一九九六）
「ブイ式海底津波計の紹介」中田健嗣、西新三郎『測候時報』八一巻　特別号（二〇一四）
「日本海における大規模地震に関する調査検討会報告書」国土交通省　日本海における大規模地震

に関する調査検討会（二〇一四）
「学際的研究が解き明かす1771年明和大津波」後藤和久、島袋綾野『科学』八二巻 二号 岩波書店（二〇一二）
「沈没船のお宝を探せ 海洋考古学の新時代」P・J・ヒルツ『日経サイエンス』四五巻 五号 日経サイエンス社（二〇一五）
「寛政4年（1792）眉山崩壊による有明海津波の島原半島側の津波浸水高」都司嘉宣、村上嘉謙『歴史地震』一三号（一九九七）
「東日本大震災における海洋情報部の動き」海上保安庁 海洋情報部 技術・国際課『水路』一五九号（二〇一一）
「目撃！日本列島 地震で沈んだ〝幻の村〟に迫る ある科学者の挑戦」NHK（二〇一五年六月二十七日放送）
海洋研究開発機構 http://www.jamstec.go.jp
地震調査研究推進本部 http://www.jishin.go.jp
防災科学技術研究所 http://www.bosai.go.jp
防衛省技術研究本部 http://www.mod.go.jp/trdi/
海上保安庁海洋情報部 http://www1.kaiho.mlit.go.jp
内閣府南海トラフ巨大地震対策協議会 http://www.bousai.go.jp/jishin/nankai/taisaku/
東京大学地震研究所火山噴火予知研究センター「西之島噴火に伴い発生する可能性がある津波に

ついて」 http://www.eri.u-tokyo.ac.jp/VRC/nishinoshima/nishinoshima_tsunami/

ＬＩＱＵＩＤ ＲＯＢＯＴＩＣＳ社　http://liquid-robotics.com

Tada-nori Goto's Web Site 海底電磁気学のススメ　http://obem.jpn.org

解説　海に囲まれた「変動帯」日本列島に暮らすということ
――伊与原新『ブルーネス』へのエール

巽　好幸

コンテクスト

このダイナミックな作品について語るためには、まず私のことを記しておく必要があるだろう。「マグマ学者」を自称する私は、地球内部が融けてできるマグマが地表に噴き出して冷え固まった岩石の微(かす)かな呟(つぶや)きに耳を傾けてきた。そしてその呟きを翻訳することで、46億年にも及ぶ水惑星地球の歴史や、地震や火山が密集する「変動帯」日本列島の営みを紐解いている。また私は２０１２年に神戸大学へ赴任する前の12年間、作品では「海洋地球総合研究所（ＭＥＩ）」と称される海洋研究開発機構（ＪＡＭＳＴＥＣ）で、「ウミツバメプロジェクト」のリーダーである武智要介と同じ「プログラムディレクター」の職にあった。当時の部署の名前は、作品とよく似た「地球内部ダイナミクス領域（ＩＦＲＥＥ）」だった。加えて作品中の「東都大学地震研究所」は言うまでもなく東京大学のそれであり、ここは私が大学院時代を過ごし、今でも共同研究を行なっている所だ。したがって、この作品に登場する場所（入り口や廊下、それに部屋までも）、それにモデルとなったであろう人々は、ほぼ間違いなく認識できる。

私の記憶に誤りがなければ、伊与原新氏は大学院時代、地球磁場の発現時期とその強度変化を調べていた。現在の地球には僅かしか露出しない数十億年前の岩石にかすかに残された地球磁場の「化石」を丁寧に掘り出していたのだ。この研究は、地球の営みを探る最前線だった。何故ならば、地球磁場は「核」と呼ばれる地球中心の金属部分が対流することで作られ、磁場の変遷を知ることは、「火の玉地球」が冷却する過程での地球内部の冷却史やそれに伴うダイナミックな変動を知る上でとても重要なのだ。

こんな地球科学のプロだった作者は、この作品を書くにあたり、主人公の行田準平くんと同じ地震研究所広報アウトリーチ室助教をつとめ現在は慶應義塾大学環境情報学部准教授の大木聖子さん、それに本作品の要である海洋ダイナモ効果を利用した新しい海底電磁場観測装置（ベクトル津波計）と自律型海洋プラットフォーム（ウェーブグライダー、作品中ではウミツバメ）の開発と運用・観測を行っている杉岡裕子さんと浜野洋三さん（以前はIFREEで、現在は神戸大学海洋底探査センターKOBECで同僚）に綿密な取材を行ったようだ。だから流石（さすが）に、サイエンス及びそれを取り巻く状況に関して完璧な内容となっている。

津波監視システム

ここで少し、「リアルタイム津波監視システム」のことを述べておこう。南海トラフ巨大地震が切迫度を増し、あの東北地方太平洋沖超巨大地震による東日本大震災が発生したことを受けて、この地震大国ではＤＯＮＥＴ、Ｓ－ｎｅｔと呼ばれる海底地震津波観測網が整備されつつある。海溝型地震発生域の海底に、地震計、水圧計やその他の観測装置を多点配置し、これらを光ファイバーケーブルで連結して観測データを陸上局へ集約するものだ。これらが稼働すれば、震源から離れた陸上での観測に基づいて地震の発生場所や規模を推定して津波到来予想を行うという従来の手法に比べて、はるかに高精度に、しかも20分以上も早く津波予測を出すことができる。日本海溝周辺での運用はすでに始まっているが、南海トラフ沿いでは室戸岬沖から紀伊半島沖に設置されているのみで、まだ想定震源域全域をカバーできていない。この国家的事業の最大の難点は、ケーブルの設置などに莫大な費用と時間がかかることだ。作品でも取り上げられたように、どこで起こるか予測が難しい海底火山の噴火やそれに伴う山体崩壊、さらには津波の発生に臨機応変に対応することは困難だ。

津波を捉えるには海面の異常な上下変動を観測するのが一般的だ。沿岸域では検潮儀が用いられることが多いが、海域では米国ＮＯＡＡ（海洋大気庁）が開発したＤＡＲＴ（海底津波計）が広く利用されている。このシステムは海底に水圧計を設置して海水面変動を捉え、そのデータは逐次海上ブイ（海底の錨で係留）を経由して陸上局へ送られる。ハワイ・オアフ島の太平洋津波警報センターではＤＡＲＴを運用して、環太平洋域で発生する地震津波の監視を行っている。また米国の沖合を中心に環太平洋域にも点々と配置されている。

ＤＡＲＴは我が国にも導入され、リアルタイム津波情報への活用が期待されているが、欠点もある。まず海上ブイが大型であるために、投錨・設置や保守を行うには装備の充実した比較的大型の船舶が必要なことだ。従って、作品で取り上げられたような海底火山の活動の活発化に即対応して機動的に監視を開始することが難しい。例えば日本と同様に地震大国であるインドネシアでは、２００４年のスマトラ島沖地震とインド洋大津波の発生を受けて、ＤＡＲＴによる津波監視体制が整備された。しかしその設置はスマトラ島やジャワ島の海溝側（南～南東側）に限られていた。そんな状況下で、２０１８年12月22日にスンダ海峡のクラカタウ火山が噴火、山体崩壊が発生し海へ突入した岩石や土砂が大津波を引き起こし４００人以上が犠牲となった。しかし遥か離れた海溝沿いに配置されたＤＡＲＴに津波が検知されたのは、海峡周辺を津波が襲った後だった。

もう一つの弱点は、津波の検知に海面の上下動に反応する水圧計を用いていることだ。この装置では確かに津波がその地点を通過したことは検知できるが、津波の伝播方向・速度を求めることは困難なのである。

ウミツバメ履歴書

以上紹介したような現状の津波監視システムの弱点を一挙に解決しようとするのが、武智要介率いるウミツバメプロジェクトだ。このプロジェクトでは、津波の検知は誘導磁場を検出する「海底電位差磁力計」が、リアルタイム観測データを音響通信によって受け取って衛星通信を介して陸上へ伝送する役割を「ウミツバメ」が担う。津波の伝播によって伝導体である海水が移動すると、地球磁場の影響で電流が流れ、そのことで誘導磁場が発生する。これが「海洋ダイナモ」と呼ばれる現象だ。実は地球磁場もダイナモ、つまり地球中心核を作る鉄（伝導体）が対流することで持続的に発生している。

杉岡さんや浜野さんたちは、2000年から地球の内部構造を明らかにする目的で太平洋に展開されていた高精度海底電位差磁力計のデータを解析して、海洋ダイナモ効果を用いた津波検知の研究を始めていた。そして2006年千島地震において津波による電磁場変動の検出に世界で初めて成功し、その後も津波の検出とその理論的解析を続けた。

しかしこの観測では、一定期間海底に設置した装置を回収してデータを取り出す必要があり、リアルタイム観測は不可能だった。そこで彼女らは波力と太陽光で自律走行する「ウェーブグライダー」に通信機能を持たせた。そして2014年には仙台沖でリアルタイム観測の実海域試験に成功したのだ。

さらに現在では、作品のモデルにもなった2013年以降噴火活動を続ける西之島においてもリアルタイム観測に向けた準備が進められている。作品で描かれたように、海洋由来災害の軽減に今後大きな役割を果たすものと期待できる。

日本列島を何度も襲った超巨大噴火

作品でも取り上げられていたように、この国は地震大国であると同時に、世界一の火山大国でもある。ここ数年でも火山災害で多くの犠牲者がでた。さらに歴史を振り返ると、１７９２年に起きた史上最悪の火山災害「島原大変肥後迷惑」では、島原半島雲仙(うんぜん)眉山(まゆやま)の山体崩壊に伴う大津波で１万５０００人の命が失われた。しかし１００万年と言われる火山の一生からすれば日本の歴史などほんの一瞬。人間の尺度で火山の営みを計ることはできない。

例えば、過去10万年間にこの日本列島では約10回の「超巨大噴火」が起きている。今この規模の噴火が起きれば、最悪日本列島のほぼ全域でライフラインはストップし、日本喪失につながる。その確率は今後１００年間で約１％。この一見低そうに見える確率は、実はあの阪神淡路大震災の前日、１９９５年1月16日における地震発生確率とほぼ同程度なのである。

最も直近の超巨大噴火で、南九州縄文人に壊滅的な打撃を与えたのが、７３００年前の鬼界(きかい)海底カルデラの噴火である。この活火山は海域にあるので、船舶を駆使して人工地震波を用いてＣＴスキャンのように地下構造を可視化できる可能性がある。世界で初めてマグマ溜りを可視化することができれば、モニタリングによってマグマ溜りの変化を捉えて噴火予測への道が開けるかもしれない。超巨大噴火予測の実現を目指して、神戸大学海洋底探査センターではＪＡＭＳＴＥＣと共同で、この海底カルデラの探査を行っている。この探査でも電位差磁力計や地震計、それに水圧計などを海底に設置しているが、ここでも「ウミツバメ」を活用したリアルタイム観測を計画している。また、自律型の海中ロボットを開発し、海底に設置した装置群に電力供給を行うことで長期連続観測システムを構築したいと考えている。

世界一の変動帯に暮らす覚悟

最後に、私がこの作品の中に見た重要なメッセージについて述べておきたい。それはウミツバメプロジェクトに消極的な漁業組合の重鎮たちに若手の漁師が言い放ったものだ。

「次に大津波が来るとき、親父らはもう生きとらんかもしれん。この先三十年、四十年とここで漁をして生きていくがは、俺らの世代ぜよ。この件については、俺ら若いもんに決めさせてくれ」

ここで忘れてはならないのは、地震そして津波、さらには大規模噴火などの「超巨大災害」は、今日幸いにして起きなければ、明日は発生確率が上がるということだ。まさに「ロシアンルーレット」である。

頻発する地震や火山噴火を経験してきた日本人は、八百万神(やおよろずのかみ)信仰で象徴されるように、荒ぶる自然を神として畏敬をもって接し、このような試練と共に暮らしてきた。そして仏教が伝来するとその命題である「無常観」を受け入れ、さらにはそれを儚(はかな)さに対する「美意識」へと昇華させてきた。こうして現代日本でも、地震や津波、それに火山災害に度々見舞われながらも、ある種の「諦念」を持って、あるいは恣意的に試練に蓋をするように今日を生きることに集中している。さらに悪いことに、人間は「自分だけは大丈夫だろう」と思い込む無謀な正常性バイアスに溺れやすい。

しかし変動帯日本列島が、寺田寅彦が言うように「厳父のごとき厳しさ」の顔を持つことは明瞭な科学的事実でもある。つまり私たちはいつか必ず超巨大災害に見舞われる運命にある。全く幸運にも自らが遭遇しなくとも、次の世代、さらにその次の世代の難儀を最小限に抑える術を考えることこそ、今の世代の責任であろう。この作品は、私たち「変動帯の民」が覚悟を持って試練に備えることの大切さを説いているように思える。

（神戸大学海洋底探査センター教授・センター長）

初出
「つんどく!」vol.3~4
「別冊文藝春秋」二〇一五年六月号~二〇一六年七月号
単行本
二〇一六年八月　文藝春秋刊

文春文庫

ブルーネス

定価はカバーに表示してあります

2020年4月10日　第1刷
2024年12月15日　第2刷

著　者　伊与原　新（いよはら　しん）
発行者　大沼貴之
発行所　株式会社　文藝春秋

東京都千代田区紀尾井町3-23　〒102-8008
TEL　03・3265・1211（代）
文藝春秋ホームページ　https://www.bunshun.co.jp

落丁、乱丁本は、お手数ですが小社製作部宛お送り下さい。送料小社負担でお取替致します。

印刷・萩原印刷　製本・加藤製本
Printed in Japan
ISBN978-4-16-791473-8

（　）内は解説者。品切の節はご容赦下さい。

石持浅海
殺し屋、続けてます。
ひとりにつき650万円で始末してくれるビジネスライクな殺し屋、富澤允。そんな彼に、なんと商売敵が現れて——殺し屋が日常の謎を推理する異色のシリーズ第2弾。（吉田大助）
い-89-3

伊吹有喜
ミッドナイト・バス
故郷に戻り、深夜バスの運転手として二人の子供を育ててきた利一。ある夜、乗客に十六年前に別れた妻の姿が。乗客たちの人間模様を絡めながら家族の再出発を描く感動長篇。（吉田伸子）
い-102-1

伊吹有喜
雲を紡ぐ
不登校になった高校2年の美緒は、盛岡の祖父の元へ向う。羊毛を手仕事で染め紡ぐ作業を手伝ううち内面に変化が訪れる。親子三代「心の糸」の物語。スピンオフ短編収録。（北上次郎）
い-102-2

岩井俊二
リップヴァンウィンクルの花嫁
「この世界はさ、本当は幸せだらけなんだよ」秘密を抱えながらも愛情を抱きあう女性二人の関係を描き、黒木華、Ｃｏｃｃｏ共演で映画化された、岩井美学が凝縮された渾身の一作。
い-103-1

岩井俊二
ラストレター
「君にまだずっと恋してるって言ったら信じますか？」裕里は亡き姉・未咲のふりをして初恋相手の鏡史郎と文通する——不朽の名作『ラヴレター』につらなる、映画原作小説。（西崎　憲）
い-103-2

伊与原　新
ブルーネス
地震研究所を辞めた準平は、学界の異端児・武智に「津波のリアルタイム監視」計画に誘われる。個性が強すぎて組織に馴染めないはぐれ研究者たちの無謀な挑戦が始まる！（巽　好幸）
い-106-1

伊与原　新
フクロウ准教授の午睡（シエスタ）
学長選挙が迫る地方国立大に現れた准教授・袋井。昼は眠たげで無気力なのに夜になると覚醒する〝フクロウ〟は、学長候補のスキャンダルを次々と暴いていく。果たして彼の正体は？
い-106-2

伊岡 瞬
祈り
東京に馴染めない楓太は、公園で信じられない光景を目にする。炊き出しを食べる中年男が箸を滑らせた瞬間——。都会の孤独な二人の人生が交差する時、心震える奇跡が。（杉江松恋）
い-107-1

伊岡 瞬
赤い砂
男が電車に飛び込んだ。検分した鑑識係など3名も相次いで自殺する。刑事の永瀬が事件の真相を追う中、大手製薬会社に脅迫状が届いた。デビュー前に書かれていた、驚異の予言的小説。
い-107-2

伊岡 瞬
白い闇の獣
小6の少女を殺したのは、少年3人。だが少年法に守られ、「獣」は再び野に放たれた。4年後、犯人の一人が転落死する。少女の元担任・香織は転落現場に向かうが——。著者集大成！
い-107-3

伊岡 瞬
奔流の海
1968年、巨大な土砂崩れで海辺の町は多数の犠牲者を出した。20年後、同じ町。千遥は、東京の大学生・裕二に出会う。裕二は夜毎なぜか町を徘徊し——過酷な運命の辿り着く先は？
い-107-4

歌野晶午
葉桜の季節に君を想うということ
元私立探偵・成瀬将虎は、同じフィットネスクラブに通う愛子から霊感商法の調査を依頼された。その意外な顛末とは？　あらゆる賞を総なめにした現代ミステリーの最高傑作。
う-20-1

歌野晶午
ずっとあなたが好きでした
バイト先の女子高生との淡い恋、美少女の転校生へのときめき、人生の夕暮れ時の穏やかな想い……。サプライズ・ミステリーの名手が綴る恋愛小説集は、一筋縄でいくはずがない!?（大矢博子）
う-20-3

冲方 丁
十二人の死にたい子どもたち
安楽死をするために集まった十二人の少年少女。全員一致で決を採り実行に移されるはずのところへ、謎の十三人目の死体が!?　彼らは推理と議論を重ねて実行を目指すが。（吉田伸子）
う-36-1